U0126011

国家出版基金项目
NATIONAL PUBLICATION FOUNDATION

国家出版基金资助项目

项目编号：2018~076

"一带一路"大型系列丛书

总策划　戴佩丽
主　编　孙春光　副主编　马庭英

高　华◎著

新疆是个好地方

苜蓿花语

中央民族大学出版社
China Minzu University Press

图书在版编目（CIP）数据

苜蓿花语／高华著. —北京：中央民族大学出版社，
2019.2

（"一带一路"大型系列丛书. 新疆是个好地方）

ISBN 978-7-5660-1597-6

Ⅰ.①苜… Ⅱ.①高… Ⅲ.①纪实文学—中国—当代

Ⅳ.①I25

中国版本图书馆 CIP 数据核字（2018）第 290109 号

苜蓿花语

著　　者	高　华
责任编辑	戴佩丽
责任校对	胡菁瑶　赵静　肖俊俊　杜星宇
封面设计	舒刚卫
出 版 者	中央民族大学出版社

北京市海淀区中关村南大街 27 号　　邮编：100081

电　话：68472815（发行部）传真：68932751（发行部）

68932218（总编室）　　　68932447（办公室）

发 行 者　全国各地新华书店

印 刷 厂　北京建宏印刷有限公司

开　　本　787×1092（毫米）　　1/16　　印张：16.75

字　　数　210 千字

版　　次　2019 年 2 月第 1 版　　2019 年 2 月第 1 次印刷

书　　号　ISBN 978-7-5660-1597-6

定　　价　68.00 元

版权所有　翻印必究

　　"一带一路"倡议中，新疆定位于丝绸之路经济带核心区，并以日益凸显的区位优势和辐射效应，与 21 世纪海上丝绸之路逐步衔接。

　　在第二次中央新疆工作座谈会上，习近平总书记强调，要在各族群众中牢固树立正确的祖国观、民族观，弘扬社会主义核心价值体系和社会主义核心价值观，增强各族群众对伟大祖国的认同、对中华民族的认同、对中华文化的认同、对中国特色社会主义道路的认同。近年来，在以习近平同志为核心的党中央坚强领导下，新疆文化事业得到长足发展，对经济社会发展的引领作用不断增强，特别是随着稳定红利持续释放，文化创新呈现快速增长。实践充分证明，以习近平同志为核心的党中央治疆方略高瞻远瞩、英明睿智，只要坚定不移地贯彻落实党中央治疆方略，新疆形势就能朝着全面稳定的方向发展、就能实现社会稳定和长治久安，新疆经济就一定能够贯彻好新发展理念、推动高质量的发展。

　　"一带一路"倡议的实施是新疆地区走向现代化、融入现代化潮流、发展现代文化的一次新机遇。在这一背景下，《一带一路大型文化系列丛书——新疆是个好地方》出版项目正式推出，其目的就是要围绕中心、服务大局，弘扬主旋律，传播正能量，为推进新疆稳定发展提供了强有力的文化支撑。

　　丛书坚持党性与人民性相统一，不断增强中国特色社会主义道路自信、理论自信、制度自信、文化自信；坚持正确文化导向，团结、稳定、

鼓劲，弘扬正能量；紧紧围绕社会稳定和长治久安总目标，使文学作品服务大局，形成文化艺术的强大合力。丛书作品内容注重创新意识、创新观念、创新内容、创新形式，切实提高文学作品的传播力、引导力、影响力和公信力；坚持"高举旗帜、引领导向、围绕中心、服务大局、团结人民、鼓舞士气，成风化人、凝心聚力、澄清谬误、明辨是非、联接中外、沟通世界"。

丛书的出版发行，将对发展新疆区域文化产生积极的正面效应。基于此，我们遴选了疆内的数十位知名作家，通过报告文学、散文、诗歌、小说等形式，从不同的角度反映新疆现代文化发展，展示各民族同胞践行社会主义核心价值观以及逐步形成的进步、文明、开放、包容、科学的理念，讴歌各民族同胞团结互助的精神风貌和浓厚氛围，进一步增强各民族同胞之间的认同感，更好地维护新疆地区的长久稳定和繁荣助一臂之力。丛书视角独特、文字量浩繁、信息量巨大，让新疆人民可以真正全面地知道自己，让疆外的读者可以全面地认知新疆，也让世界客观地了解新疆、了解中国。

丛书得到了中共中央宣传部新闻出版署、中共新疆维吾尔自治区党委宣传部审读处、国家出版基金的大力支持，使得这部丛书得以顺利出版。

编　者

　　我和高华都与阿拉尔有缘，我在那里当老师，而高华在那里成了我的学生。说是在阿拉尔，其实离开当时那个迷人的简朴小镇或农一师九团团部还有20多公里，是一个俗称作业站的地方。那里衔接着尘封的戈壁荒丘和胡杨林，衔接着壮观的大漠落日和冰河春融，那里是我们遗留了足迹和残梦的地方。

　　20世纪70年代末，对于我和高华又都是人生的节点。一个动荡的年代结束了，人们重新捧起了书本。我如今还常常回味那时阅读的饥渴和忘我，好似心中有一股炙热的地火誓不甘休地欲拱破厚重的坚壳呼啸而出。40年后，我在高华的散文里也读到了同样的感觉，他深情地写苜蓿花，那是最早唤醒荒漠冬眠的一种植物，静静地，随着地暖风柔，她们破土生长，举起一嘟噜一嘟噜紫色的小花，让生活有了希望的色泽。我自然明白，那就是高华自己在那个时候的景象，也是我那个时候的景象。那一年前后，我和高华都走进了新疆大学，我读研，他读本科，我们都告别了阿拉尔。

　　离开并非就是终结，一个在别人看来很不美丽的地方却是我们久远的牵挂。去年，我坐在南方的梧桐树下，欣喜地读着从北方飘来的近晚的炊烟、行走的歌谣、大渠的夜流和课堂里的琅琅书声。秋风在梧桐叶间滑出萧飒的声音，渐渐地冬日的暖阳在叶间印下灰

白的指纹，又渐渐地春风洗绿了一树的梧桐叶，变换的三个季节里，高华给我发来他回忆阿拉尔的数十篇散文，往日的阿拉尔像清纯无瑕的童子摇着转动的风车从文字里向我扑来，我激动得泪眼婆娑。

这是高华的阿拉尔啊，也是我的阿拉尔。

谁的一生都有回忆，在年轻时尘封，在年老时开启，成为夕阳的观望，这是每一个人的喜悦或悲伤。有的人的回忆像密不透气的噩梦，有的人的回忆像撕裂的烈焰那样焦灼，有的人的回忆像揉皱的白纸的折痕一样单调，而高华的回忆是那么清秀、清新和清明。他曾经少年时的生活像无数清亮的眼睛，在向今日的高华传来岁月的问候，唤醒他的回忆像展开翅膀的彩蝶纷飞，高华的文章就是这样涌现的。一年多的时间里他情思汹涌，笔墨勤奋，写成了厚厚一本，付梓出版，即为《苜蓿花语》。收编在内的文章情真意深，没有矫揉造作，没有言过饰非，他捕捉当年的欢笑，捕捉当年的憧憬，坦荡的叙述把坦荡的生活呈现给了今天的读者。

对于高华，回忆永远像初恋一样的激动，告别了又回头，忍不住再招手，于是文章像思恋一样缠绵。对于回忆，高华是永远的朋友，曾经留下的足印，将生活铺展到远方，每一步都踩得那么生气勃勃，绽放出绿芽，吐出生命涌动的气息。高华是有幸的，故乡的回忆让他富有；故乡是有幸的，高华的回忆让他美丽。高华写成的文章先是在微信的朋友圈中间传阅，随后也在报刊上发表，他的文章受到大家热情点赞，因为字里行间流动着一股活水，水流并不大，不是汹涌澎湃的那一种，而是流动有声、流动有形，可以用我们的双手捧起来，即使水从指缝里漏出，也会让我们感到由衷的喜悦，这便是高华的散文给我最主要的印象。他写人，不管是老师、同学、还是自己的亲人，都用自己的真性情去描述，是怎样就怎样，于是就见文见人，人和文都可爱起来。高华写事，总有一种遥远的感觉，比如炊烟是远远的（如今已没有了炊烟），鸡蛋也是远远的（现在

的鸡蛋不稀罕了），演出也是远远的（在今天就不会惊天动地了），这"远远的"就构成了高华文章的意境，散发了岁月流逝的温馨。我曾经建议高华写得更块状一点，突现中心，现在想来我是多余的，高华的文章已经形成一股流动的笔势，再作梳理反而不自然了，现在这样就很好。

如今，《苜蓿花语》带着苜蓿花淡淡的草木气息呈现在我们面前，这是一本书，也是一件珍贵的礼物，是岁月的馈赠，谢谢岁月。岁月永远是我们的影子，她证明我们的存在和生命，厚爱岁月，是我们每一个人的品格，尽管我们过得并不完美，但还是有许多美的风景驻留在我们的记忆里。

高华笔下的阿拉尔带着简朴粗犷的轮廓渐渐远去，今日的阿拉尔灿烂得如一颗闪亮的瀚海明珠镶嵌在一带一路宏伟的世界蓝图上。阿拉尔真是个好地方，过去让我们深深留恋，未来将更让我们翘首瞩望。

沈贻炜

一　岁月的律动

二　近晚的炊烟

三　行走的歌谣

一　　岁月的律动

苜蓿花语

　　每到三月底四月初，在乌鲁木齐的背街小巷不时能遇见维吾尔族老乡推着或拉着平板车，车上堆着码得尖尖的苜蓿。此时的苜蓿略带红根，一枝三叶，叶茎如指顶。远远地看起来碧绿碧绿的，走近一闻，一股淡淡的混合着泥土和青草的清香，扑鼻而来，那是来自春天田野的淳朴气息，这气息对于在茫茫冰雪世界生活了好几个月的乌鲁木齐市人来说，吸引力是不言而喻的，无论是谁都不免要加快脚步，把这春天的时令滋味拎回家，有的甚至驱车百余里到托克逊、吐鲁番等地，到田间地头采摘苜蓿，享受自己动手采摘的乐趣。其实何止是乌鲁木齐的市民，从天山南到天山北，从城市到乡村，在这个时间的节点，从南到北采摘苜蓿的行动步调是一致的，动作是整齐划一的，憋了一个大冬天，大家都想沐浴着艳阳好好咀嚼一下春天大地的馈赠，细细品味一下春天的美好味蕾。

　　一天下班后和我一起上街买苜蓿的一位"90后"小同事，拎着刚称好的苜蓿问我，"你知道苜蓿的花语是什么吗？"我不由得愣了一下，有些不解："苜蓿还有花语？"我疑惑地望着他。"有啊！苜蓿的花语是希望和幸福，当然还有美好的爱情。"听着小同事煞有介事的解读，我有些惊诧了。首先觉得自己太孤陋寡闻，其次完全没有想到这伴随我青少年时代的普通植物，竟有这么美好的象征和寓意。这在我眼中一直极其普通的植物，无论是可供人食的嫩苗，还是常年作为牲畜饲料的苜蓿干草，这来头不大也不能算小了，和奇花异草有得一比、有得一拼了。

我知道，眼下的这时鲜还不是乌鲁木齐市地产，是从吐鲁番一带运来的，用本土维吾尔族作家艾贝保·热合曼的话说，那是一个叫热馕坑的地方，在那阳光炙烤热气腾腾的馕坑里，什么植物和庄稼都会快生、快长、快熟，更何况是不惧严寒酷暑最早破土发芽的苜蓿。其实现在南疆的大部分地方，人们也已吃上了头茬嫩嫩的苜蓿芽子了，在南疆苜蓿一年收割三茬是没有一点问题的。我的老同学们早已在朋友圈晒出他们用苜蓿烹调出的各种美食，苜蓿盒子、苜蓿菜团子、苜蓿菜炒鸡蛋、苜蓿饼、苜蓿饺子，等等，你完全可以极尽可能发挥你酝酿了整整一个冬季，对春天绿色食物烹调的想象空间，大展身手，犒劳一下自己和家人。盘中琳琅满目的美食，让人垂涎欲滴。这充分印证了宋代文人释道璨的一句话"只将苜蓿荐春盘"。

苜蓿是苜蓿属植物的通称，俗称"三叶草"。一年生或多年生草本植物。苜蓿最重要的功能就是作为牧草，是各种牲畜的优质饲料，这些基本的常识我是知道的，在小学的课本上就有，记得当时刚学会查《新华字典》时，我还特意查了"苜蓿"这两个字，除了它主要做饲料外，对它"嫩时可食"的注释印象深刻。

我从小生活在南疆，从春到秋和苜蓿打交道最多，割苜蓿、吃苜蓿、晒苜蓿，在苜蓿地呼朋引伴地捉迷藏，在苜蓿地大呼小叫地捡蘑菇，大人们搂苜蓿打兔子，一石二鸟，也不算什么新闻，在苜蓿地里我还平生第一次见到刺猬，既害怕又好奇，但记忆最深最有感情的还是吃苜蓿。

苜蓿的吃法，当然以头茬的新鲜为佳，而且味亦鲜美。小时候苜蓿

吃的可是不少，但花色可没这么多，单一得很。那不是大人懒，也不是没时间做，缺油少肉的日子，再有巧手也搭配不出那么多的花样来。那时，每年的三四月份正值青黄不接的时候，苜蓿及时地出现，不仅丰富了我们餐桌的颜色，更主要的是还让我们从中获得了维生素等长高长大的营养物质。凉拌苜蓿是全连上下家家户户最基本的吃法。苜蓿一露头报春，大人们收工或我们放学时，路过苜蓿地的田间地头，顺手摘苜蓿是常有的事，我们无师自通，会效仿大人，摘其叶茎的前三四节，回家的路上，顺便在大干渠或小支渠旁，在哗啦啦流淌的清清渠水中冲洗干净，回家架上红柳或梭梭柴，烧上开水，把苜蓿在开水中焯一下，只需用筷子把苜蓿上下翻一下就行了，再入凉水浸泡几分钟，以增其鲜，而后可双手轻搓去除部分汁液。备小葱花、姜丝、红辣椒、蒜泥、醋及食盐等调味品，清油浇热后，倒入已备好的调料碗中，"扑哧"一声，香气四溢，调匀入味后即可食用，无论是佐黄灿灿的苞谷面糊糊，还是配硕大的苞谷面馍馍都是绝好的美食。它不仅是家庭餐桌上很好的一道小菜儿，而且还是主打菜，前前后后差不多要十天半个月的光景，餐桌上都离不开它的身影。说句实话，多少让人吃得有些不耐烦了，就是山珍海味也禁不住天天吃呀，但有菜吃总比没菜强。连队的大食堂每年春天第一次吃苜蓿菜，看到那难见的绿色，大伙脸上的表情就像过年。其实用凉拌苜蓿来下酒也很不错，那只是现在酒店餐厅里的事，在那时是根本不可能的，谁家也没那样的口福。在新疆工作生活过多年后回上海的老师在微信中说，嫩苜蓿在上海叫草头，用苜蓿为食材做的菜，在一般的餐馆都价格不菲，更别说在星级大酒店了，他们一年难得吃一回，也因此特别地怀念在新疆时大包小包地采摘苜蓿时的情景。

那时刚刚萌芽的苜蓿地一般都会有人看管，怕大人小孩肆意地采摘，影响了苜蓿的正常生长，但看地的人看见我们这些小孩进地采摘，顶多吆喝几句，扔上几块小土坷垃吓唬一下就算完事，他们完全理解大伙过日子的不易和我们对这看似普通植物心中的无限渴望，包括对大

人，他们也睁一只眼闭一只眼就算过去了，没曾想到现在采摘苜蓿成为一种大众的休闲娱乐方式，吃苜蓿更是成了一种时尚。

新疆地域广阔，从南到北苜蓿的品种和类别很多。记得小时候我们采摘苜蓿时，大人反复强调的是：千万别采了野苜蓿，野苜蓿有毒。野苜蓿和家苜蓿在开花时非常好分辨，野苜蓿开黄花，家苜蓿开的是紫花，但在幼苗时就不大好分辨了，刚开始需要大人手把手地教，才能不看走眼。但后来我参加工作后，20世纪90年代初期，原来的米泉县（今米泉区）在东南面的低山丘陵一带，搞飞机种草，声势很大，面积很广，飞播的草种好像都是苜蓿，秋天牧民收获时，大片大片的都是黄花苜蓿，金灿灿的，在远处雪山的映衬下格外地美丽，我不知这是什么苜蓿品种，它的颜色颠覆了我小时候对黄花苜蓿的印象。

南疆风沙多、土地盐碱大，而苜蓿耐干旱，耐冷热，以"牧草之王"著称，不仅产量高，而且草质优良，各种畜禽均喜食，还能改良土壤，这好像就是给新疆特别是南疆量身定制的一种植物。事实确实是这样，苜蓿是在汉代从西域传入中原地区的。两汉时期的"西域"，也包括今天的新疆及其以西更远的地方。西汉的张骞分别在公元前138年和公元前119年两次出使"西域"，加强了内地同"西域"之间的经济、文化等多方面的交流，苜蓿的广泛种植就是那广泛交流中的一项成果。新疆阳光充足，日照长，热量充沛，气候干燥，所以全疆各地广泛栽培苜蓿，特别是在干旱缺水的南疆尤其受到广大农牧民的欢迎，主要用来制干草、青贮饲料或用作牧草。随着商品经济的发展，近年来苜蓿产业化规模发展较快，苜蓿的种植面积正在扩大。苜蓿在有传粉昆虫的地区生长会更加繁盛，这在北疆特别是伊犁河谷就特别明显。李时珍在《本草纲目》中言："苜蓿原出大宛，汉使张骞带归中原。"唐代的诗人鲍防在《杂感》中有"天马常衔苜蓿花"、王维有"苜蓿随天马"的诗句，宋代的大诗人陆游在《书感》中有"苜蓿满川胡马肥"的诗句，这就不难看出苜蓿和骏马的因果关系，苜蓿和新疆畜牧业荣枯与共的紧

密关系了。

在南疆，苜蓿除了作为牲畜的饲料外，它对土壤改良的作用是显而易见的，在小的时候我们这些吃苜蓿长大的农场孩子就知道，苜蓿地是要轮作的，今年种了苜蓿，明年就会种水稻或棉花。到秋天，最后一茬苜蓿一般都会用拖拉机直接把它犁掉深翻到地里，让它沤烂化作肥料，让来年的庄稼长得更好，收成更好，事实上苜蓿做到了。现在南疆的"长绒棉之乡""哈密瓜之乡""阿克苏红富士之乡""库尔勒香梨之乡""温宿水稻之乡"等，它们脚下的土地里，哪个敢说没有当年苜蓿的身影，没有苜蓿的付出？

我猜想，最早能听懂苜蓿花语的应该是那些四季在它身边出没，和它耳鬓厮磨，靠它的乳汁茁壮成长的马牛羊了吧。只有大地葳蕤，绿色覆盖，牛羊成群，宛若祥云，人们的生活才有希望，才会幸福，爱情之花自然也就迎风开放，散发出迷人的芬芳。

新疆人对苜蓿花语的理解更深一个层次，苜蓿的花语其实也就是新疆人憧憬追逐的美丽梦想。

有它的地方叫家乡

　　沙枣花正由南向北次第开放，这个并非观赏植物，又非名贵花卉的戈壁荒漠最常见的植物，如往常一样，迎来了不分性别不分年龄的多样人群的围观和雀跃。老同学炳新制作了一个美篇《沙枣花香》，这本来是一个发在家乡老同学微群里，供师生欣赏的小视频。可是谁也没有想到，这束看似普通的戈壁小花，一时间，蜂舞蝶飞，嘤嘤嗡嗡，引来姹紫嫣红一片。从南疆到北疆，从疆内到疆外，点击量已破5万人次，点赞、点评、跟帖，刷屏，再刷屏。这让制作者和同学们多少有些始料不及，有位当年的上海支边青年、现定居黄浦江畔的老师，道出了其中的缘由："有它的地方叫家乡！"一语中的。

　　是的，有它的地方叫家乡，谁不关注谁不热爱自己的家乡呢？沙枣树、沙枣花、沙枣，这在我的家乡太普遍了，在南疆太普遍了，在新疆也太普遍了。它是沙漠戈壁特有的树种，它就像我们家庭的一员，不可或缺，和我们朝夕相处，低头不见抬头见，不仅习以为常，都有点熟视无睹，有时还有些烦怨，包括它的相貌，它的衣着，它浑身上下的荆棘，当初它并不那么招人待见，说句实话，就是现在也并没有太大的改观，地位甚至有些不尴不尬。每年四五月间最美的花季，许多地方都有些颇具声势的梨花节、杏花节、桃花节什么的，盛装出场就不用说了，那都是当地特有的，就地取材，热闹一番，无可厚非。而那郁金香节、樱花节等就多少有些追赶时尚，赚人眼球之嫌。可是我还没有听说哪里有个沙枣花节，尽管它在民间受到了空前的追捧，沙枣花的追花族应该不只是口头上，而是发自内心的，对于这一点我倒是深信不疑。

因为生在新疆长在新疆，我对沙枣树多少还是有些了解的。维吾尔族群众把沙枣称为"吉克德"。新疆的"吉克德"大概有两个品种，一种称为"卡卡吉克德"，也就是小沙枣。这种沙枣为灌木或中等乔木，树皮红褐，树枝多刺，叶面灰绿，背面有一层银白色的鳞片。花小，单生或簇生，颜色金黄。果实很小，呈金黄色，一般只有黄豆粒大小。另一种称为"馕吉克德"，也就是大沙枣。这种沙枣也是灌木或小乔木，树皮淡红，刺要少许多，叶子的两面都是银白色鳞片，花的形状像一只小钟，或者像一只大口漏斗。果实大，有鸽蛋大小，形状呈长圆形和卵形，颜色是黄的或者淡褐色。与小沙枣比较起来，大沙枣果实大，皮薄肉厚，甘而不饴，面而不黏，不像小沙枣那么涩，吃起来更甜更可口。

说起对沙枣树的烦怨，现在多少有些可笑。那时连队的四周，学校的四周，条田的四周，公路两旁，水渠两边，到处都是它的身影。夏天特别是暑假，连队的孩子们都特别喜欢打赤脚，大干渠里戏水、稻田里摸鱼、麦场的草垛里捉迷藏。攀高爬低，冷不丁会"哎哟"大喊一声，原来脚被沙枣刺扎了一下，刺一拔，还在滴血，不管三七二十一，照样疯玩，顶多嘴里嘟囔着骂上一句，但让人气恼的还不只是这些。那时上学，晚上看电影、到团部办事，自行车是最重要的交通工具，可是那心爱的"永久""凤凰"牌自行车的轮胎最怕沙枣刺了，可以说是遭遇了天敌。有时你骑上自行车，前面坐一个，后面驮一个，有说有笑，兴致勃勃地向目的地进发，突然"扑嗤"一声，车胎没气了，不用猜，十有八九是被沙枣刺扎的，没有办法，只有推着车跑步前进。这还不算

啥，最令人懊恼的是，有时骑着自行车到瓜地买瓜，后架上的麻袋装得满车满载的，走到半路，轮胎突然被沙枣刺扎了，寸步难行，只能就地求援搬兵，在大太阳下，干等着，头上火辣辣的，心里火烧火燎的，那时谁的心里还会念它是风沙的抗争者绿洲的守护神？沙枣树心里尽管有一百个委屈，也只能自己往肚子里咽，别人不理解就不理解吧，哪能事事让人说你好，世上没这样的好事。

沙枣树除了人们时常讴歌的不畏风沙，不惧严寒，不怕干旱，适应严酷恶劣的环境外，在人们的日常生活中，尽管它也有不是，但它最显著的特点，就是家常、亲和而亲近，用现在的话说和人"零距离"，和大自然"零距离"。远不像那些按照人的主观意志培植而成的观赏植物，一副高高在上，娇滴滴的，不食人间烟火的样子。

春天，沙枣树的花不事张扬，它既不先声夺人，也不大红大紫。当一个个繁盛的花事过后，春意阑珊，它才在银灰的树叶间半遮半掩，探出头来，犹如邻家害羞的小女孩，不施粉黛，朴素自然，清清爽爽。不像有的花，毫无矜持，敞胸露怀，招摇过市，极力彰显，让人一览无余，看一眼就够了，不想细品。而它是让你慢慢地嗅着啜着，不露声色地让你一点一点地喜欢上它，最终爱上它，离开的时间越长，感受越深，感情越深，现在它的目的不是达到了吗？不然，那《沙枣花香》的美篇也不能产生如此轰动的效应。从某种角度来说，这何尝不是一种生存策略，这何尝不是营销手段，也许它本身没有刻意为之，但目的达到了。比那些靠一时的投机，靠一时的取巧，靠卖萌等手段来讨人欢喜的花卉要高明多了。记得那时在这个季节，在来自上海知青老师的办公桌上，都会用盛满清水的瓶子插着一束沙枣花，我们去交作业本，都忍不住用鼻子去嗅一下，好香啊，老师看着我们那可爱的样子，也通常报以会心的一笑。爱美是人的天性，无论大人小孩，无论在多么艰苦的环境里。

秋天，沙枣的果实，无论是大沙枣还是小沙枣，也是极其普通的，

就像自家院子里种的一样，你可以顺手采摘，虽然有刺。你也不用太小心翼翼，因为没有看管人的大声呵斥，也没有拴着大铁链子黄狗的嗷嗷乱吠，你尽可以悠然自得地坐在树下或爬上树，想吃多少就吃多少，想吃多久就吃多久。随意地打包，送给发小送给邻座，或送给心里偷偷喜欢的女生或男生都行。女生对沙枣的喜欢远远超过了男生，用一把黑屁股小沙枣去讨好心仪的女生，无疑是既经济又实用的手段，同样女生给男生的手里或口袋里匆匆塞上一把沙枣，示好和试探的含义也显而易见。怕就怕有的人，开窍晚，因一把沙枣，错失了一场美好的爱情，甚至一辈子的美好姻缘。这可不是瞎编，历史证明确有其事，而且不是个例。只是等明白过来，沙枣花早已开过了，沙枣早已被小鸟啄食、霜雪覆盖了。要想重续，没有来年，只等来生了。

沙枣花开了又谢，谢了又开，沙枣结了又落，落了又结。在那一年又一年的轮回中，沙枣树长高了，长大了。它们把一块块肥美的绿洲让给梨花、杏花、桃花，还有郁金香、樱花、牡丹花等花卉，又去站到沙漠戈壁的最前沿，迎风斗沙，守望着家园。在沙枣树一圈又一圈的年轮中，我们许多人的父亲走了，母亲走了，连个足迹都没有留下。但那树还在，那花还在，那果实还在。只要它在，我们的父母就在，我们的家就在。有它的地方就有家。它已成为我们生命中的一个永久的符号，一生中一个无法替代的意象。老同学孙春光的一首诗代表了大家所赋予它的精神内涵吧：

　　　　沙枣树

　　　　从苍老的记忆里

　　　　长出第一片绿叶

　　　　到了第三个秋季

　　　　便像一个孩子

　　　　捧出那么多甜涩的往事

没有油黑的沃土

没有滋润的春雨

只有孤独、寂寞、贫瘠

然而果实

还是挂在了旗杆上

也许

正是在浩瀚的戈壁

摇曳才显得这般婆娑

信念才显得这般执着

——你

解释了这一片土地

解释了这一片土地上的

第一批开拓者……

这也许是沙枣树、沙枣花、沙枣备受人们喜欢的一个原因吧，这也许是炳新同学的美篇《沙枣花香》脍炙人口的重要因素吧。

"沙枣"两字直戳人的心底，不可能对它无动于衷。

奔腾的塔里木河

小时候，一条小小的排碱沟，我和小伙伴们都会在那玩上一上午，直到大人扯着嗓子喊回家吃饭，更别说是一条河，还是一条大河了，那该是怎样的一种乐趣。

幸运的是，在我家门口正南面那就有一条很大很长的河。每年6月在用胡杨、红柳垒起的院子里，有时都能听到它奔腾咆哮的声音，它就是塔里木河，我故乡的河。

更让我没想到的是，一不小心，它会和地理上一个"最大"联系到了一起。那就是和我朝夕相处的塔里木河，它不仅是中国最大的一条内陆河，也是世界最大的内陆河之一。

后来读初中时，教地理的刘启光老师讲到这一章节时，我们都分明感到他有些激动，声音比平时提高了好几个分贝，我们一个个也兴奋得小脸红扑扑的，师生们都在为我们生活、学习在塔里木河畔感到骄傲，为家乡有这样大的一条河感到自豪。下课后同学们还意犹未尽，有的踮起脚尖向南眺望，有的更是三下两下爬到沙枣树上，手搭凉棚，极目远眺。隐隐约约，我们能看到一条白色的银线，由西向东，若隐若现，飘飘悠悠。哦，那不就是塔里木河吗？显然，我们正生活在它的怀抱之中。

山川大地因河而沃、因河而美；城市乡村因河而生、因河而兴。我们兵团第二代从小就吮吸着塔里木河的乳汁，栖息在它的胸前。你听一下我同学和发小们的名字，你就知道我们这一代和塔里木河的关联了。严塔里木河、候建塔、杨塔荣、于新塔、许新河、丁塔里，等等。这一个个地域特点十分鲜明的名字，表达了父辈对塔里木河美好未来的希望和憧憬，也镌刻着我们这一代对塔里木河——故乡河的顶礼膜拜和深情礼赞。

我们大约生活在塔里木河中段的北岸，这里西距阿克苏市103公里，东距阿拉尔市20余公里，一个叫作业站的地方，隶属于原农一师九团二营。我就是在塔里木河边胡杨林下的"坐婆"里长大的。"坐婆"一词，局外人一听可能稀里糊涂，当地人一听就能明白，也就是"婴儿车"之类。但"坐婆"这个词要远比"婴儿车"更生动更贴切，它是由胡杨树、沙枣树等塔里木河特有的木材制作而成的，四四方方、稳稳当当、中间有一层隔断，隔断挖有一个圆孔，方便婴幼儿排泄。孩子在这里面可站可坐，可玩可耍。"坐婆"都不会倾倒，孩子不会磕着碰着，像有个"婆婆"在看管着孩子，大人该干啥干啥，孩子在大人的视线范围内即可，看管我坐"坐婆"的是一位叫阿依夏的维吾尔族大妈，她家是畜牧队的，她的女儿浦凤在我母亲班里就读。直到我后来上学读书了，她还是常到我家来看我，有时候给我带的是两个煮鸡蛋，有时候是一个冒着热气的烤馕，用绣着碎花的白手绢精心地包着，她用手抚摸着我的头，亲眼看到我吃完，才会放心地离去。有时母亲也会带着我去看阿依夏大妈，带些连队刚生产的新鲜蔬菜什么的，这种来往一直持续了很长时间，直到阿依夏大妈一家搬走。

离塔里木河最近的一个连队就是阿依夏大妈所在的畜牧队，平日里，站在连队的胡杨树下就能听到塔里木河浪花翻滚的声音，寂静的夜

晚，那声音就更大了，有时会有澎湃的感觉，这涛声伴随着全连老老少少甜美睡梦中的轻轻鼾声，同呼共吸。在这里也最能体会到塔里木河在维吾尔族语中"无缰之马"的含义。每年夏季洪水袭来，像无数凶猛野兽撞击着河岸，岸边的数米高的泥土会轰然倒塌，被咆哮的河水瞬间卷走，一下就没了踪影。连队三番五次地不断往北搬迁，我们每年夏秋季会到这个连队参加支农劳动，都能明显地感到连队在不断往后退，这个连队的同学站在河边会指着那河中央说："前几年连队在那个地方。"这让我们从小也领教了塔里木河这匹脱了缰绳的野马的厉害。

很早以前，我家有亲戚在塔里木河南岸的十二团，探亲访友，每次往返，过河都要坐摆渡，晃晃悠悠，风平浪静时也要等上几个小时。如果天气恶劣，风大浪急，等上个一两天，是常有的事，要遇上个急事，真要把人急晕过去不可。今年春上，阿拉尔的老同学发微信告诉我说，塔里木河上的横贯南北的第三座大桥开工建设了，这座桥，比前两座桥，更长、更宽、更美、更时尚，让我有机会去看看，去走走。看来塔里木河上的摆渡，早已成为历史，"野渡无人舟自横"在塔里木河也是传说中的美丽了。

河道的长期不固定，河水的冲刷迂回，一波三折，左右摇摆，天长日久，在河的两岸会形成许多河湾水汊，水网纵横，就像一串串大大小小的湖泊，里面长满了一人多高的芦苇，密密匝匝，稠密茂盛，我们叫它苇湖。苇湖由里到外一个连着一个，一圈套着一圈，幽深曲折，宛如迷宫。为了便于识记，我们给它起名，一道沟、二道沟、三道沟，等等。那时虽然还不知道芦苇有个很文学的名字叫"蒹葭"，但我们看过电影《小兵张嘎》，学过课文《小英雄雨来》，觉得这里和那电影里的白洋淀不仅形似而且神似，但这里没有"伊人"，女生是不会光临的，来这里的都是些光屁股的半大小子。每年夏秋这里都是男孩子，是钓鱼、抓野鸭子、找野鸭蛋的好地方。一个季节下来，浑身上下晒得像黑泥鳅，只露出白生生的牙齿，但收获感是满满的，这是充满野趣的童

年，这也是最欢乐的一个人生片场。这也为日后塑造了一批垂钓高手，有的已成了一个终生爱好，这都是这片芦苇荡赋予的。

塔里木河更多的时候展现安平和温润的一面。每年春季是枯水期，河床大面积裸露，只有少数低洼的地方有积水，一片片的积水，绿莹莹的像一面面镜子镶嵌在灰色的河床之上，折射着太阳的光芒，有些晕眼。这时学校都会组织我们到河的南岸挖甘草，过河时，整个河道，只有个别地方需要卷起裤腿蹚过去，河水清凉凉的，沙土软绵绵的，胡杨树绿油油的，太阳暖洋洋的，优美的环境让辛苦的劳动也变得十分有趣，十分享受。在胡杨树下的绿草丛中寻找甘草，挖甘草，是一项体力活，更是一项技术活。首先你得分得清甘草的模样，掌握它生长的走势。一味地蛮挖，不得要领，费时费力还不出成果。有的同学特别聪明，他们沿着河水冲刷的河沿寻找，便能找到一棵棵的甘草，长长的根须，无须动坎土曼，只需在下方用手使劲一拽，一棵甘草就拉扯出来了。从顶端的枝叶到下面的根须，完整无损。不知道这样甘草是否更值钱，价格会更好，这不是我们所关心的，我们关心的是尽快完成老师布置的任务，干这活时，我们的个头比坎土曼把子也高不了多少。

有趣的是，塔里木河在维吾尔语中不仅有"无缰之马"的含义，还有"田地""种田"的意思，一个地名有多重含义这也常见，但一个地名两个含义完全相悖的就不多见了，这也彰显了塔里木河的多样和多彩。

塔里木河两岸盛产棉花、水稻和红枣、香梨等农产品。这里的棉花很有名，种植的面积也很大，一年一度的拾棉花时间紧任务重，必须在入冬前采摘完毕。那时，每到秋收，我们这些农场子弟都要背着行李，浩浩荡荡地到各个连队拾棉花，作业站所有的连队我们都去过，七连、十连好像也去过。几十上百号的男生，往往住在连队的大俱乐部或大菜窖里的稻草上，女生住的是小些的房间，条件要稍好些。每年秋天，少则一周多则十天半个月，师生携手共同奋战在无垠的棉海。拾棉花要趁

早，早上有露水，棉叶不容易沾到棉朵上，减少返工的程序，所以每天天不亮大家就下田了。拾花的口诀我还记忆犹新："轻轻抓，狠狠拉，一抓就是一大把""不怕慢，就怕站，一站就是两斤半"。

拾花的日子是辛劳的，也是快乐的。老师学生在一起同吃同住同劳动，整天叽叽喳喳的，腰酸背疼也不觉得有什么了。白天忙着拾花，一人几行往前行进，大家相隔有点距离，说话要大声喊才能听到，每天的拾花是有任务的，要开展劳动竞赛，要评选拾花能手。晚上睡在铺着稻草的大通铺上，大家天南海北地有说不完的话。每晚的卧谈会都是在带队老师的大声呵斥下结束。

每年拾完棉花，有一项作业是必须完成的，那就是要写一篇作文。我写过好多篇这类作文，大多都忘了，但有一篇至今还记得，题目是《小花拾花》，作文中的原型小花，就是我的老同学李玉华。这篇作文经喻燕良老师的修改润色，在 1975 年 11 月某一期的《阿克苏报》刊发了，后来这篇作文成了九团二中学弟学妹们争相学习模仿写拾棉花的范文，这让我高兴了好长一段时间。

北疆也产棉花，但大多是陆地棉，我每次都会自豪地说，我们塔里木的是长绒棉。这真不是吹的，前几年，"塔里木河牌"系列棉种还被授予中国名牌，我的好几位老同学就是这家公司的农技骨干。

"塔里木河呀故乡的河，多少回你从我梦中流过，无论我在什么地方，都要向你倾诉心中的歌。"这歌声准确地表达了我们每一个无论是现在还是曾经生活在塔里木河畔的人的共同心声。

泪洒军垦坟

清明就要到了。

这几天，在内地的几位老同学老朋友趁小长假结伴回疆，他们不远千里，是专门给已去世多年、安葬在边疆的父亲母亲和先辈们上坟的。有许多人因为工作、身体等各种原因不能回来的，也会委托亲朋好友或通过多种方式表达对亲人们的缅怀和思念。因为工作的原因，在天山南北，我见过不少这样的坟地，特别是在兵团人比较聚集的地方，如北疆的北屯、五家渠、莫索湾，南疆的图木舒克、沙井子等地，在紧挨城镇的戈壁荒滩上，都有一大片一大片这样的墓地，在这里大都掩埋的是第一代屯垦戍边的先辈们，我们这些老军垦的后代一般都称之为军垦坟。

我的家乡是阿拉尔农一师九团。老九团的男女老少都知道，当时九团共有 17 个连队的建制，最后的序号就是 17 连。但那时大家常常会提起 18 连，这是一个特殊的连队番号，这个连队番号是当时大家对去世的、掩埋在塔里木河北岸边戈壁沙漠边缘的一大片墓地，也就是对军垦坟的称谓。这个称谓包含了老一辈军垦人对老战友、对亲人们的深深怀念，也凝聚了新一代兵团人对逝去的老一辈军垦人的无限敬仰之情，每

一个活着的人感到他们并没有离去，他们的气息还在，他们的音容还在，仍和后人们一起并肩作战、屯垦戍边，共同建设美丽的新疆。

我记得番号18连，也就是那片军垦坟，是在快到团部离火电厂不远的一片荒漠沙滩的地方，一座坟墓接着一座坟墓，一排坟茔连着一排坟茔，由南向北排列过来，头枕滔滔塔里木河，脚抵滚滚黄沙。一丛丛红柳、梭梭，一片片芦苇、铃铛刺与他们相伴，墓地由最初的稀稀疏疏到后来的密密麻麻。

有时候塔里木河咆哮、风沙卷来，这一座座坟茔会让人想到一个个战士挺立在苍穹之下誓死保卫着这片绿洲，又像他们发出的向亘古荒原冲锋的集结号角；有时塔里木河汩汩、苇花摇曳，这一座座坟茔又如同一个个鲜活的生命，在娓娓述说着一段段动人的故事，在和他们的战友、和他们的亲人互诉着衷肠、窃窃私语……

小时候我们每到团部读书上学，都要路过那片军垦坟。那时年龄小，对人的生死离别没有太多的感受，只觉得死亡是很遥远的事。但每次路过那里，骑自行车的速度会明显减慢，有时候会停下来推着走，会不自觉地停止说笑，无形中有一种肃穆的感觉笼罩着我们，让人肃然起敬。就是一个人行走在那里，一点也不觉得害怕，因为在那里已停下人生脚步的都是我们的父辈、兄长，也都是我们的亲人。他们都是为了我们，为了这片土地，长眠在这里。现在想起来一推算，当时去世被埋葬在那里的前辈，大多数年龄也不过40多岁，年龄小的20多岁，甚至还有更小的，他们正值青春年少、风华正茂，但是都先后倒在了这里，倒在了这片荒芜的戈壁上。想当年他们是怎样英姿勃发啊，与青春做伴，誓言铮铮，响应党的号召、祖国的召唤，踏上西去的列车，来到了新疆，来到了塔里木，来到了阿拉尔，来到了九团。满怀"为有牺牲多壮志，敢教日月换新天"的豪情，铸剑为犁，他们头顶青天、脚踏荒原，开荒造田、挖渠排碱，坎土曼上下飞舞，独轮车昼夜不停，劳动竞赛的号子此起彼伏，那场面是何等壮观！屯垦戍边、变沙漠为绿洲，变

戈壁为良田，那气概又是多么豪迈呀！他们喝的是涝坝水，睡的是地窝子，吃的是戈壁滩上挖个坑随便腌制的大白菜，蜡黄蜡黄的一吃大半年。那是一个激情燃烧、令人荡气回肠的岁月啊！但他们也是人生父母养，也是血肉之躯，高强度的体力付出，营养跟不上，顾不上休息，有的人病倒了，有的人从小病拖成了大病，有的人就永远倒在了这里……

在我幼小的记忆中，我所在的连队、学校，每年都会有人离去埋到这里，有的人甚至都没有墓碑，后来还有的把骨灰都撒在了塔里木河两岸，但人们也永远不会忘记他们。

我的老同学李喆的父亲李映春和母亲林景英，两位老人先后去世后，他们的骨灰就在2013年8月一起撒在了塔里木河北岸，撒在了他们为之奋斗一生的葱茏绿洲和戈壁荒滩上了。李映春老人是1949年8月从兰州参军，跟随王震将军的部队日夜兼程、风尘仆仆地来到了新疆，那年他才15岁，不难想象他那稚气未脱的可爱模样。来疆后，李映春先是在石河子兵团后勤部工作，但他嫌机关工作太平淡，他渴望激情的迸发，1958年他主动报名参加开发建设塔里木的大会战，从早到晚有着使不完的劲，处处走在前头。他的妻子林景英1954年从山东烟台剪掉长长的发辫积极报名支边，她应该是比较早的一批从内地来疆开发建设的女性，当年刚满18周岁，是一个人见人爱的大姑娘。1958年春，他们在农一师九团的前身——胜利十四场简陋的土坯房贴上了红色的"喜"字幸福地结为伉俪，携手在塔里木这片土地上战斗生活，奉献了热血，奉献了青春，一直到生命的最后一刻。生前他们相约：身后不要坟地，不留骨灰，无论谁先去世，两人的骨灰一同撒在九团，撒在阿拉尔的土地上，化作尘土，与这片大地拥抱在一起。1997年10月26日，林景英老人去世，李映春老人一直保存着老伴的骨灰，李映春老人在生前和弥留之际，多次给儿子李喆交代，死后不留骨灰，不办丧事，不给组织添任何麻烦，但要永远和塔里木河相依相伴。2013年7月30日，李映春老人去世，儿子遵照老人的遗愿，在8月2日把两位老人的

骨灰撒在了塔里木河两岸，让他们永远都能够听到塔里木河滚滚向前的涛声。每年的清明节，爱好音乐的李喆都会拉起父母当年省吃俭用给他买的心爱的小提琴，《塔里木河，故乡的河》的旋律在他的手指间缓缓流动，泪水也止不住从眼中流了下来。

我的母亲，还有我熟悉的许多长辈也都长眠在那片军垦坟。每次想到这些可亲可敬的先辈，我都禁不住流下热泪。但正是他们倒下的血肉之躯滋养了阿拉尔如今那一片片绿树红花，浇灌阿拉尔如今那一片片五谷丰登的肥沃绿洲，托起了阿拉尔如今那一幢幢高楼大厦，营造了阿拉尔如今那一条条洋溢着欢歌笑语的繁华街市……塔里木河不息，生命不朽。

其实何止是阿拉尔，石河子、奎屯、五家渠、北屯、图木舒克、金银川等，那一个个新崛起的绿洲新城，哪一个不是老一辈军垦战士用心血、汗水乃至生命换来的。我的老同学也同是军垦第二代的孙春光的诗是这样写的：

军垦坟

一片坟地

成了历史

走近它

我感到

地下的血管

在涌动

每年

我们都到这里

与历史会面

轻轻的风

是地下无声的

语言

我听懂了

那是叮咛和嘱托

放一束沙枣花

寄托自己的怀念

我不知道他们的名字

但我知道

血，是绿色的！

　　18连，她不只是一个普通的连队番号，军垦坟，它是一座追求崇高革命理想和信念的丰碑，她永远屹立在塔里木河儿女、九团儿女的心中。如今，那片坟茔还在吗？这个特殊连队的番号，还被多少人记得？但无论何时无论何地，我都不会忘记。

一条大干渠向东流

在我的家乡阿拉尔九团十二连门前，有一条碧波荡漾的大干渠由西向东欢快地流过，她与阿塔公路若即若离，并肩携手，犹如两条色彩迥异的丝带从我家门口款款飘过。

从我记事起，这条大干渠就已经日夜流淌了，它从哪里来又奔向哪里去，儿时我从没关注过，也从没有问过大人。后来打听了一下，它的源头应该是多浪河水库，流经农一师八团、九团、十团，它的终点是有"绿色岛屿"之称的阿拉尔，浇灌了有近百万亩土地吧。不管怎样，它留给我的记忆，是甘甜，是美好，是夏日水中嬉戏的欢快，是冬日口中冰块的晶莹。

我没有详细请教一直留在当地工作的老同学，这条大干渠应该是九团二营农业的主动脉吧？也应该是九团农业的主动脉吧？但我在二营生活了这么多年，并没有看到从这条干渠分水到作业站的闸口，我也搞不清二营那些纵横交错，密密麻麻毛细血管一样的支渠斗渠的水和这条大干渠的血脉联系。但作业站十来个连队连年五谷丰登六畜兴旺，无疑全靠它的浇灌和滋养。

不管怎样，大干渠的渠水在二营十二连那段，应该是最宽、最大、最丰美的，说它是条河，也毫不夸张，越往西渠面越窄，水量也就越小，大概下游的连队都在用这渠水灌溉农田吧。要挖这么宽这么深的大干渠，可以想见当年的挖渠劳动，那是一个多么激动人心的场面，那一定是一个大会战，劳动号子此起彼伏，劳动竞赛的红旗猎猎迎风，坎土曼、铁锹上下飞舞闪着银光，人们挑着用柳条或红柳条编的大箩筐，推着堆着小山似的独轮车，把泥土一筐筐一车车送到岸上……反正等到我们军垦第二代出生时，这里已水到渠成了。

吃水不忘挖渠人，先不说灌溉，单说我们十二连的老老少少100多口人的饮用水，大小牲畜的饮用水，全部来自大干渠，它是我们的生命之源，是我们的母亲河，我们都是吸吮它的乳汁长大的。

靠渠吃渠。有水就有鱼，这里是大人孩子垂钓的好地方，鲫鱼、草鱼、鲢子鱼啥鱼都有，最多的还是当地最有名的绰号叫"肉头鱼"的鱼，这种鱼，学名叫什么我不知道。头大、身子小、刺少，肉质细嫩，收拾干净，裹上面，平底锅炕一下特别好吃，如果用油炸，就更棒了，但那时清油定量供应，没有人家会这么奢侈地用油。年龄稍大的同学回忆说，最早时连队还会定期组织人力，专门到大干渠撒网捕鱼，改善大家的生活。渠里鱼儿欢跳，岸上一片欢笑。傍晚，连队伙房炖上一大锅，一家一碗，香气弥漫连队的上空。大干渠，也是养鸭子的好地方，那时连里差不多家家户户都养鸭子，早上我们上学时，把鸭子从圈里赶到渠中，下午放学时，再把鸭子赶上岸了，吆回家中的柴棚里。一群群鸭子"咯咯"走在前面，孩子们手拿柳条叽叽喳喳走在后面，一家一户的鸭子为了区分开来，脊背上都涂抹了不同的记号，红油漆是最常用的，红白相间，摇摇摆摆，从前到后，好长好长，煞是好看。

大干渠对我们孩子来说，最快乐的时光当属夏季，特别是暑假，戈壁滩上烈日当头、酷暑难熬，从十二连大桥上，一头扎进那清澈的渠水中，是解暑清热的最好方法。年龄稍大的，水性好的，可以从桥上跳出

各种各样优美的入水动作，大都属于即兴发挥、五花八门、各显其能。从桥上直上直下，像根棍子一样入水，我们叫跳冰棍，初次跳没经验的，则一头栽下来，胸脯着地，胸部啪得通红，上岸后大家都会拿来取笑、开心，像我这种胆小的旱鸭子，大家都懒得说，那不屑的神情我至今都有很深的印象。

从桥上跳下来后，自然要畅游一番，有的打膀子（自由泳），有的狗刨（蛙泳），这都是主打泳姿，一看就知道，前者是水平高的，后者是初学的。在这条大渠里成就了许多浪里白条。

如果是五六月份上课时，每天中午十二连的桥头是最热闹的，不仅有十二连的孩子，更多的是营部的，还有其他连队的孩子。他们一般都是趁午休来这里嬉闹折腾一番，如果遇上暑假，则从早到晚，这里都会一片喧嚣。一个夏季，孩子们个个晒得皮肤黝黑发亮。那是孩子们特别是男孩子最开心最享受的日子，大干渠是孩子们天然的大游乐场。大干渠，也是学校开展一年一度游泳比赛的天然的最佳场所，渠里争先恐后，浪花飞溅；两岸呐喊喝彩，此起彼伏，气氛热烈，节日一般。现在无论是城里的孩子，还是团场的孩子，很难再见到这样的大干渠，这么清澈的渠水，还有这渠水带来的无比欢快吧。

到了冬季，大干渠的水结了冰，一结就有几十厘米厚，大人们则要拿上十字镐，推上独轮车，拉上拉拉车，打冰化水食用，这差不多要三四个月的时间。打冰也是需要技术的，水平高的，打的冰块头差不多大，方方正正，便于打搬运捞，也便于回家融化，打完冰，衣干鞋干；不会打冰的，费劲大，成果小，打的冰七扭八歪的，浑身上下都是水，回到家要赶紧换衣服换鞋子，否则容易感冒。

打冰是一次家务劳动，但更像是一个集体游乐场。大干渠的冰块晶莹剔透，无论大人、小孩都会敲上几块小的，或含在嘴里吸吮，或咕喳咕碴地大口嚼着，大干渠的冰成了舌尖上的美食，是那个年代孩子们心中的哈根达斯，现在想起来都是那么过瘾呀。

在大干渠滑冰也是冬季孩子们喜爱的保留节目，虽然没有冰鞋，但速跑几步，哧溜地滑几米是最常规的动作，也可以一个人或几个人蹲着，最后一个人猛推几下，大家串成一串，一起往前滑行，这种集体项目最受大家的青睐。

当然大干渠那滔滔翻滚的渠水，也演绎过不少的爱情悲剧，知名的或不知名的少男少女，为了追求自己心目中的神圣爱情，纵身一跃，化作了一朵小小的浪花，然后消失在滚滚东去的水流中，连一个涟漪都不曾留下。每当想起他们，我的心里都无比悲痛，扼腕叹息。请原谅我不愿再提起他们的名字，愿他们在这大干渠的清波里化作爱的永恒。

大干渠，我心中的河，你无数次从我的梦中流过，从我的心上流过……

苇叶青青芦花白

深秋的大地，草木凋零，田干地净，难免有些萧条。但还有一种植物，依然挺立在田边地头，特别是在米东老龙河下游的青格达水库、卧龙岗水库等水边溪畔，以及位于北沙窝腹地的东道海子四周，一丛丛，一片片，它就是芦苇。放眼望去，苇叶已白，苇秆亭亭。一穗穗芦花像一个个盛开的花伞，倒映在平静的水面上，蓬松松白花花的，活色生香，引人注目。

世上的花儿千万种，各有所爱，包括这似花非花的芦花，喜爱的人也不在少数。这些天，就有同事从乡下采访回来，手捧一大束白绒绒的芦花，引来一片惊羡的目光，有的宝贝似的插到办公室桌子上的花瓶里，有的还拿回家里去装饰。枝干黄，花絮轻，飘飘欲飞，带着一股大自然的气息，还是一种苍茫的野趣，不能不令人心动。更有花痴，把脸凑近，用鼻子使劲地嗅一嗅，好像闻到了苇叶的阵阵清香，佯装一副陶醉的样子。

无独有偶，翻阅老同学炳新的 QQ 空间，发现他这两天上传了许多新拍的图片，不是几幅，而是 100 多张，老同学取名为《今这个秋》。

洋洋洒洒的照片，看不到万紫千红累累硕果，满眼是一抹的灰白：灰白的湖面、灰白的芦花、灰白的羊群，还包括那刚钓上来的活蹦乱跳大大小小的草鱼，浑身沾满灰白的水草和泥土，这与人们眼中传统的斑斓秋色，形成强烈的反差，这与炳新同学一双善于捕捉色彩的慧眼，好像也大相径庭。看着这些朴素的照片，犹如行走在一幅影调淡雅、黑白相间的中国水墨长廊，看似轻描淡写，但细读意境深远。其实，这是由一大片一大片的芦花装饰的舞台，才营造出那与众不同的意境，形成了独特的风格。炳新同学匠心独运，用镜头撷取了自己那一幅幅心仪的画面，一口气一下子拍了一百多张，可见炳新抓拍时的心情和举止，那是饕客大快朵颐的愉悦，那是猎人面对中意猎物的狂喜。摄影发烧友所带给你的视觉冲击，好像是蓄谋已久的。

芦苇，多年水生或湿生的高大禾草，分布十分广泛，可以说俯首皆是，我们每个人都对它再熟悉不过了。《诗经》中有"蒹葭苍苍，白露为霜，所谓伊人，在水一方"的千古名句，这是我读大学后才学的，当时的中学语文课本中不可能有它。蒹葭，这是芦苇很文学的一个称呼，为芦苇平添了几分美丽，几分浪漫和几多诗意。在色彩缤纷的秋季里，生长在芦苇上的一簇簇白絮花，貌不出众，很容易被人遗忘，但被喜爱摄影的老同学按下快门，定格下来，这也是炳新同学另辟蹊径的高明之处。

逐水而居的芦苇，不仅是在塔里木河畔，只要有水的地方，不管是清波荡漾的干渠、支渠，哪怕是一条奇臭无比的排碱沟，都是芦苇生长的好地方。此时我的家乡阿拉尔，一簇簇一片片的芦花在河滩湖汊，在碱滩荒地，随风摇曳，如白雪般散漫开来，漫天遍野，撩拨人心。我们这些从小在这里长大的农场孩子，不可能对它无动于衷，芦苇带给我的记忆是很深很深的。

每年春暖花开的时节，芦苇总是第一个又从盐碱滩涂中率先抬起头来，又尖又嫩，上绿下红，向养育它的大地，也向这片土地上劳作的人

们，报道着春天的讯息。眼尖的我们第一个发现它后，首先想到的是要满足一下舌尖的味蕾，通常会把它连根拔起，在刚刚注满春水的小渠里来回冲洗一下，然后把它洁白的根茎放在嘴里，大口地咀嚼起来，虽然它没有多少汁液，味道也寡淡，但在那物资匮乏的年代，是上学放学路上啖嘴的好吃食了。后来大了以后才知道，芦苇的根，还真能入药，有清热解毒的功效哩。

随着天气一天天热起来，芦苇秆子也由细变粗，芦芽拔节似的一个劲地往上蹿，继而又长出颀长的叶片，这时会吸引无数五颜六色的蜻蜓在它的枝叶上栖落，一只连着一只。这时我们玩的戏法又变了。有时我们会扯一条苇叶，两折三折，做一条小船，放在水渠里，看谁的船漂浮的时间长，不会翻船，那绿色的小船在一渠春水中，一起一伏，随波逐流，煞是好看。有的调皮鬼，苇船做得不好，一放下去就翻，但也见不得别人的船漂得远，就用土坷垃砸翻别人的小船，挑起事端，闹得不可开交，现在想起来还忍俊不禁。但最有趣的，还是要满足口腹，那自然就在蜻蜓身上打起了主意。不知最早是哪个小伙伴先发明的，就是生吃蜻蜓的肉。静静地等待来回盘旋的蜻蜓，在苇叶上落稳，从它的后面，蹑手蹑脚地走过去，用两个手指轻轻夹住它那长长的尾巴，逮住后，迅速去头去尾，再去掉两个翅膀，就留下中间那一段纯肉，放入口中。那时不知吃了多少只蜻蜓，现在我也不知那蜻蜓肉能不能吃，有没有毒副作用，反正那时大伙儿挺享受的。

端午节前后，芦苇一个劲地疯长，叶子又宽又大，是包粽子的最好材料，可那时好像没有人家包过，没有人家做过，每月就那一点定量的大米，做那个就太奢侈了。这段时光，对于我们这些孩子来说，光想着玩和吃是不行的，也有用着我们的时候，需要我们干活出力。首先是在老师的带领下，去稻田拔稻草，主要是拔芦苇，水田里的芦苇比秧苗长得可快多了，不拔是不行的。稻田里芦苇的根扎得很深，拔起来很费劲，有时你用力过猛，会连根带人，一下子仰面躺在田里，狼狈不堪，

引来四周哈哈大笑。

待放暑假时，正是芦苇生长最繁茂的季节。学校给我们布置的暑假作业不是别的，就是割芦苇，晒干后按称公斤计算，任务到人。芦苇无论是晒干的还是新鲜的，都是牛羊的上好饲料。我们一般都选择到离家近的田间地头水渠边，去割去晒，这里的芦苇肯定不是最长最高的，但这里搬运起来方便。刚割的芦苇又湿又滑，是不好捆扎拉运的，一弄就散架了，等晒干后，就方便多了，但很扎手，要小心。没有想到的是，梁平同学现在还保留着我们初中时割芦苇的成绩单，我那时体弱个子小，但干农活从没有落在后面。楼文扬老师也保留着他在阿拉尔农科所时，获得割芦苇积极分子，单位奖励的笔记本，上面还盖有鲜红的大印章，现在看起来都亲切无比。

春去苇叶青，秋来芦花白。盛夏，芦苇顶部就开始抽出圆锥形的花穗，新蕾初绽，娇艳无比。重阳一过，芦花由粉色转为白色，皑皑芦花如期而至。

等我们暑假结束，新的学年开始时，行走在支渠上，芦苇花穗渐渐蓬松，毛茸茸，软绵绵，用手一捋，花穗会分解成无数个小绒球，轻轻一吹，恰似飞雪，飘飘悠悠，同学们相互追赶着、奔跑着，仿佛都笼罩在梦幻之中，那是童年快乐和幸福的梦幻。

芦苇长得最茂密、芦花开得最繁华的地方，当然要数苇湖了，这也是它最适宜生长的地方。塔里木河畔不胜枚举的苇湖，星罗棋布，但都没有什么正式的名字，大多是由于夏季洪水来袭时，冲刷改道，形成的一个个河湾。漫漫的苇湖，芦苇密密匝匝，水道曲曲折折，昏暗幽深，让人分不清哪里是哪里。芦苇是草鱼的最爱，其实这里不仅生产草鱼，还有鲤鱼、鲫鱼，甚至还有武昌鱼，等等，这其中有不少上游水库的"漏网之鱼"。儿时这里就是我们钓鱼捞鱼的好去处，现在这里是老年人、垂钓爱好者来一个说走就走的修身养性的乐园。

从炳新同学拍的画面上看，有的芦苇已全部老去，芦花雪白，枝叶

干枯，不折不弯，生命的最后一程，走得不卑不亢；有的芦苇还未完全老去，青黄错杂，自由恣肆。一切都在变，但这里的芦苇没有变，这里的芦花没有变，它始终如一的优雅和洒脱。

秋风荡处，笔直俊逸的芦秆紧紧簇拥着，密密麻麻，白绒绒的芦花整片整片地铺在波光粼粼的湖边，给塔里木河岸边镶嵌了一道白绒绒的毛边，好像穿上了盛装登台的戏服，雍容华贵的样子。

蓝天和白云见证了它们从春到秋的美丽，那湖边的牧人和风吹草低浮现的羊群也见证了他们春的蓬勃和夏的葳蕤，此时，并为它们做最好的背景，只等炳新等摄影发烧友们，凭自己的喜好和意趣，去甄别，去选择了。

其实，无论是塔里木河流域，还是我现在工作生活的米东，虽然水源充沛，水网密布，但它们都不是新疆芦苇最集中的产区，而是在博斯腾湖。博斯腾湖，维吾尔语意为"绿洲"，位于南疆焉耆盆地东南面博湖县境内，占地面积 988 平方公里，它也是中国最大的内陆淡水湖。

1987 年夏，我在新疆电视台学习。6 月初，我跟随一个摄制组到博斯腾湖拍专题片，我不仅和这个大名鼎鼎的湖泊，和这片浩大的苇荡近距离亲密接触，我还有幸在空中俯瞰了它那无与伦比壮丽的景色。在空中，从摄像机的镜头中望去，博斯腾湖水天一色，苍茫辽远。那沿湖一片片芦苇荡，像一排排"苇墙"守护着它碧玉般的秀色。当风乍起时，苇动叶响，此起彼伏；当狂风大作，一片片苇荡左摇右晃，似大海波涛，汹涌澎湃。博斯腾湖的环湖芦苇湿地面积达 60 万亩，芦苇年储量 20 多万吨，不仅是全国四大苇区之一，而且还是国家 5A 级旅游景区。

炎炎夏季，在通往博斯腾湖的路上，都是慕名而来的游人。金沙滩、莲花湖、白鹭洲、落霞湾，这一个个景区的名字不仅好听，也确实名副其实，它们大多由多姿的芦苇等为重要元素和重要背景构架，湖光沙色，风光旖旎。博湖县、焉耆县等以特色资源为突破口，大力发展烟波浩渺的"湖泊"经济，就像那奔腾的博斯腾湖蔚然壮观。

隆冬时节，在往来博斯腾湖的大路小路上，大卡车、拖拉机、马车、毛驴车一辆接一辆，满载着金黄金黄的芦苇，满车满载，小山似的，运往加工厂，变成一张张纤维板，销往全国各地。

为了保护好博斯腾湖，造福子孙后代，沿湖各地还加大了人工育苇，以苇养苇，以苇护水。人们现在比过去任何时候都更珍视芦苇，视苇为宝。在博斯腾湖，芦苇的家族在扩大，芦苇的群落在增长。"白鸟一双临水立，见人惊起入芦花"不只是在诗中，已成为现实。

青青苇叶，白白芦花，它让大地山河油然生色，它也给世人诸多人生的感受和生命的体验。

"摘一束洁白的芦花/把记忆卷成窄窄的长串/让风轻抚紊乱的思绪/面对落霞余晖/把芦花洒在静静的江畔。"著名文学家孙犁笔下的芦花，充满着浪漫和洒脱。

芦苇和芦花这看似寻常的植物，它的一枝一叶一花，都袒露着生命的本真，昭示着向上的魅力。

这番情景，我们在炳新同学的照片中读到了；这种感觉，我们在照片中同学们脸上的笑容里看到了。

看露天电影

周末，我和妻子约上其他兄弟姐妹一起到乡下去看岳父岳母。时间才半下午，岳母就督促着家人赶快收拾做晚饭，说是米东区的社区（村）公益电影流动放映队今天要来村里放电影，吃完饭要去看电影。岳母还热情地邀请我们一起去看。孝顺老人，就先顺着来吧。我们拿椅子的拿椅子，搬凳子的搬凳子，一大家子人浩浩荡荡地向村委会前的小广场进发了。

村委会办公场所是一个新盖的小二楼，楼前四周种的是些花草树木，绿化得很漂亮，楼前是个小广场，供村民们开展娱乐休闲活动，米东区村村都是这样。小广场上，银幕已经挂好，高高低低各式各样的椅子凳子，错错落落已经快摆满了。看来我岳母并不是特例，村民们看电影的积极性很高。村民们三个一群五个一堆，女人们在聊天，男人们在下方，这是农村男人特别喜欢的一种智力游戏，孩子们追逐嬉闹着，不时响起大人们"慢一点，慢一点"的提醒和呵斥的声音。趁电影放映前的空隙时间，我了解到，从春天到秋天这段时间，村民们每周都能看到一场露天电影，电影大都是市里大电影院刚下线的新电影，比城里晚不了多少时间。村民们也可以跟放映员商量，放映村民们百看不厌的一些红色经典影片，像《地道战》《地雷战》呀，《开国大典》《风声》呀，等等。看到这热闹的场面，我不禁想到我儿时看露天电影的情景，那一幕幕又出现在我的眼前。

小时候，看电影，看露天电影，对我们孩子，特别是居住在连队的孩子来说，那绝对是一个盛大的节日。那时候，文化娱乐生活极度匮乏，甚至可以说基本没有。看电影，是唯一的娱乐活动了，那心情、那场面，绝不亚于过年过节。

记得当时放映队有罗洋同学的父亲罗师傅、小丁、大头，还有周杰等，大概就这几个人吧。那时候，他们在咱团场一个个都是响当当的人物，上至蹒跚老人，下至托儿所的幼童，没有不熟悉、不认识他们的，丝毫不亚于电影里的主角。刚开始，作业站放电影，如果仅放一场，一般都在营部，也就是机耕队的一片空地上。只要有放电影的消息，不用广播，不用吆喝，那消息立刻像长了翅膀，立即飞向千家万户，等不到天黑连队就会提前收工，大人抓紧做饭、吃饭，如果是秋季，孩子们会爬到高高的沙枣树上，拔些沙枣装在口袋，有时候也会偷偷钻进葵花地，掰几头向日葵，把瓜子粒搓下来，回家炒炒，带上这些美食，边吃边看，是一件多么惬意的事啊。

到营部看电影那场面最为壮观，二营大概有七八个连队，大伙从不同的方向赶来，有的骑自行车，前面坐一个，后面坐两个，压得车带都没气了，要是扎进个沙枣刺，那就只有推着走，但一点都不会影响看电影的情绪。有的还会吆上毛驴车，满车满载，浩浩荡荡，孩子们成群结队、呼朋引伴、叽叽喳喳。一旦晚上要看电影了，老师们都不会布置家庭作业，一切都为看电影让路，如果哪个不识时务的老师硬要安排作业，要么遭到集体抗议，要么遭到集体抵制，结果都不会好，老师们也都作罢。

看电影要占位置的，家里面所有的长长短短大大小小的凳子、椅子

都会派上用场，有时候家里人多，凳子椅子都不够，甚至还会拿两块铺板，两端垫上砖头土块，孩子们一般都坐在前面几排，有的坐在砖块上，更多是席地而坐，从远处赶来的大人们则坐在自行车上。看朝鲜电影《卖花姑娘》、新版的《渡江侦察记》、王心刚主演的《侦察兵》，那场面的宏大和壮观是让人难以想象的。

后来大部分时间，团里的电影放映队是到各个连队巡回放映，但绝不是每个连队都去，这还要看连领导和放映员的关系，这关系最主要的一点，就是要看招待放映员的那顿饭是否丰盛，是否符合人家的胃口。那时我们最沮丧的一件事就是，眼看着放映队的手扶拖拉机"嘟嘟嘟"从团部方向的东面驶过来，但是却从我们连队的门口路过，然后转弯过大桥，到别的连队去了。连里的大人小孩知道这个情况后，都会骂连里的指导员、连长，说他们没本事，不和人家搞好关系，那时给放映员吃得好一点，不仅没有一个人有意见，还都希望他们吃得更好，能够多来连队放几场电影。其实那时给放映员准备的晚饭，无非是菜里多放了一勺油，顶多再炒个鸡蛋而已。如果放映员的手扶拖拉机来连队，连托儿所的孩子们都会在阿姨的带领下，拍着小手齐声高喊："电影机来了！电影机来了！"那稚嫩的欢呼声现在想起来都让人激动不已。

在连队放电影，如果是白天，大都在俱乐部放，四面的窗户用厚厚的毛毡或棉被遮得严严实实，我们在大菜窖里也看过电影，冬暖夏凉，感觉也不错。最初连队还没有通电，放电影都是放映队自带发电机发电，走进一个连队，如果格外安静，只听到"突突突"的声音，那一定是在放电影。

1973年前看的电影，大都是八个样板戏，翻来覆去地看，那时没别的看，刚开始是硬着头皮看，可是看久了竟喜欢上了。八个样板戏大多数经典唱段我都会唱，特别是《红灯记》《智取威虎山》等几个戏，无论主角配角，无论正面人物还是反面人物的唱段我全都会唱，现在有时在办公室我还会哼唱几句，引来一些小同事惊异的目光。

　　1973 年以后，可看的电影也开始慢慢多起来，最早是《艳阳天》《青松林》《战洪图》等，先是看过浩然的长篇小说《艳阳天》，然后看电影感到非常亲切，影片萧长春的扮演者叫张连文，我至今记得。电影最早是在塔管处放映，有的同学连夜骑自行车来回五六十公里去看，那时候路很难走，尽是沙包，要花费很长很长的时间，也非常费劲，等到我们连队放映时，大概要晚半个月到一个月的时间。

　　1974 年，电影《闪闪的红星》放映时，也掀起了一个大家观看的高潮，电影的主题曲《红星歌》，插曲《红星照我去战斗》《映山红》家喻户晓、耳熟能详，大家从此也都记住了歌唱家李双江、邓玉华的名字，我听说咱们 1978 届的赵跃渊演唱《红星照我去战斗》就非常棒，不知是不是他，我好像还听过。这个电影里面的插曲人人会唱，就连电影里面的台词，电影里面的人物刚说上句，下面的观众，特别是孩子们就能接下句，比如说："这是谁干的?""这是冬子干的!"下面一接完，观众席上就会立即爆发一阵善意的笑声。像这样的电影，孩子们都跟着电影机一个个连队跟着看，一看就是好多遍，那画面、那对白，早就烂熟于心了。

　　看电影的高潮和巅峰是看戏剧电影《朝阳沟》的那天晚上，二营作业站所有的河南人听说要演这片子就炸锅了，绝不夸张。第一场从十二连开始，天还没黑呢连部俱乐部门前就被占满了，大家全说河南话，就跟到了省城郑州似的，开演之后鸦雀无声。放完了，放映员就餐。所有观看人员，成群结队，杀向下个放映点。这片子在那晚一共放了四场，场场不落，场场爆满。一直从傍晚到凌晨两三点。电影放完了，可是《朝阳沟》的唱腔歌声不断、此起彼伏，河南籍的人主唱，其他人和，一遍又一遍、一段又一段、一场接一场地反复独唱、串唱、合唱、联唱……一路唱来一路笑，那疯狂劲，那高兴样，那场景，今生今世都不忘。

　　记得那时为看朝鲜电影《卖花姑娘》《南疆村的妇女》《看不见的

战线》，阿尔巴尼亚电影《海岸风雷》等，我们会追着电影从九团团部到二营，从二营到各个连队看好几遍，从未感到过疲倦，只有满足和快乐。电影中演员经典台词"消灭法西斯，自由属于人民"，成为我们朋友见面时彼此庄严的口号。像《南征北战》《地道战》《地雷战》《英雄儿女》《小兵张嘎》等这些老电影，我都记不清看了多少遍。

放电影和看电影也成就了许许多多美好的爱情故事，在那月色朦胧的夜晚，什么美好的故事都可能发生，那时的电影，爱情故事极少，甚至没有，但银幕下的爱情故事却是无比的鲜活生动。

现在已进入时尚的"移动"时代，别说电影了，就连电视电脑人们都懒得看，每天看微信、聊微信、发微信，海量的信息、海量的视频扑面而来，应接不暇，可边走边看，可躺在被窝看。但我仍时时想起少年时看电影的那份欢乐，那份美好。无论时代怎样变，一些群众喜闻乐见的娱乐休闲方式还是广受欢迎的，公益放映队各村巡回放映，村民们喜看露天电影的场面，不就是个印证吗？

阿拉尔的阳光

　　这个盛夏，我的家乡阿拉尔火了，彻底火了！就像那七月塔里木上空似火的骄阳，就像那周末阿拉尔市府广场上万人齐跳麦西热普火一样的热情，就像兵团一师师长、阿拉尔市市长杨秀理在央视舞台上妙语连珠打动人心的演讲。这都是央视正在热播的《魅力中国城》的评选，新疆阿拉尔市 PK 江西上饶市一系列展示表演演讲投票等活动引爆的。无论是现在还是过去生活、工作在阿拉尔的人，还是他们地处天南地北甚至是海内外的亲朋好友，都在为阿拉尔呐喊助威，都被一种幸福裹挟着，热浪一浪高过一浪。特别是央视播放的反映阿拉尔崭新市容市貌、秀美农场田园风光的专题和一组组照片，不仅让我们为家乡日新月异的巨大变化感到骄傲和自豪，而且还给观众在视觉上、在心里以最强烈的冲击，那就是阿拉尔万里晴空下格外灿烂的阳光。阿拉尔就像一位充满阳光的青年才俊向着他的父老乡亲走来，向着世人瞩目舞台中央的聚光灯下走来，向着心中对未来的无限憧憬走来。

　　阿拉尔，是你灿烂无比的阳光，是你阳光般的笑靥，刷屏了我的朋友圈，洗版了我的微信群。

阿拉尔，在我心中就是这样一幅幅画面，阳光或强或弱，色彩或浓或淡，清朗寥廓，流金溢彩。朝霞是那么绚丽，晚霞是那么璀璨，那阳光明媚得让人喜不自禁，好像穿过人的心扉，让人的心豁然开朗，让人的五脏六腑也纤尘不染。嗅一嗅，都能闻到太阳的味道。

我特别羡慕生活工作在阿拉尔的海英、炳新、洪福、长娟等同学们，节假日或闲暇时，或早或晚，背着单反，拿着手机，沐浴在阿拉尔灿烂的阳光下，这里看看，那里瞧瞧。调整焦距，按下快门，完成一幅幅佳作，制作一个个美篇，在自我欣赏之余，还引来微信群、朋友圈一阵阵的欢呼雀跃，是何等的幸福、何等的快乐呀！

万物生长靠太阳。阳光对于一切生命如此，对人更是如此。说起阳光，我想念南疆，特别是想念位于塔里木河畔阿拉尔的阳光。打开阿拉尔官方微信——阿拉尔我和你也这样说：阿拉尔日照长，昼夜温差大，光热资源十分丰富，适宜农作物的生长。对现代人来说，一些看似最普通的东西，也往往是最稀缺的，最珍贵的，如空气、阳光等。素有"绿色岛屿"之称的阿拉尔，可以说是天然的氧吧，阳光的世界。那阳光，能让你在日复一日的生命律动中，明显感受到季节的更替，早晚的变化，时间的冷暖。是的，春天，阿拉尔的阳光是和煦的，万物萌芽吐翠；夏天，阿拉尔的阳光是赤裸的，大地一片葳蕤；秋天，阿拉尔的阳光是炽烈的，瓜果遍地飘香；冬天，阿拉尔的阳光也是有温度的，再寒冷也让人感受到一种贴近肌肤的温暖。

一年四季，在阿拉尔都能享受阳光的照射，阳光的抚慰，阳光的温暖。沐浴着灿烂的阳光，这看起来很寻常，其实在当今这早已不是一件容易的事，甚至可以说是一件奢侈的事情。无论久居他乡的我，还是出差旅游到别的城市，别的地方，对气候，对天气，都特别的敏感，喜欢比较。一比较，就特别想念阿拉尔的阳光，怀念那阳光的味道。阿拉尔的阳光，那是一种能在你的舌尖上咀嚼的香味，那是一缕能把人的心坎照亮的阳光，那是一束能让你五体通泰的阳光。

　　屈指算来，我在北疆已生活了快 40 个年头，应该对这里的气候也算适应了，但每当冬季，望着窗外白茫茫雾腾腾的一片，我都会掰着指头算一下，阳光何时普照，春天何时到来，还真有点寒冬腊月盼春风的感觉。北疆的冬季大致从每年的 10 月初就拉开序幕了，因为 10 月 10 号是雷打不动的规定供暖日，供暖很及时、很认真，一直到来年的 4 月 15 号结束，算算差不多近半年的时间。这半年的时间，我们就是在云遮雾罩、风弥雪漫中度过，特别是刚入冬或快开春的那段日子，三天两头的似雨非雨，似雪非雪，雨雪交加的日子，道路泥泞不堪，男人再漂亮的座驾也成了黑包公，女人再靓丽的长筒靴子也到处粘满泥点。说起来，大家可能难以置信，过去都市的人，冬天要晒一下阳光、看一下太阳，大都要驱车到几十公里外的乌拉泊、南山一带，也就是春光同学亲家住的那片地方。不过那都是过去的事了，早已成了历史。近年来，特别是这五年来，情况有非常大的改善，随着老城区全面提升改造，煤改气天然气入户、污染企业小企业关停并转等一系列惠民工程的实施，使都市的空气质量有了大幅度的提高，阳光灿烂的日子越来越多，大冬天，老百姓也可以在家门口，在阳台上，享受缱绻的冬日阳光，呼吸新鲜洁净的空气了，大伙的幸福感获得感也迅速蹿升。即便如此，越来越多从阿拉尔来都市养老居住的老同学，大家有一个共同的感受，就是北疆冬天太长了点，天气太冷了点。大冬天，即使有太阳，都被钢筋水泥的森林挡着，就是大中午，也很难晒上太阳，一到这时，大家都不约而同地怀念阿拉尔的阳光了，这也成了一个常说常唠的话题。不过，这也是没有太好解决办法的事，不太好取舍。一个在天山之南，一个在天山之北，所处的地理位置的纬度使然也。

　　但在阿拉尔就不同了，那灿烂的阳光，明媚的阳光，别说是春夏秋三季，就是冬季，让人想起来都温暖，仿佛触手可及。阿拉尔应属于大陆性温带季风气候，冬天也很寒冷，塔里木河和大干渠的冰能结得很厚很厚，上面可以过大卡车。但早上起来就能看见又圆又大的太阳，从地

平线上冉冉升起，通红通红的，染红大半个天际，晚上能看到一轮巨大的火球，从地平线上缓缓落下，余晖很久很久才能收拢，中午的太阳照样能照得人浑身上下暖洋洋的，搬个凳子到向阳的屋前坐一会，拉个家常，晒个太阳，是很舒服的一件事。春节前拆洗的被褥，淘洗的衣服，晒在外面的绳子上，过两天照样干干爽爽，这不像南方的城市，海边的城市，大夏天，一件 T 恤一两天都干不了，放在空调下、电风扇前吹都不行，摸上去，总感觉潮乎乎的，腻歪歪的。

阳光对阿拉尔似乎情有独钟，日照长，昼夜温差大，那甘甜的各类瓜果不就是最好的见证吗？特别是近几年阿拉尔人引以为傲的大红枣，更是上天的恩赐，阳光的恩赐，没有充足的阳光，没有足够的热能，哪会有它全身上下红彤彤金灿灿人见人爱的模样。

阿拉尔的春天也脚步儿特勤，每年正月十五一过，太阳好像就照得人坐不住了，轰轰烈烈的春耕、备耕就开始了，在和煦的阳光中，广袤的田野上，一派人欢马叫热气腾腾的景象，汗流浃背的壮汉小伙子都忍不住脱下那厚重的外套，袒露那健壮的辛勤劳动历练的身躯，给人一种人勤夏来早的感觉。记得那时上学时，我们每年 3 月 1 号开学，开学典礼都在校园举行，煦日和风，让人心中春光荡漾，新的学期新的开始，多么幸福呀！

要让我说阿拉尔有什么缺点，我就吹毛求疵，那就是夏天蚊子有些多，影响了人们在外纳凉消暑。听了这话，一些老同学会笑着纠正说：那都是老皇历了，现在由于城市的不断美化净化，团场农作物的更替，蚊子早就不多了，甚至很少了。噢，如果是这样那就太好了。夏日的傍晚，或在广场的绿荫下、草坪上，目送夕阳西下，晚霞由红变暗，或坐在一家农家乐的院子里，夕阳透过林木的缝隙，一道道光束和袅袅升起的烤羊肉串上的香味融合在一起，这是多么让人享受、爽快的美事呀！

赤橙黄绿青蓝紫。阿拉尔的阳光，灿烂动人，让人怀念、让人向往。

我们有理由相信，阿拉尔市在央视的《中国魅力城》评选中，一定会凯歌高奏，马到成功。因为它的征途上洒满七色的阳光，开满幸福的鲜花。

有个地名叫 88

　　地名是一个地方的文化符号，或是一段尘封的历史、一个熟知的典故，或是一个信息、一个交流的载体。

　　我说的 88 不是一个普通的数字，它是一个地名，准确地说是一个拓荒者驿站的名称，一个具有鲜明屯垦戍边历史的文化符号。这个地方位于新疆的南疆，有条从阿克苏起到阿拉尔止，名叫阿塔的公路，地处 88 公里的地方。在这条路上，用数字命名的地方还有 68、103 等。用 88 这个数字命名的这个地方，当时的命名者应该是一群从南泥湾三五九旅走来，放下枪杆子拿起坎土曼，铸剑为犁的军垦战士。他们用这个数字命名这个地方，当时绝对没有考虑这个数字的幸运和吉祥，而是从阿克苏出发到这个地方刚好 88 公里，朗朗上口，便于记忆、标识和交流，后来这个地方就是农一师胜利十三场，也就是今天的一师八团的团部所在的位置。

　　我们可以设想一下，当年一群风尘仆仆、风餐露宿的军垦战士从阿克苏向荒原茫茫戈壁进发，披荆斩棘，马不停蹄，一路向东，有路总要有标记，便于交流便于流通，这也许是这里最早叫 88 的缘由吧。随着岁月的流逝，它也就成了一种永久的记忆、一种文化符号了。

本来这个叫 88 的地方，和我并没有什么关联，但我的家乡叫 103，就是九团二营，也叫作业站，也就是离阿克苏 103 公里。单从数上看，就能看出 103 和 88 是近邻，两个数字之差 15，显然两个地方的相距也是 15 公里。103 公里的二营在行政上隶属九团，但距九团团部阿拉尔有 22 公里，距八团团部才 15 公里，就是这段多 7 公里或少 7 公里的距离，我和我的同伴在学习生活等多方面，就和 88 不可避免地发生了许多交集、许多故事。

尽管我的家乡距八团团部比九团团部少了 7 公里，但是在那个年代别小看这 7 公里，那时可不像现在，只是一脚油门一眨眼的事，当时的阿塔公路是从戈壁沙包中开出的土路，如果是搭乘一天一趟的班车，不晃上一个多小时是不可能到的，如果碰上春天道路翻浆，那时间就更不能计算了。如果是骑自行车，骑的时间还没有下车推的时间长，所以省了 7 公里就等于出行可以节省好多时间、省了好多体力，能到八团办事买东西就到 88，正是由于这种时间和地域上的紧密关系，88 这个地方在我的脑海中留下了极其深刻的印象。

那时大人们买个针头线脑火柴酱醋就常常骑车到 88，特别是 88 的食醋非常有名，主要特点是特别酸，需要醋作调料的时候就可以少放些，放的少，吃的时候就省，也就省钱。我们稍大些刚学会骑自行车，便加入了这个到 88 采购食醋的行列。那时周末只有一天的休息时间，去 88 一趟也只能是几个小时顶多小半天的时间，因为上午还要去戈壁沙漠打柴火，打柴火回来，一般都快到半下午，顾不上擦把脸，骑上自行车就往 88 狂奔。去 88，这也算是家长对我们打柴火一天辛苦的犒劳，出去放个风。很多时候，后车座上还要驮上一个小的弟弟妹妹，一起去 88 耍一下，玩一圈，看一下别人是怎样的世界。车前把上绑上两个玻璃酒瓶，叮叮当当的，有时还要帮左邻右舍稍带上一瓶。我记得很清楚，当时一公斤醋是一毛五分钱，要买多少醋需要多少钱大人都是算

好的，你在其中是绝对做不了手脚，去买些别的自己喜欢的东西的。作为家里的长子，对家里的财政状况也略知一二，肯定会以身作则，让家长放心，再说了，那时什么都要券或者票，也没什么好买的。15公里的沙土路，一会骑一会推，走走停停，并不轻松，但心里却是快乐的，就像路边叽叽喳喳在沙枣树上蹦蹦跳跳的麻雀，有一种放飞的感觉。

我在九团二中读书期间，因为两地离得近，就免不了老师和老师之间，班级和班级之间，学校和学校之间的相互观摩学习，相互听课观摩课堂教学，就是一项主要的活动。位于88的八团的老师就经常跨地域到位于103的九团二中听课，组织者可能觉得跨团听课有新鲜感，能学到不少东西吧，也就是距离产生美。其实当时九团二中的老师应该是很不错的，八团老师来二中听课，对二中的学生来说早不是什么稀罕事了。读五年级时，八团的老师来我们班听过屠芳老师的语文课《小英雄雨来》，课文中有一句话我至今记得：晚霞映照在湖面上像盛开的一大片一大片的鸡冠花。多美的语句，多美的比喻呀。上初中时，八团老师来我们班听过喻燕良老师的作文辅导课，那节课喻老师讲得很棒。后来我看到喻老师的教学札记等心得体会，他多次提到那次公开课，可见他也很得意。也正是从那节课开始，我爱上了作文，爱上了写作。上高中时，八团老师来我们班听过杨文生老师的语文课《论"费厄泼赖"应该缓行》，老师那么难讲、学生那么难懂的鲁迅作品，杨老师讲得出神入化，引得八团同行不断点头称赞。至于其他的数理化课八团老师也来听了许多。有来就有往，有时候我们上课铃响了，本来该上数学课，进来的却是地理课老师，原来主课老师都到八团听课去了。当时九团二中和八团中学在教育教学上的交流是很频繁的，这也是很难得的，相互交流，取长补短，老师提高了水平，最终受益的是我们这些学生。但在我的记忆中好像很少甚至没有咱们九团一中或其他学校的老师来二中听课，不知道这是为什么，是不是一中觉得自己是九团学校的老大，特牛，别的学校应该来一中听课，对我们二中很不屑，还是因为别的什

么，我就不敢妄加猜测了。

我的启蒙老师上海知青翁亚棣在她的回忆中说，20 世纪 60 年代末，她和陈秋娥、陆惠珍、汪荣华、宋鹂、郑宝珠、黄嘉敏、杨正苓等 8 人组成的一个小组从九团团部出发，第一站就是 88 公里的十三团子校。在那里他们唱歌、跳舞，宣传毛泽东思想，受到 88 十三团师生的欢迎。当年九团二中离八团较近，两个地方学校听课、交流、联络较多。九团其他学校老师来听课少，是因为路远、学校条件差，后来有了初中、高中，特别是当时九团二中聚集了许多多才多艺的老师，来听课取经的人也络绎不绝。

郑宝珠老师还补充到，当我们一行到达 88 十三场子校时，天色已晚，大家早已饥肠辘辘。幸得主人盛情，端来一大盆白面馒头。我们尽管饿得前胸贴后背，但还顾及脸面，没有马上动手。待主人双脚刚跨出门槛，大家立刻饿狼般扑向那盆热气腾腾的大馒头。虽时过境迁，快 50 年了，那情景仍历历在目。

这些年，随着九团二营西进北扩的步伐加快，九团二营和八团离得越来越近。2012 年我回二营省亲，沿着阿塔公路一路走来，一会的工夫，就到 88 公里处了，放眼望去，"满眼田园风光，望见蓝天白云，留住兵团记忆，洋溢现代气息"，已很难分清十三团 88 和 103 九团二营的界限了，那 15 公里的距离或许早就不存在了，现在是不是早已实现了无缝对接了？用最时尚的一句话应该是"打破区域界线，实现一体化，超常规跨越发展"吧。

光阴荏苒，令人感慨。但无论怎样，我永远都不会忘记 88 这个地名，记住了这个有特殊意义的文化符号。

三八桥

　　小时候，在离我家不远大约两公里多的地方，有一座小石桥。桥不大，知名度可不小。它不仅是我的家乡最早的一座水泥桥，也是我的家乡唯一一座有名有姓的桥，叫"三八桥"，它在当地可以算是地标性的建筑了，别看它其貌不扬，却大名鼎鼎，谁也不敢对它小觑。至今它还在那交通咽喉上，发挥着作用，更加令人高看。

　　我家这片地方，位于南疆阿拉尔九团二营，是盛产棉花、水稻等各种农作物的丰饶绿洲。这里与机井灌溉的稻作区不同，不仅上万亩的庄稼要靠地表水灌溉，人畜饮水也要靠渠水，大干渠，小支渠，大大小小、长长短短的渠道像毛细血管一样纵横交叉，渠水清波荡漾。有渠自然得有桥，在这个地方大大小小的桥也就不计其数，但这些桥大多是夯几个粗木桩子，上面先蓬些粗些的柳树枝、红柳枝、干芦苇什么的，再覆一层尘土，就算完事了。不仅人走，牛车、马车走，就连解放牌大卡车、东方红拖拉机、推土机也在上面过，来来往往的，都安然无恙，从未听说哪座桥被压垮压塌的。我倒是亲眼看见过有毛驴呀、骡子呀、牛呀、马呀拉着车走到桥上不老实，蹄子被卡在桥面的缝隙里，车把式只好招呼几名精壮汉子把车上面的东西卸掉，费了九牛二虎的劲才把牲畜的蹄子从中拔出来，这些惹是生非的牲畜受些皮肉之痛那是免不了的。

唯独这座水泥桥，它坐落在一条南北走向的支渠上，桥的造型朴实无华，不矫揉不造作，一如这片土地上的垦荒者。这里除了十二连、十三连两个连队之外，是其他好几个连队通往外界的必经之路、必过之桥。它之所以叫这个名字，大概是"三八节"那天落成的吧，好像在它的桥身和桥头某一处，确实刻有"三八"二字，并用红色描抹了，时至今日，还能隐隐约约地看见。至于是谁题的字，我也没有去考证。但听赵永平同学说，这几个字是发小张小辉同学的父亲题写的，他那时是二营的营长，应该没错。大伙平时都亲切地喊他张县长，他待人和蔼可亲，没什么架子，老前辈的真名我还真不知道，我也没有问过小辉同学。掰着指头算一下，这桥应该是20世纪70年代初修建的，距今应该有40多年的历史了，比我的许多同龄人的年岁都大。桥下的这条支渠不大也不太深，与东西走向离它不远的大干渠相比，只能算是一个小弟弟，但要扼守在整个连队进出的咽喉要地，地理位置极其重要，用一句流行的话说，就是上升到战略层面也未尝不可。桥长桥宽也都不过10来米，两辆大卡车若同时过桥，错车可能都有些困难，但其因地位重要也就身份显赫，想不显摆都不行了。

这座桥是涵洞式的。涵洞低于水渠的渠床，渠水从涵洞进涵洞出。桥的北面，涵洞阻挡了水草、枯枝烂叶等漂浮的杂物，起到了过滤的功能。桥的南面，渠水清澈，鱼游渠道，怡然不动，依稀可见，用手去摸，俶尔远逝。有时还能看见成群的过渠之鲫，往来翕忽，在水中招摇，似与人逗乐。这里也是周围好几个连队，包括机械队、基建一队等单位人畜重要的水源，家里的日常用水也大都是来这里汲水。如果遇上周末，渠道的两旁挨挨挤挤的到处都是人，女人们在这里淘米洗菜，浣洗衣物床单，有一句没一句，低一声高一声地闲聊着，说到兴头，不时传来"咯咯""哈哈"的笑声。男人们则把自行车、摩托车、独轮车推

到路旁，提着水桶用心擦拭。

这里更是孩子们的乐园，如果是夏天，他们从桥的北边一头扎下去，一个个赤条条的，精灵般穿过整个涵洞，从涵洞的南面出来，在这里嬉戏玩耍的大都是上一二年级六七岁的小男孩，年龄大一些的孩子，是不屑在这小水渠里玩这些小儿科的游戏的。他们的目光在离这里大约两公里远的大干渠，但他们当初也大都是在这里扑腾过，从这里游到更大的水域，施展自己的技能。如果是冬天，这里又成了孩子们练习滑冰的小小培训基地，但没有老师教，全凭自学，跌倒了再爬起来，要自己领悟。滑累了，自己给自己的奖品就是一块晶莹的冰块，含在嘴里，享受无比，味道堪比现在的哈根达斯。

夏日的傍晚，我常到渠里挑水，经常会看到在大田里劳作一天的人们，乘着月色，围在桥边休憩，有的坐在桥头，有的坐在桥帮，有的坐在渠边的草地上，吸着烟聊着天，烟头一明一灭的，但无论坐在哪里，他们都会卷起裤腿，把脚放在水里，漫不经心地在渠水里轻轻拍打着，溅起晶莹的水花。在月光中，水面像一幅即将卷起的水墨画，而画面的主角仍是那看似纹丝不动，但在水中晃晃悠悠、朦朦胧胧的三八桥。人和桥都倒映在水中，桥和水都装在人的心里。

在小石桥上，来来往往，我不知走了多少回，渠里的水也不知喝了多少。从春天到秋天，每次上学放学路过这里，都会趴在渠边，用手把水面往两边拨拉几下，头扎下去，一气猛喝，喝足喝够了，用手摸一下嘴巴，才心满意足地往学校或往家走。

有时学校上体育课，下课铃一响，同学们都会箭一般地冲到渠边，顾不上洗把脸，不仅是男生，女生也一样，一个挨一个地趴下，用手轻轻扒开上面漂浮的杂物，低下头，猛喝一气。喝罢，扬起脖子，心满意足了，拍拍胸脯，还不忘说上一句电影《南北征战》里的经典台词："又喝上了家乡的水啦。"说罢，引来一阵欢笑声，渠里的鱼有时也恰到好处地高高跃出水面，激起一片浪花，好像在和桥头渠边的孩子们相

呼应，桥下桥上，都快乐无比。这句话，也是大家对这座桥、这条渠、这泓水发自内心的最好注解吧。

40多年来，三八桥，不仅见证了这片土地的沧桑巨变，也记录了这里人们的悲欢离合。一天又一天，一年又一年，无论是云淡风轻，还是雨暴雪狂，它都不卑不亢淡定从容。因为它和这里的人具有相同的禀性和气质，彼此血脉相通，情投意合。

三八桥，它不仅建筑在一条支渠上，它也搭建在军垦三代人的心中，无论是过去还是现在，无论是离开的游子、逝去的前辈，还是正在那里生产生活着的人们，都会永远铭记，它那灰暗衰老的身影活色生香、熠熠生辉。

马灯记

　　提起马灯，别说现在城里的孩子，就是农村的孩子也不一定见过，就是见过的，也不一定熟悉。而马灯对于我和我的小伙伴们来说，她不仅是普通的生产和生活中的照明工具，在她的光辉照耀下，我们吸吮着知识的乳汁长大成人，她那并不算太明亮的光和影也映衬着我家乡的沧桑巨变。

　　在 20 世纪六七十年代，我的父辈们开发建设塔里木时，马灯是最常用而且用的时间最长的一种照明工具。从我记事起，家里用的就是马灯，前前后后有近 10 来个年头，和她朝夕相处，特别是每个夜晚都和她对视，不仅对她的面孔熟视，就是对她周身的每个零部件也烂熟于心了。她以煤油、石油、柴油等燃料作灯油，下端有一个储油罐，也叫油皿，螺丝盖，全封闭，油不滴漏，上端有两个铁盖，留有空隙，便于氧气的输入，配一根棉质的灯芯，利于燃烧，外面罩上玻璃罩子，特别是在沙漠戈壁，无论风吹还是沙打，她都始终如一地发出那橘黄色的温暖的光芒，不仅照亮脚下，也照亮着远方。

　　在我小的时候，我的家乡塔里木河畔的阿拉尔，到处洋溢着向戈壁沙漠进军变荒漠为绿洲的革命激情，军垦战士们除了白天酣战，还常常挑灯夜战，那马灯就是最好的照明工具了。我亲眼看见过，原农一师九团十二连十号条田，全团好多个连队的职工汇聚到一起，沿着大干渠的北面开挖一条几公里长的排碱沟。白天，一幅幅突击的红旗在寒风中猎猎飞舞，夜晚，那一盏盏马灯，犹如夏夜的萤火虫，星星点点，蜿蜿蜒蜒，微黄的光晕努力地照亮着黑夜，把奋力挥舞着铁锹或坎土曼的人们的身影拉得很长很大，像是一个个在大漠荒野上，用楷书大写的"人"字。记得有一天晚上，我和母亲去给工地上干活的父亲送饭，父亲就是在那马灯下，飞快地往嘴里扒拉着还冒着丝丝热气的饭菜，那灯光映照着父亲的额头和脸庞，我分明看到了每一个皱褶、每一个毛孔都沾满了一颗颗细小的沙粒，有的落到了父亲的碗里。趁着父亲吃饭这个间隙，母亲拿着父亲的坎土曼，在那微弱马灯的照耀下，也干了起来，因为那时正在开展劳动竞赛，谁都不想落后，父亲虽然是连队的会计，但像这样的大会战，他也总是主动请缨，冲向第一线，他的行动总是把一家人都带动起来了，这是那马灯向我们发出的召唤。

有时傍晚，我们在大干渠边挑水或嬉戏，会看到连队的叔叔阿姨三三两两的，穿着大胶筒，提着这不怕风吹雨打的马灯，去大田上夜班，查看渠水灌田什么的，在那漆黑的夜晚，仅凭肉眼也能看见那星星点灯，这灯光一直融进那满天的朝霞里。

地处偏远的九团作业站通电晚，十二连通电更晚。每到晚上，女人们会聚在其中一家的马灯下，有的打毛衣、有的纳鞋底、有的缝补衣服，有干不完的家务，男人们下军棋、下象棋、磨镰刀、收拾农具，一边东拉西扯地聊天。孩子们则在这盏马灯下写家庭作业，嬉戏玩耍。

马灯在连队的马厩用的就更多更寻常了。连队有个绰号叫"老黄牛"的叔叔，人格外老实憨厚，单身，一直负责连队大车班马、牛、驴、骡子的饲养和使用，他对这些牲畜，就像对自己的孩子一样，精心饲喂，精心照顾，他每晚总是起来好几趟，提着马灯，给这些牲畜添水

加料，有时天气突然变了，他还会把他的大棉袄，披在瘦弱的小骒马背上。大家都知道，连队马厩的马灯都是通宵亮着的，无形中她也守护着这个连队的老老少少。

1975年的夏天，我读初中，有一天晚上，肚子痛得不行，连队的卫生员初步检查后，怀疑是阑尾炎，需要尽快到20公里外的团部卫生队做手术。半夜三更的，那时连队不可能有机动车，公路上也不可能有便车。老黄牛叔叔得知情况后，立即套上大马车，快马加鞭把我往团部医院送。夜色深深，道路颠簸，全靠那挂在马车辕头上的马灯探路。在疼痛中，我只感觉那马灯的光晕在我的眼前一晃一晃的，是她让我看到了希望，看到了光明，有了坚持的力量，尽管那光亮在黑夜中还有些惨白。

马灯除了要及时添加燃油外，灯罩过几天就要擦拭一下，否则就会被油烟熏黑，如果在灯下看书写字时间久了，两只鼻孔吸气的地方都是黑漆漆的，像画了两条小胡子，早上如果不认真洗脸，还会带到学校去。就在1978年高考最后在家复习的那几天，连队又停电了，我在马灯下继续夜战苦读。看着马灯，父亲每次擦拭马灯的步骤和样子又都浮现在我眼前，家里的这项工作一直都是他承包的。他首先会小心翼翼地把灯罩取下来，用洗衣粉水或是肥皂水把灯罩先洗一遍，用毛巾擦干，用嘴哈气，猛哈几下，再用旧报纸擦拭，这样灯罩才会光洁如新。可惜的是我使用了若干年，却从没动手擦拭过一次，父亲不让我擦，一是怕我擦不干净，二是怕浪费我的时间。马灯留给我的记忆是温暖的，那记忆和马灯散发出的光芒一样，一点也不微弱，反而无比璀璨。

我的老同学袁炳新曾在阿拉尔"三五九旅"军垦博物馆拍了一组旧马灯的照片，马灯的底座、手柄等处早已锈迹斑斑，但他把马灯誉之为"心灯"，真是再贴切不过了，看来这灯光不仅仅照亮了我的心。

从阿拉尔走出的影视大家沈贻炜

  2016 年 11 月 4 日，由中宣部学习出版社等单位共同拍摄完成的电影《有家》在杭州胜利剧院举行了首映式。这部电影的编剧就是从阿拉尔走出的上海知青，我的中学老师沈贻炜先生。看到沈老师在首映式上发言的照片，虽然已年过七旬，白发苍苍，但精神矍铄，作为沈先生的学生，我为老师感到无比的喜悦和自豪。沈老师现在是活跃在影视一线的全国著名的编剧和作家。如果你在百度上输入"沈贻炜"三个字，无数的编辑词条会扑入你的眼帘，让人目不暇接。沈老师是塔里木的骄傲，也是阿拉尔的骄傲。

  沈贻炜老师，1946 年出生于浙江绍兴。1966 年保送至新疆塔里木农业大学农学系求学，1981 年新疆大学中文系研究生毕业，取得文学硕士学位。沈老师在当时的《新疆文学》上发表的一篇文章中，满怀深情地说，他的财富在新疆，他的财富在阿拉尔。是的，沈老师始终对他的第二故乡——阿拉尔一往情深，他的许多影视作品和文学作品都是反映新疆、塔里木、阿拉尔如火如荼的生产和生活的。

  沈老师是哪一年到一师九团二中任教的，我记不大清了，大概是

1973 年前后吧。那时九团二中小学部和中学部都挤在一个巴掌大的校园内。老师和学生低头不见抬头见，无论是不是本班任课的老师，学生们都很熟悉，大家就像一家人。当时学校的师生都亲切地称沈老师为"沈秀才"。沈老师招牌式的标识就是秋冬季节围在脖子上那条银色的围巾。清新的大学生模样，很有文艺范儿。1974 年我刚读初一，在初一（1）班。沈老师除了任二中第一届高中班的班主任外，还兼我们班的历史课。第一节历史课沈老师给我们讲北京猿人、山顶洞人。沈老师讲课语速不快，但语调抑扬顿挫，肢体语言很丰富，比画着讲猿人如何手脚分工、直立行走，讲猿人如何学会用火，很吸引学生们的眼球，讲课很受大家的欢迎。但时间不长，就开始了"批林批孔"运动，学校里把包括历史在内的很多课程都停了，于是沈老师就和我们暂时告别了。

也就在这一年刚放暑假不久，学校通知我们这帮初中生要带上行李住校，因为学校要搞一次夏令营。夏令营，这个词我们可是第一次听到，大家又好奇又兴奋。后来才知道沈老师正是这次夏令营活动的总策划、总指挥，夏令营活动主要成员是他带的 1975 届的高中班。我们这些小喽啰主要是观摩学习，掺和一下，无非就是手拿红缨枪，站岗放哨，为学哥学姐们当一下背景，烘托一下气氛，串个场子，拉一下鞭梢。当时的夏令营活动，沈老师设计了一个高潮：在一个月黑风高的夜晚，一个潜伏的特务要伺机搞破坏活动，被手拿红缨枪的红小兵发现，然后报告给大队部，后来被革命的红卫兵小将擒获。搞这个活动当时二中不用灯光舞美。学校四周就是天然的大舞台，田野纵横，沟渠交错。不远处就是戈壁荒漠，一丛丛的红柳、梭梭，一片片的芦苇是敌人绝好的藏身处，也是抓捕敌人最理想的战场。这个经典战役的时间属于核心机密，只有夏令营指挥部沈老师等很少的几个人知道，我们红小兵就每天三班倒按时站岗放哨，晚上睡觉也不敢脱衣服，害怕错过了激动人心的时刻。但那时年龄小瞌睡多，熬不了几宿就坚持不住了。有一天半

夜，我突然被一阵急促的脚步声惊醒，然后又听到一片欢呼声。原来潜伏的特务被红卫兵小将在一处沙丘的红柳丛中擒获。当然擒获的过程还是蛮有意思的：发现、监视、抓捕、挣扎、擒获……这一切我都无缘参与，只有分享。分享是由那位特务的扮演者就是沈老师当时的弟子之一毛春堂讲述的，男主角是在二中有"小王心刚"之称的沈老师的另一位弟子赵和平。沈老师就是带的这一届高中毕业班，他也是在九团二中第一届1975级高中毕业后就调到一中去了。是沈老师让我这个土生土长的农场孩子第一次有了夏令营这个概念，并且第一次参加了夏令营。

再次见到沈老师是1978年的春天，那时沈老师给九团组织举办的全团语文老师培训班重点讲授什么是形象思维，对于我这个当时只知道中心思想、段落大意的高二学生来说，云里来雾里去，等于对牛弹琴。但听了沈老师的课，有一点我明白了，文艺创作需要形象思维，写作文、遣词造句也不例外。就是那时我也得知沈老师参加了研究生的招生考试并已被录取。在那样的情况下，沈老师还是带着我们这届1978级的学生完成了高考语文复习，特别是高考作文辅导。

我的一位一中同学还特意给我们描述了当时沈老师给他们上课的情景：有一天上语文课，沈老师脖子上依然围着他那招牌式的银色围巾，给我们讲唐代大才子王勃的《滕王阁序》中的经典名句"落霞与孤鹜齐飞，秋水共长天一色"，我们这些什么都不懂的团场孩子全都聚精会神地听沈老师的解读。沈老师把落霞、孤鹜、秋水和长天四个景象勾勒出一幅宁静致远的生动画面，让我一辈子都难忘。工作后我先后四次到南昌，每次登上滕王阁，领略到王勃"落霞与孤鹜齐飞，秋水共长天一色"这写景的精妙之句，就会想到沈老师。从同学的描述中，我仿佛又看到了沈老师上语文课时的生动场景。

1979年秋，当我们踏入新疆大学校园再次见到沈贻炜老师时，沈老师已是中文系二年级的研究生了。我是第一次远离家门，在那种陌生的环境，在陌生的校园见到自己熟悉的老师感到非常亲切，沈老师也特

别理解我们的心情，尽可能地给予我们更多的关照。刚去的那个学期，沈老师和我们同在一栋教学大楼，只要碰面就会嘘寒问暖，一到周末，沈老师就亲自采购、亲自下厨给我们烧几个菜，改善一下生活。有时也会把在"八农"就读的几个同学一起叫来改善伙食美餐一顿。当时沈老师的住宿条件很差，也没有太多的收入，生活比较清苦。但他每次请我们过去都要拌一大盆凉菜，用石油炉子早早炖一锅清炖羊肉，再到食堂打许多饭菜，然后带着微笑，看着我们这些少则四五个，多则六七个大小伙子把饭菜一扫而光。这个我们每周必吃的"宴席"大概持续了有一年的时间，直到沈老师研究生毕业离开新疆回内地工作为止。

我大一从南疆初到北疆，对气候极不适应，加上又要学习语言，用嗓过度，扁桃体经常发炎。1980 年春我又因慢性咽炎住进了三医院。沈老师得知这个情况以后，立刻赶来看我，还带来了营养品和慰问金。让我这个远离家乡、远离父母的孩子感受到了家的温暖和兄长般的关爱。这一年暑假我回到九团作业站后，为了根治扁桃体炎，我又住进了二营卫生所。正巧沈老师到二中看望其他老师，得知我住院的消息后，特地委托二中的楼文杨老师到卫生所看望我，并带来了营养品。1981 年秋，大二新学期开学，我对乌鲁木齐市的气候和校园生活已经熟悉了，但沈老师研究生毕业后回内地工作去了，至此我再也没有见到敬爱的沈老师。

大概是 1983 年初夏的一天，我等待分配，就到新大附中勤工俭学，在学校的阅览室，我随意翻看《语文报》，突然有一张照片吸引了我的目光。啊，是沈老师，是沈贻炜老师，在其中一期的语文报上刊登了沈老师撰写的《要丰富自觉的语言》的一篇文章，文章不太长，除了文章，还附有沈老师的照片和简介，我趁管理人员不注意，就把这张报纸据为己有。回到宿舍后，反复阅读，感到非常亲切，就把文章剪下来，粘贴到剪报本上，一直保存到今天。儿子开始读书时，我就让儿子阅读，台里每次有新的采编人员进来，我也把这篇文章作为培训教材之一

让大家学习，要丰富自己的文字语言、镜头语言、视频语言，我也一直把语言的平实、简洁、优美作为自己追求的一个目标。后来我才知道，这篇文章被编入浙江省初中语文教科书和上海市小学语文教科书。在拜读沈老师这篇文章的同时，我也庆幸自己在瀚海中拾到了一枚艳丽无比的珍贵贝壳。30多年了，报纸虽然已泛黄，但她在我心中却仍是新绿一片！

后来我虽忙着工作、生活，但经常想起沈老师，想起他对我的关心帮助和谆谆教导。他那篇网上点击率最高的被收入中学课本的文章《要丰富自觉的语言》我珍藏了30多年。《新华文摘》转载的他的小说《吧！刀郎》也被我一直收藏。他的影视代表作《信访办主任》，我曾一天从早到晚连续看了多场，并自豪地告诉旁人，影片的编剧是我的中学老师。后来从匡志伦老师、杨文生老师那里得知，沈老师曾先后在江浙一带的高校任教。他先后担任过绍兴师范高等专科学校（现绍兴文理学院）中文系主任、浙江传媒学院文艺系主任、语言文学系主任。沈老师主要从事影视文学的研究工作，担任《影视叙事》《纪录片创作》课程的教学工作。他先后出版和发表的代表作有《电影的叙事》《电影的假定性叙事》《论电视剧的连续性》，获得过中国电影华表奖"最佳编剧奖"、捷克维克多发利国际电影节大奖。获得浙江省"优秀教师"等荣誉称号。1997年沈老师获国务院特殊津贴，1998年晋升教授。他是国家一级编剧、中国作家协会会员。

沈老师一直从事影视文学创作与理论的研究和教学，由他编剧而拍摄成的电影有《快乐彩虹》《女儿红》和《信访办主任》等，并全部获得国家级大奖；同时在省市级学术期刊上发表论文及评论近百篇，出版学术专著《电影的叙事》《电影配音的艺术》《广播电视文学写作教程》；著有长篇小说《荒烟》《魔鬼城》《师范生》《欲望如烟》等，有百余篇中短篇小说散文见于全国各大文学期刊；由他编剧的电影《快乐世界》获得1989年建国40周年"彩虹奖"、中国电影华表奖"最佳

编剧奖";《女儿红》获得捷克维克多发利国际电影节"最佳女主角奖"、入围美国"金球奖"、入围台湾地区举办的"金马奖";《信访办主任》获中国第二届华表奖"最佳编剧奖"、浙江省"鲁迅文学艺术奖"和浙江省"'五个一'工程奖"。真可谓硕果累累著作等身。

一晃30多个春秋过去了，当沈贻炜老师得知我也从事广播电视工作时，动情地对我说："原来你一直在追随我呀！"是的，沈老师，您的学生一直在追随着您，时刻以您为楷模，无论工作、学习、生活还是为人处事。沈老师，您的学生追随您的脚步永不停止，因为您始终在前方指引着我。

沈老师自从回到江南后，每年暑假都要来新疆采风，来塔里木采风，来阿拉尔采风，这不仅是他的必修课，也成为他许多学生的必修课；他不仅用自己的作品表达对新疆的热爱，对新疆的钟情，也用自己的言行影响更多的人热爱大美新疆，讴歌大美新疆。近年来，身体已经不允许他长途颠簸了，但他始终心系新疆，渴望着有一天，他再次踏上他终生难忘的土地，来到塔里木，来到阿拉尔，创作更多的好作品，回报新疆这片热土。

难忘恩师匡志伦

我从小学一年级到高中毕业，包括重读参加高考，班主任和任课老师大都是来自大上海的知青，匡志伦老师是我高中冲刺阶段，指导我高考复习，迈向新疆大学校门的最后把关老师。匡志伦老师是 1964 年 6 月进疆的，下了火车坐汽车，来到原农一师九团，不到一年，因知识渊博、学养深厚，他就站到了九团中心子校的讲台上，不久又调到九团二中，后来又调到九团一中，伴随着塔里木河水的奔腾不息的涛声，在这里开始了长达 30 年的粉笔生涯，我有幸成为他的一名学生，承蒙老师的谆谆教诲。

20 世纪五六十年代，10 万上海知青来到新疆，其中有近半的上海知青来到了塔里木河畔的农一师。在我先后就读的阿拉尔九团二中和一中，任教的老师大多数都是上海知青，课余时间，满校园都能听到"阿拉"讲的上海方言，一下子把我们这偏僻的校园和繁华的大都市连得很近很近，无形中我们从小就接受先进文明的熏陶，眼界也开阔了许多。

我第一次见到匡志伦老师，那是 1977 年 12 月份，在打倒"四人

帮"后第一次恢复高考的考场上，九团一中设有考场，那时我刚在九团二中读高二，上学期还没有读完，就破例参加了那年高考，匡老师是监考老师，胸前别着一个醒目的牌子。说来是巧合，也有缘分，从那一年起我连续三年，参加了三次高考，每次都是匡老师监考。记得1977年高考语文的作文题目是《每当想起敬爱的周总理》和《驳难》二选一，我选的是前者，自我感觉抒情是我作文的强项。虽然是我第一次参加高考，但毕竟才刚读高二，心情很放松，没什么压力，会就会，不会就拉倒。记得考地理，有一项填空题，填写世界最高峰珠穆朗玛峰几个字时，我颠来倒去，涂涂改改，拿捏不准，可见当时的基础有多差。正巧匡老师从我身边走过，他在我卷子上匆匆扫了一眼，嘴角上露出了一丝让人不易察觉的微笑，很快就走开了，就是那一丝笑容，那笑容告诉我：傻小子，你也太笨了吧，连这几个字都不会写，还敢上高考的考场。这一丝的微笑，也让我感受到了这个看起来不苟言笑、一脸认真的监考老师的那份和蔼和慈祥。

再次见到匡志伦老师，是1977年底1978年初的寒假期间，九团里举办语文教师培训班，我作为一名高二就读的学生，也有幸参加了那次培训活动。培训班由沈贻炜老师讲授《文学概论》，二中的杨文生老师讲授鲁迅作品赏析，匡志伦老师讲授《古典文学》。匡老师的讲义是自己用蜡笔刻写复印装订的，讲义从先秦诸子散文一直到明清文学，以年代为序，每章有简要概述，有代表作品，类似于历代文选，厚厚的一大沓，可以想象匡老师为筹备这个课付出了很多心血。我是第一次听匡老师讲课，匡老师鼻音很重很浓，但诵读起"之乎者也"古诗文来别有一番韵味，古色古香，这也算是匡老师语文教学的一大特色吧。培训班大约近一个月的时间，就是这次培训，加深了我对匡老师的了解，让我们对中国的浩瀚古典文学有了一个粗略的肤浅认识，也激发了我学习"之乎者也"文言文的积极性。

然后就是1978年春夏高考复习和1979年的复读，匡老师既教语文

又是我们文科班的班主任。这一年多，匡老师对我的悉心教诲和指点帮助，在这里就不再赘述了。最难忘的是1979年高考前，匡志伦老师的最后一次家访，也是我学生时代最后一次迎来的最后一位老师的家访。那大概是6月中旬的一天，天气异常的干热，离高考时间很近，已进入了倒计时。匡老师骑着自行车，从团部一中来到我家所在的二营十二连，这中间大约20多公里，但其中有好长一段路，是翻越沙包，自行车根本骑不成，只能推着走，深一脚浅一脚的，每前行一步都十分困难。匡老师来到我家时，已是半下午了，他也一定沿路到了其他同学家家访，一路走来，满脸都是汗水，白色的确良衬衣都湿透了，紧贴着后背。他来不及擦一把脸上的汗，就坐在木凳子上，和我父母交谈起来，一句一句很家常，他转过身来，鼓励我最后再加一把劲。随后他又到和我一个连队的瞿明霞同学家去家访了。因为我母亲是二中的老师，和匡老师是同行，比较熟，就邀请匡老师到我们家吃晚饭，那时条件差，没有什么吃食，能拿得出手的好菜，就算是西红柿炒鸡蛋了，那顿饭匡老师吃得很香，他说鸡蛋是他的最爱。我知道这是匡老师的客气话，他不想给学生的家长添麻烦。吃过简单的晚饭，匡老师骑着自行车到二中的同事朋友那里借宿了。在我中小学学生时代，经历了无数次的家访，但匡老师的这次家访给我留下了很深的印象，因为我们那时是高考重读班，老师不必操那么多的心，高考的好坏，和老师没有多大关系，但匡老师始终尽职尽责。高考结束后，匡老师被抽到阿克苏教育局去改高考试卷，改卷一周多时间结束，匡老师在返回阿拉尔，路过我家住的十二连的大桥，他趁有人在此下车，特意让人给我父母和我带话说，我的成绩还可以，应该能考上，赶快准备上学的箱子和行囊吧。匡老师捎的这句话，对一个整天眼巴巴等待消息的考生和家人来说，如阳光似甘露，也可以想象，匡老师在改卷的空隙，或改卷统分时，还在留意他的学生考试的成绩，关注他的学生。这就是我可亲可敬的匡老师。

后来高考成绩下来后，我们填报志愿，进行体检，这本来已不关匡

老师什么事，他的任务早已完成，但就在体检那一天，匡老师还是和我们几个同学一起去了医院，在九团卫生院，匡老师有时和体检大夫看似随便寒暄聊几句，有时又会及时递上一支烟，并亲自把火点上，匡老师是有打算的，他在和体检大夫套近乎，分散体检大夫的注意力，为了他的学生不要在体检这关卡壳，让大夫手下留情，匡老师想得多周到呀。每次想到这些，我都会心中暖暖的、眼里潮潮的。

优秀的老师给学生的影响是潜移默化的，有时也是看得见摸得着的。记得在九团一中读书时，匡老师为了扩大我的阅读量，提高语文阅读和写作水平，把他珍藏多年压箱底的秦牧的《艺海拾贝》、陈望道的《修辞学发凡》，还有林汉达的《先秦两汉故事》借给我看。我在阅读时发现：书上画的杠杠和做的眉批，全是用红蓝铅笔。从此我也效仿匡老师，凡是看书看报，手上必拿一支红蓝铅笔，勾勾画画，做些标识，写点感悟，这一习惯不仅一直延续到今，而且我在工作中还运用行政手段，让手下的新人新同事也采取这种学习方法。有一阵子，台里大办公室的记者编辑们二三十个人，人手一支红蓝铅笔，读书学习，煞是好看，我窃喜，以为这是学到了匡老师的真经，其实我心里知道，这学的只是皮毛。遗憾的是，我还没有机会向匡老师求证一下，他是否有用红蓝铅笔画重点、写批注的阅读习惯。

1979年我到新疆大学读书后，我和九团一中低我一级的一位女生通信来往比较多。那时候，学生的信都是由班主任转交的。有一次上晚自习，匡老师把我写的一封信递给了那位交往的女生，匡老师在信封上捏了捏说："里面是不是有枚纪念币？"看匡老师在等待下文，那位女生只好当着老师的面把信封拆开了，哦，是一枚5分钱的硬币，原来是我在买邮票封信口时，不小心掉进去的，匡老师笑了笑离开了，那女生有点不好意思地低下了头，这是后来那个女生转述给我的。匡老师和他的学生们在一起，很多的时候就像一个亲密无间的大朋友。我在读大学时，匡老师在和我的书信往来中，就曾说，现在你们是成人了，在完成

好学业的同时，可以交个女朋友，这样读个大学岂不两全其美。匡老师十分可爱。

再一次见到匡老师，那是 1987 年的夏天了，离我第一次见到匡老师快 10 个年头了。那次是我携未婚妻首次回九团二营探亲。那时从阿克苏到阿拉尔的客运班车还是一天一趟，路不好走，跑一趟要大半天，因早上发车时间早，天才麻麻亮，影影绰绰，看不大清楚是谁，上车后大都迷糊打瞌睡，等到中午时分，班车过了八团，在过了大干渠对面九团十四连时，班车停了下来，因为前面在垫路修路，什么时间班车再启动还说不上，我一看离九团十二连大桥也不远了，索性下来走吧，就在我下车的刹那，我看到一个熟悉的身影，啊！是匡老师。他和我们同坐一趟车，这次意外相见让我很兴奋。那时大约有五六年没见匡老师了，匡老师变化并不大。我向匡老师介绍了未婚妻，汇报了自己近况，也向未婚妻介绍了匡老师。临分别时，匡老师还告诉我，我小弟今年高考报考的是云南大学，这所大学和过去赫赫有名的西南联大有些关联，学校不错，他的分数也应该够了，这又让我提前知道了小弟高考的最新消息。匡老师不仅是我的老师，也是我们家弟兄三人的语文老师和班主任。后来，匡志伦老师先后任九团一中教务主任、副校长、校长，他是在一师九团教育岗位上工作时间最长的上海知青之一。匡老师是我的恩师，是缘分，也是我的福分。

时间都去哪儿了，一晃又 30 多年过去了。但承蒙匡老师教诲下的点点滴滴就像在昨天，就像在眼前，往事并不如烟……

青春修炼手册

  《军垦战歌》是 20 世纪 60 年代一部经典的纪录片，不少人一定不止一遍地看过，我也看过很多遍，因为作为军垦第二代，那是我了解父辈的一个窗口。时下网上流传的这部纪录片的视频，在 4：09 4：10 处，其中有一个在队伍中身穿草绿色军装的小军垦战士与欢迎群众握手的镜头，虽一闪而过，但给人留下的印象很深。说是位小战士，其实是个稚气未脱的小男孩，笑得特别可爱，那年他还未满 16 周岁，他叫王愚真，是农一师九团的上海知青，和我同在一个军垦团场，他后来是九团文艺宣传队的演员，我是台下为他热烈鼓掌的小观众。我仔细看了一下视频截图，那小模样有点像我们小时候看了一遍又一遍的电影《闪闪的红星》潘冬子的扮演者祝新运，又有些像现在的流行歌曲《青春修炼手册》的主唱刚满 16 周岁的当红小生王俊凯。

  1964 年 5 月 21 日，这是王愚真终生难忘的一天。这一天，他离开大上海，离开父母，离开亲人，满怀浪漫而炽热的革命理想，满怀对未来的憧憬，向大西北，向新疆，向塔里木进发。那时他离初中毕业还有两个月，但他等不及了，也算是投笔从戎吧，他跨入了 1964 年当年第一批来新疆的上海知青的行列，期待和兴奋写在他的脸上，也洋溢在他的胸中。

王愚真清楚地记得，他出发的这一天，上海火车站鼓号齐鸣，热闹而隆重。上海市副市长宋日昌亲自为他们送行，并和他们一一握手。火车开动了，车厢内的他们竞相把头挤出窗外，呼喊着爸爸妈妈，向亲人挥手告别。站台上亲人含着热泪跟着移动的火车走着跑着，目送北上西行的列车远去。

王愚真家有三个孩子，上有一个姐姐、下有一个妹妹，他是家中唯一的男孩，按当时的政策可以不去新疆。但当时《新疆是个好地方》《好儿女志在四方》等歌曲响彻黄浦江两岸，各种横幅标语铺天盖地，激荡着这个少年的心，这个青春懵懂的小男孩，萌发了一种想到外面看看、到外面闯闯，做一个真正男子汉的想法。

王愚真的母亲同意并支持他去新疆，但父亲不同意。王愚真执意要去，儿大不由父，父亲拗不过儿子，最终妥协，顺从了儿子。父亲一气之下，将他的名字由原来的"王裕增"改为"王愚真"，意为愚蠢而天真，其实后面的实践证明，王愚真虽然有些天真，但一点也不愚蠢。

这位名叫王愚真的小男孩，从此开始了他在塔里木河边的青春修炼。在这本记录着人生难忘的青春修炼手册中，有些是事先预定的。比如，离沪前一天晚上，父亲把儿子拉到跟前，不免谆谆教诲一番，父亲向不谙世事的他提出两点要求：不要抽烟、不要喝酒。但更多的是未知的，是不曾想到的，手册中没有提到的，需要自己去修炼完成的，比如：面对艰辛，面对困难。

五天四夜后，火车抵达新疆大河沿车站（现在的吐鲁番站）。住宿一晚，转乘解放牌大卡车，向南进发，路途颠簸，王愚真都记不清坐了多长时间的车到达阿克苏的。短暂停留后再乘卡车向东，到了阿拉尔，分配在农一师胜利十四场（九团前身）六连。少年不知愁滋味，王愚真凭着一股初生牛犊不怕虎的精神，在塔里木这片不毛之地，披荆斩

棘，不畏艰难，努力让自己的青春散发出别样的光彩。

王愚真进疆时，八一电影制片厂为拍纪录片《军垦战歌》，特派一个摄制组一路跟拍，拍摄了他们在火车上，乘卡车进沙漠公路，到阿克苏时文工团载歌载舞在前引路，两边汉、维吾尔等各族群众夹道欢迎等场景和片段。

1965 年上海各大电影院放映这部纪录片时，王愚真家的邻居在电影里看到有他的镜头，回家兴奋地告诉他妈妈："电影里有你家小毛（王愚真的小名）。"他妈妈写信特意告诉他此事。当王愚真看到电影里自己形象的镜头时，已是 2007 年的夏天。那时，在上海的部分一师九团文艺演出队人员欢聚，施量老师带来了他在宣传处时不知从哪儿搞来的纪录片《军垦战歌》的视频，把有他们的片段，拷贝下来送给了王愚真。

王愚真刚进疆时，大家年龄都不太大，大多十七八岁。像他这样未满 16 周岁的，在他们这一批 100 多人里，就只有两三个吧。离开了故乡、离开了亲人，来到相隔几千公里的茫茫戈壁滩，对亲人的思念，对刚刚离开家的孩子来说，在所难免。特别是一到晚上，20 多人的女生集体宿舍，会传出沪剧《星星之火·小珍子想妈妈》的选段，一起边哭边唱，那多少有些凄凉的声音，回荡在连队的上空，令人揪心，禁不住泪下。

王愚真刚到连队那几年，开荒挑担、挖渠爬坡、水里插秧拔草、地里割麦摘棉。两周休息一天，农忙无休。每天早出晚归劳动十几个小时，人确实很累，但却吃不饱饭，一顿一个苞谷馍、一勺没有油水的白菜，逢年过节才能吃上猪肉，生病才能吃上病号饭——一碗面条。所以一到晚上，肚子咕噜咕噜叫，饿得睡不着觉。他们都会到食堂伙房扒出木炭，拿着家中寄来的全国粮票，到维吾尔族老乡家换来苞谷粉，在小铝锅里打糊糊喝。现在看来，那一堆堆闪烁发光的木炭，上面一个个铝锅，围着一圈圈人，真是一道地道的农家饭菜。

虽然生活艰苦、工作劳累、也有怨言，但每个人工作时仍是精神饱满、干劲十足，怠工偷懒的人着实不多，这就是他们这一代人的单纯朴实吧。火热的军垦生活锻造了他，历练了他。夏天开荒时，王愚真人虽矮小，也是赤膊短裤地挑起担子，你追我赶呼呼直跑。也许就是那时正处在生长发育期的小男孩，被担子"压扁"了的缘故，个子长不高了吧。

20世纪70年代初，经过一师九团文艺汇演，王愚真和杨炳然、宋德元等上海知青从十连调到新组建的九团文艺演出队，在演出队，一直待到1978年演出队解散。

1976年初，演出队驻在塔里木河旁边原九团卫生院后面，他们要练声、练功，天天早上对着塔里木河吊嗓子、练气声，呼喊着"塔里木河我爱你"，比谁的声音亮、气声长、送得远。天天在场地上练压腿、练劈叉，比谁的把杆压腿高，谁的劈叉下得快、收得稳。所以他们至今还是说话中气足、嗓门大，像吵架。每年下连队巡回演出，除了帮连队打扫卫生外，还专门准备一个大型的"套子"节目。每到一个连队，收集先进人物事迹、职工的好人好事，创作组张敖脐他们立马编写好，演员组马上就背诵、排练。晚上演出这个"套子"节目作为开场演出，总会引起连队职工共鸣，非常受欢迎。

在演出队的几年里，王愚真在歌舞、小品、话剧、舞蹈等节目里扮演各类角色，令他难以忘怀，也令我们这些台下的观众难以忘怀。

连建忠老师编导的小品《小皮球》，是通过部队里一老一新两个战士看电视里的足球比赛互相让座而体现了老战士对新战士的照顾和爱护。原海政文工团小号手张炳灿，个子高大魁梧，大伙叫他大老张，扮演老兵，王愚真演新兵小球迷。这一老一少、一高一矮的形象反差，再加上风趣、幽默的台词和肢体表演，使这个节目喜剧性很强，演出时反响很大，受到了欢迎。王愚真扮演的这个形象也给我留下了很深的印象。

连建忠老师导演的独幕话剧《枣子红了》，剧情大意是革命战争年代，一位革命妈妈把刚出生的孩子托付给一个农村妈妈抚养。孩子在农村长大后，亲生母亲到农村找到了亲生儿子，最后母子相认。王愚真扮演这个农村青年，李绿林扮演农村养母，演出队独唱演员王宏扮演革命生母。这个话剧排练好下连队巡回演出时已是初冬，晚上演出基本都在各连队俱乐部门口的广场上。而根据剧情人物形象要求，王愚真穿短袖红T恤，长裤卷起到膝盖并赤着脚，这个冷是可想而知了。所以每次演出他一上台，台下穿着棉大衣、皮袄的看节目的观众都会轰动起来。尽管身上冷得发抖、脚板麻木发痛，但他还是坚持演出。这时，团队的互相关心、帮助的精神显现。幕间，他一下台，同事们马上给他披棉大衣，套上棉鞋，让他火盆取暖。每次这个节目结束时，台下的掌声也特别的响亮。当时我们这些小毛孩，骑上个烂自行车，成群结队地跟着演出队，一个连队接着一个连队追着看，看着简陋舞台上的表演，成为我们少年时代最美好的时光。也就在那时，记住了演出队有个很帅的演员叫王愚真。

当时的九团文艺演出队和塔里木河对岸十二团演出队在农一师的众多演出队中水平是比较高的。九团的强项是戏剧小品，因为连老师是话剧科班出身，十二团的强项是舞蹈，他们的舞蹈编导李老师自身舞技很精。由于连老师和十四团演出队的领导黄敬都曾在师文工团待过，是好朋友，所以他们两个队之间经常来往交流观摩学习，关系密切。连老师曾被他们请去导演过戏剧，王愚真也曾带着牟经伟还有两个女演员，好像是李萍和贺玲，到十四团演出队向李老师学习新疆舞的基本功。那两手掌向前、右脚尖向前微踮，左右手掌从右到左在嘴巴下正反划圆、左右脚微屈后退，潇洒自如的动作至今记忆犹新。王愚真回沪跳新疆舞时也经常运用，成了他的标志性动作。

下连队巡回演出是辛苦的，也是有趣的，甚至是有意义的。记得有次宣传队到水库慰问演出，吃晚饭时，上了一盆红烧茄子，大家都异口

同声说，比红烧肉还好吃，一会儿就盆底朝天。伙房炊事员知道了，马上又烧了一盆端上来。提起这红烧茄子赛过红烧肉的味道，王愚真回味说，回上海30多年来，山珍海味吃了不少，但这美味，至今都没有吃到过。每次和同事、朋友们聚会，都会想起这味道，讲起这件事，这也许就是青春修炼，在那手册上留下的印记吧。

王愚真的青春手册就是在塔里木修炼的，就是在九团文艺宣传队修炼的，那青春的修炼正是因为有了大漠风沙的洗礼，熠熠生辉，那手册也显得无比的灿烂。在农一师九团，特别是在文艺宣传队，王愚真不仅给自己，也给观众留下了那青春飞扬的神采。王愚真从没有觉得当年的举动是幼稚、是愚蠢，反而觉得这是他人生中一笔宝贵的精神财富，这笔财富让他受益终身。

1986年7月1日，王愚真光荣地加入了中国共产党，实现了多年来梦寐以求的心愿。这是他青春修炼手册中最鲜红、最耀眼的一页。

后来，王愚真举家迁回上海后，他顶替到了父亲的单位上海市燃料总公司。

1996年1月，沪北燃料公司领导班子改组，王愚真被组织调派到该公司任党总支书记兼副经理。两年里，他和新的领导班子带领广大职工共同努力打了个翻身仗：当年就实现经济效益总公司排名第一，两年后公司被评为上海市"文明单位"。

如今，年近七旬的王愚真，在国际大都市上海，回首往昔，他还是特别感谢在一师九团的那些日日夜夜，在那个军垦团队里他学会了踏实做事、真诚待人的朴素道理，是连建忠等老师帮助他这个小毛孩打开了艺术表演之门。

16，是一个吉祥的数字，也是一个青春的符号。王愚真出生于1948年11月16日。1964年16岁，从上海来到新疆。16年后，1980年从新疆回上海。又一个16年后，1996年他从沪东公司调沪北公司任职。这难道仅仅是巧合吗？不！我们从中分明看到了王愚真在青春修炼

手册中留下的一个个踏石留痕的足迹。

　　是的，从王愚真的青春修炼手册中，我们感受到了黄浦江那滔滔不息奔向大海的情怀，更感受到了塔里木河那滚滚向前激扬飞溅的气魄。这一切，在王愚真的青春修炼手册中，时刻都能触摸得到。

我的母亲陈老师

　　陈老师，这是大家对我母亲多年如一日的亲切称呼，无论是学校里她的同事、她的学生，还是连里的职工都这样称呼。在家里，我们兄妹几个也常常这样称呼母亲。母亲对这个称呼，尤其是对我们这样称呼她，不仅没有反对，反而很乐意、很开心。这让我从中读出，母亲非常看重"老师"这两个字的分量，她珍爱自己教师这个身份。

　　陈老师，我的母亲陈玉莲，曾是新疆农一师九团二中的一名普通教师。如今她离开讲台，离开他的儿子，已经20多个春秋了。但她在我的心中一刻也不曾离开，特别是在梦中我就常梦见她从基建大队、从十二连、从二营的家中，手里拿着课本和教案，或骑车或步行，迎着早上第一缕阳光，精神饱满地向学校走去，向课堂走去，向她的学生走去。

　　我的耳畔也常回荡起她的学生喊他"陈老师"，特别是家长喊她"陈老师"的声音，有四川，有河南，还有甘肃、广东，一声声，天南地北，南腔北调，听起来都是那么悦耳。虽然这个称呼极其普通，但母亲始终把这个称呼视为一种崇高荣誉。因为她知道，这个称呼是对她和她所从事的职业的理解和尊重。我也是伴随着"陈老师"这个称呼一天天长大

的。"陈老师"这三个字，在我的口中虽然已经 20 多年没有喊过了，但在我的心中却是千遍万遍地呼喊：陈老师，我的母亲，我想念您！

母亲陈老师的粉笔生涯是和九团二中发展的车轮一起转动的。20世纪 60 年代初的作业站，亘古荒原终于迎来了一片沸腾，一批批来自东西南北的建设者，满怀豪情壮志，在这里屯垦戍边，改天换地，变沙漠为绿洲，变百年戈壁为良田，同时也在这里孕育着、延续着新的生命，这里有汗水、泪水，也有欢乐和爱情，更有对美好新生活的憧憬。转眼间，军垦新一代已一个个呱呱坠地嗷嗷待哺了。

九团二中的前身是基建大队子校，母亲是那里最早的老师之一。因为自从我记事起，她就是这所学校的老师。其间，我父亲调到十二连工作，刚好各个连队也兴办子校，母亲在十二连学校任教了几年的时间，她的大部分时间都是在二中度过的。母亲是河南汝南县人，她在县城读过初中，又上过两年的初师，在那个年代，像她这个年龄，有这样的文化水平的人不是很多，所以她从进疆一开始就当了一名教师。

办学校，一切都要从头开始。没有教室，母亲就和她的同事一道，把一间类似原始洞穴的地窝子，盖上芦苇，覆上黄泥，修葺一新；没有桌凳，母亲就和同事们一道，把还流着汁液的梧桐，又是砍又是劈又是钉，就这样，在散发着泥土和木材清新气息的教室里，学生们用惊喜的目光，聆听母亲给他们上的第一课"毛——主——席""共——产——党"，孩子们的声音是那样的悦耳，母亲的神态是那样的和蔼，孩子们就像春天里的一棵棵幼苗，在阳光下，在和风中，茁壮成长、生机勃勃。我知道，为了这一天的到来，母亲和她的同事们不知付出了多少心血和汗水。在我懂事后，姥姥曾告诉过我，在那艰苦的岁月，有一次新建教室拓土块上房泥，母亲干活特别是体力活，绝对不会惜力的，因劳累过度，母亲流过产，但她没有休息过一天就投入工作，在那激情燃烧的岁月，她们那一代人心里只有工作没有自己，只有学生没有自己。

九团二中的老师中从上海来的知识青年占大多数，其实母亲的年龄比他们大不了太多。但因为是中原人，母亲个子高，身体壮，站在她们中间更显得人高马大，用上海话说叫"大模子"（音译）。每次听到这话，母亲总是哈哈大笑，说力气大好干活，好像她对这种身材很自豪。我们兄妹几人的个头也都受母亲的遗传，个个都是"傻大个"。

母亲在二中一直教小学语文，她虽没有教过我，但她的教案、她的板书我很熟悉，近水楼台，我先睹为快，都是非常棒的，无论是在二中，还是在十二连子校，她的公开课常常受到好评，多次被学校树为青年教师业务学习的标杆。1976年冬，母亲被评为农一师先进教师，她到阿克苏参加了表彰大会，披红又戴花，母亲还把当年奖励的一个很漂亮的日记本送给了我。1989年春，母亲又被评为"先进教师"到北京领奖。我当时在乌鲁木齐火车站送她上的火车，和她一同去的还有一位女老师，九团就她们两个，奖励的级别应该不低，我后悔当时少问了一句。母亲非常适合带低年级的学生。她就像孩子们的妈妈一样，有威严但更有亲和力。

母亲的课备得极认真，作业站通电很晚，这些工作她都是在马灯下完成的，一熬大半夜，常常鼻子是黑的，眼睛是红的。那时教学条件十分简陋，更不可能有多媒体教学，但她总是千方百计提高课堂教学的有效性，让课堂生动活泼，让学生爱上语文课、爱学语文。

记得有一年她带小学五年级的语文课，有篇课文题目叫《滚雷英雄罗光燮》。母亲在备课时，突然想到我父亲也参加过对印自卫反击战，还是英雄罗光燮生前的战友，母亲就特邀我父亲和她一起上这堂课，让我父亲配合这篇课文，给她的学生讲更多罗光燮的故事。我记得那天他们俩早早地就出了家门，来到了学校。我的老爸老妈，他们夫妻俩同时出现在讲台，妻讲夫随、一唱一和，这堂课该多么有趣、多么有意思呀。遗憾的是我没能亲眼见证那动人的一幕，但放学回家后，我看到他们兴奋的表情，还在说还在谈，我就知道，这是上得非常成功的一课，这也是母亲非常满意的一课。我想这不仅是母亲教学生涯中，也应

该是二中教学史上的一段佳话吧。从此，滚雷英雄罗光燮以身体引爆地雷，左臂被炸断后，仍然继续向前滚动，不断引爆地雷，直至壮烈牺牲的英雄形象一直矗立在她学生的脑海，也一直矗立在我的脑海。母亲和父亲，携手在讲台上共同讲述这动人的故事的形象也深深地印在我的脑海中，这一幕好像就发生在昨天，老妈老爸都还在我的身边。

二营说大不大，说小也不小。20多年的时间，母亲教过的学生无数，家访的次数也无数，她的学生她每家都家访过，有的还去过不止一次。从二中通往各个连队，无论是那尘土飞扬的机耕大路，还是曲曲折折的支渠小路，都留下了她的足迹、她骑的自行车碾过的年轮。

母亲在学校是老师，在家里是我的母亲，我高兴，我自豪，可我并不得意，甚至还有几分怨气，母亲在学校里想着她的学生没我这个学生，母亲在家里也想着她的学生没我这个儿子。在学校里她挨个给学生辅导，可从来没走到我的桌子旁边。我曾专门练过字，也曾模仿母亲的字体，但时至今日，无论钢笔字，还是粉笔字，我写的字都与母亲相差甚远，母亲和我往来的几十封家书，至今我都珍藏着，完好无损，还时时拿出来看看，也让我的儿子看过，这是我的无价之宝、传家之宝。

母亲任教近30年没有教过我，也没有教过我的弟弟妹妹，但她教过许许多多的军垦后代，她是军垦团场的第一任教师，也是教龄最长的老师之一。近30多年，她像一棵大树，枝繁叶茂，哺育了一群又一群小鸟，从她身边飞向蓝天、飞向远方。

我母亲的学生郑小玲，深情地回忆说：她因出身不好，5岁时她母亲就把她托付给我母亲，上学读书，生活不能自理的她，常常给母亲带来麻烦，我母亲不但没有歧视她们这些"狗崽子"，反而给予了特别的关照。有一个非常寒冷的冬日，小玲在下课上厕所时，裤腰带不知道怎么成了死结，怎么也解不开，上课迟到了，她拖着尿湿的重重的裤子，哭哭啼啼地回到教室。我母亲没有批评她，不知道从哪里找来了个小被子，把她的光屁股包着，让她坐在铁炉子旁边。母亲把她尿湿了的棉裤

搭在铁烟囱上面，直至烘干。

1977年底是恢复高考的第一年，有一天母亲收到了一份挂号信，是阿克苏建化场他的一名叫赵明的学生发来的。信的大意是说他高考成绩过关，初选上了，需要开一份他在二中读书时的政审证明，母亲作为他当年的班主任，自己动手写了一份证明，并盖好了公章，但一算时间，如果平寄的话，大概需要5天左右的时间，如果那样就来不及了，刚好是周末，母亲当晚就在十二连的桥头拦了辆便车，亲自到阿克苏把证明送去。那时候去一趟阿克苏是不大容易的，要大半天时间，这样一天一夜，母亲在这条路上奔波了一个来回，由于证明送得及时，赵明被喀什师范学院数学系顺利录取了，后来赵明读大学后还给母亲通过几次信，这些信我都读过，母亲生前也一直珍藏着。

母亲对我的影响是潜移默化的，也是深远的，当一名光荣的人民教师一直是我从小的理想和梦想，高考填报志愿我的第一志愿是陕师大、新师大，第二志愿是喀什师范、伊犁师范，但很无奈我与师范院校失之交臂，也与教师这个岗位失之交臂。但我从事新闻工作后，由于对教师这个岗位有深刻的理解，对老师有深厚的感情，我讴歌了无数的人民教师，从享誉全疆的米泉一中（乌鲁木齐市101中学）的校长邵小林，到全国优秀教师"独臂园丁"麦吉汗，从大山里的教书人家到乡村女教师马兰等，每一个字我都饱含深情，每一篇我都充满激情，我赞美教师，因为他们和我的母亲一样平凡而伟大。

我的母亲，她不仅给了我血肉之躯，不仅用生命的乳汁而且还用知识的乳汁哺育我长大成人。可如今，我的母亲永久地长眠在塔里木河畔那片盐碱地上。戈壁旁，塔里木河边，那小小的坟墓，一抔碱土，安详而沉寂，没有青草，没有鲜花，一如生前的她普普通通。我的母亲，在您儿子的心中，永远是一棵好大的树，绿叶不枯，苍翠永远。

泪眼模糊中，我仿佛又看见我的母亲陈老师微笑着走进课堂，走上讲台……

父亲的手提包

　　父亲离开我们已经好几个年头了。我在整理他的遗物时，发现了父亲枕边的箱子里有一只黑色的手提包。这只手提包，我再熟悉不过了，它已经跟随父亲有好多个年头了，虽然手提包的一些边角和常用的地方磨损得很厉害，不仅泛白，还几乎都成了毛边，但擦拭得很干净，并没有丁点的灰尘，可见父亲对这个手提包很是在意。我小心地打开一看，里面有一些父亲过去的笔记本之类的东西，最吸引我目光的是，父亲退休以后，一师九团退管中心每年春节前寄来的慰问信和慰问金的附言，因为这些当时都是寄到我那，由我转交给父亲的，所以眼熟。这些慰问信都是按年份，一年一年摆放的，整整齐齐，这也符合父亲多年从事会计工作，养成的井井有条的工作和生活习惯。

　　说起父亲这个黑色手提包，还真有些来历。父亲的祖籍是河南省兰考县，虽然是个穷县，但父亲常常挂在嘴边，引以为豪，那就是这个县出了个大名鼎鼎的人物焦裕禄。父亲1956年支边来疆，也应该是最早的一批，他先后辗转昆仑山、叶城等地，最后落户到塔里木河边的九团二营，直到1972年他才第一次回家探亲，也就是那次探亲，父亲在返疆时，在兰考县城买了那只黑色的手提包，小小手提包成了父亲经常不离身不离手的宝贝了。

打我记事起，父亲就一直从事会计工作，"高会计"也是人们叫他叫得最响叫得最长的时间最长的称呼了。父亲的算盘打得很棒，噼里啪啦的，如同美妙的音乐。他有时一打就是一天，我不知一个连队有多少账要算，有时我去办公室喊他吃饭，看见他的账本上横的、竖的密密麻麻地写满了数字。父亲的胳膊不太好，容易脱臼，写起字来，手抖得厉害，不论是汉字还是数字。有些曲里拐弯，但都清清楚楚，没有丝毫的涂改。在他的办公桌醒目的位置就放着那只黑色的手提包。

那黑色的手提包最能体现价值、最能派上用场的时候，就是每月一次给全连的职工发工资的日子。连队职工每个月最期待最高兴的时刻，也就是发工资那一天了，好像是每个月的上旬发上个月的。领工资要到20公里外的团部，每次到团部领工资都是父亲和出纳两个人一起去，每到这个时候，连队的大人和小孩只要看到父亲骑上自行车，前面的车把上挂着那只黑色的手提包，往团部方向走，都会奔走相告，大伙儿都知道，那只普通的提包里，有他们赖以生存的物品，有他们的幸福和希望。我对父亲那只手提包也有自己的秘密和期许，那就是每次连队的上海知青探亲回来，都要给父亲捎带几颗那时最时尚也最受我们孩子们向往和追捧的上海牛奶糖，硬塞到我父亲那只提包里，那时的我认为，天下最美的食物就是这上海牛奶糖了，啥时要能放开吃就太好了，那该多幸福呀。其实无论连队哪位同事探亲回来，父亲再忙都会腾出手来，尽快到团里的财务科，按照有关政策，把该报销的都报了。他说，连队的职工，特别是上海知青回一趟家不容易，都是省吃俭用积攒了好多年的钱，他们回来后，拖家带口的还要生活，要赶快把账报了，让他们拿现钱。那时连队的人到团里办事、到食堂吃饭都是凭餐证，而餐证也是从每月定量的口粮中换的，父亲有时为了省粮省钱，经常出发时在他那手提包里带些干粮去，怕别人笑话说他抠儿，他常常借口说，外面食堂的

饭不合他的胃口，那硬邦邦的苞谷面锅贴难道更合他的胃口？不过大家都很照顾他，从不说破。

父亲虽然是连队的文职干部，但他始终积极参加连队的大田劳动，特别是团里连里每年开展的开荒造田、挖渠、收割等大会战，他不仅参加，而且一马当先，从不落后。记得有一年冬天连里开荒，开展了劳动竞赛，父亲报名参加，我们都知道他胳膊不太好，害怕他吃不消，我和母亲赶天不亮，就和他一起去干，等别人都收工了，趁着月色再去帮他干，担心别人看见了，说他的成绩有假，我们都偷偷摸摸的。我和母亲去干，一是想帮父亲，再就是心疼父亲。因为有一次，父亲参加连队竞赛，劳动强度大用力过猛，他的一只胳膊脱臼了，痛得脸色苍白，必须立即到 20 公里外的九团卫生队就医，如果时间长了，胳膊不能接上，后果不堪设想，而且团卫生队只有一位姓窦的医生才有这个技术，从那次起，我们一家都被吓出病来了。但这从未吓退父亲，无论哪次劳动竞赛和大会战都没少了他的身影，也没少了我和母亲那不被人知的身影。夫妻、父子一家人齐上阵，披星戴月、夜以继日地劳作结束后，回到家里，父亲并没有歇息，而是打开他的手提包，开始了记账算账，把一天的工作再补上，这样的夜晚，不是一回两回，全家人都习以为常了。

我自 1979 年 9 月离开家后，父亲好像又任连里的连长，专门负责农业生产这一块，后来又到二营粮站当站长，直到 1989 年前后退休。有一年夏天我回家探亲，在二营粮站，看到父亲和同事们忙着往小四轮手扶拖拉机上装粮油，挨个往每个连队送，在车斗的最前面的挡板上，挂着的正是父亲的那只手提包，里面装着账本、算盘等，鼓鼓囊囊的，非常的醒目。

1992 年秋母亲去世后，父亲也离开了工作生活了一辈子、为之付出心血和汗水的一师九团作业站，我把他接到了乌鲁木齐，那只跟了他大半生的手提包，理所当然地也一直不离他的左右。那里面装着他从作业站带来的韭菜、西红柿、辣椒等蔬菜的种子。父亲刚来时，一百个不

习惯，他非常希望有一小块地伺弄一下，春天种点菜，果实多少并不重要，关键是他离不开脚下的泥土，父亲的这个愿望我们自然无法满足。

父亲来乌后，对九团作业站的关心和关注一刻也没有停止，一点也没有减少，电台和电视台的新闻节目他肯定是要看的，总想从中得到一些蛛丝马迹的信息。父亲当然最希望再回塔里木看看，但他年纪大了，我不放心他一个人回去，可是自己又身不由己，也实在没有时间陪他回去。所以，每年春节团里寄来的慰问信，也就成了他了解团场发展变化的重要渠道和窗口了。我每次把信给他带回去，他都是看了一遍又一遍，春节都过完好久了，春暖花开了，他才把慰问信仔细地叠好收好，放在他的手提包里。等到第二年，还是如此，但多出的一项内容是，他会把几年的慰问信都拿出来，再仔细看一看，比较一下，看看团里经济发展的速度，经济增长的比值，还不忘他这个当了一辈子会计爱算账的老本行。

一晃父亲离开我们已经 6 个年头了，他那钟爱一生的手提包，我也一直保存和珍藏着，看见它，就想起了父亲，也好像又见到了父亲，又见到了许许多多和父亲一样魂系塔里木的父辈们。

姥姥的一句话

　　常言道：能得到长辈首肯和祝福的婚姻往往是幸福的。这话一点不假。我的婚姻当时就得到了年过八旬的姥姥由衷的祝福。如今，姥姥虽然离开我们快 30 个年头了，但是姥姥当年第一次，也是唯一一次见到我妻——她的外孙媳妇时，脱口而出："这个闺女是个过家（过日子的人）。"这句普通的话，也许是老一辈人对一位女孩子的最高评价，也许是姥姥对我们未来婚姻生活的最高期许了。时至今日，这句话，我和妻及家人都记忆犹新，时常提起。

　　那是 1987 年的夏天，我带着在乌鲁木齐市当教师的妻子，利用放暑假的机会回南疆阿拉尔探亲。新媳妇第一次上门，不仅要拜见公婆，也要拜见从我一出生就把我一手带大的姥姥，要接受那陌生的一家老少的审视。记得当年我和妻风尘仆仆地一进用红柳疙瘩垒起的一师九团作业站的院子，姥姥就拄着刷着红漆的柳木拐杖颤颤巍巍地出来了，她上下打量了一下妻子，乐得嘴巴半晌合不上，脱口而出："一看这闺女就是个过家子。"说完，停了一会，她坐在破旧的沙发上，拉着妻子的手，像是自言自语又像是对我说："汝生（我的乳名）找了这么好的一个闺女，成了亲，我死了也就闭眼了。"当时听了姥姥的话，我心里既高兴又难过又忧虑。高兴的是，妻子得到了长辈的首肯，特别是得到了德高望重的姥姥的夸奖，难过的是姥姥当时年过八旬，身体一天不如一天，忧虑的是不知哪天亲爱的姥姥会离我们而去。

一个月的假期转眼就过去了，这段日子也是姥姥最开心最高兴的日子，我从她老人家的眼角眉梢，完全都能看得见。我们离家返回的日子越来越近了，我也分明感受到他老人家不舍的眼神。我们要动身那天，一大早，天才麻麻亮，姥姥就起来了，她老人家拄着拐杖，看着我们打点着行李，在她的眼前晃来晃去，露出不安和着急的神情，她反复叮嘱正在做饭的母亲说，锅里要多打几个荷包蛋。她还不放心，还亲自走到锅台边，掀开锅盖，眯着眼，看清了，才放心地离开。她又对我们说："我也不能到大干渠边的桥头送你们了。"听到这话，我都不敢抬头看她的脸。我家离搭车的阿塔公路边大约还有两公里的距离，家人用自行车帮我们驮着大包小包的行李，那时也没有别的交通工具，我们只有在家门口和姥姥告别了。我们走了很远很远，回头时看见姥姥还拄着拐杖一动不动地站在那里。在晨风中，她老人家稀疏花白的头发显得更加凌乱，就像在秋风里苇湖边那已折断的草茎，我心里十分难过。我在心中默默地告诉姥姥，您说的话我记在心中了，要好好地过未来的日子。

在姥姥真诚的祝福声中，1988 年一个春暖花开的日子，我和妻子步入了婚姻的殿堂，开始了自己人生的一段新的生活。1990 年夏天，84 岁高龄的姥姥离我们远去了，让人肝肠寸断。近 30 年来，带着亲爱的姥姥的祝福，我和妻携手走过了许多风风雨雨，也迈过了许多沟沟坎坎。居家过日子，有时也难免牙齿碰舌头，少不了磕磕碰碰的。但每每想起姥姥当年说的话，想想妻子这 30 年的辛勤付出，相夫教子、持家过日子的不易，一切都淡然处之，一笑而过了。

厉害了，姥姥！我怀念您那一双识人的慧眼，感谢您当时那一句顶一万句的亲切话语。如今您看到了您孙辈们幸福的生活，一定会发出那令我们熟悉的笑声，眼睛眯成了一条小缝，我们也是一直按照您的叮咛去做的，好好地过日子，把普通的日子过得有滋有味。

仲喜同学的秋喜

　　杨仲喜同学种的香梨获"第七届中国·阿拉尔金秋瓜果节"一等奖，海英同学第一时间发布了消息！消息不胫而走，家人、老师、同学们一片欢呼，击掌叫好，红花、大拇指、笑脸等表情包刷屏。喻燕良老师大中午专门从湖南岳阳打来电话询问情况，素英嫂子也迅速发出了仲喜同学上主席台领奖的照片。我放大一瞧，仲喜看上去还算平静，但谁都能感受到他内心的喜悦，这其中肯定还有其他杂陈的滋味。

　　仲喜和我是九团二中 1978 届同班同学，他家住十五连，老家好像是江苏，独子，这在我们同龄人中还不多，人长得白净，性格文静，话不多，人很朴实。从未见他和别人大声说个话，顶多低头一笑走人。但爱认死理，脾气多少有些犟。我对他记忆最深的就是有一次我们到十五连拔稻草，午休时他带我到支渠边洗衣服，他教我说洗裤子要先从裤腿洗起，再洗裆，最后洗腰部，想想也有道理，咱团场连队灰大，往往一脚下去，半裤腿的灰，裤腿多搓几把是应该的。没想到他这一招，我沿用至今。1978 年高中毕业后直到去年我们才见过一面。当时，按照团里的规定，毕业生要先全部分到团青年突击队，仲喜在其中的一个班任

副班长，他人虽长得白皙，但干起活来是不惜力的，这我是知道的。随后他又到了十六连、值班连工作。也就是在突击队时他引起了素英同学的注意，素英对这个干活十分卖力的小伙子有了好感，同样是家中独生女的素英也吸引了仲喜的目光。真是不是一家人不进一家门呀。素英从突击队出来后，因要照顾父母就先分到了园林队。那时还在值班连的仲喜和在园林队的素英谈起了恋爱。今天听顺香同学一说，仲喜的恋爱还挺浪漫，是主动出击的，不知是不是玩笑话，我想象不出一向不善言辞甚至有些木讷的仲喜是如何把素英嫂子追到手的，我想这肯定是仲喜的真诚、勤劳、执着俘获了素英同学少女的芳心。女人最看重的不正是男人这一点吗？仲喜是典型的暖男，事实证明素英同学的眼力不错。仲喜和素英在 1983 年喜结连理！结婚真早呀，我那时才刚大学毕业。素英从小就生活在园林队，对林业一点不陌生，后来又学的这个专业。仲喜应该是门外汉，要从头学起。仲喜接触果林大概是在 1998 年，正式承包果园是在 2002 年。园林队虽然种的果树品种很多，但主打还是香梨，这有点出乎我的意料，而且在 1996 年就获得过国家农业博览会金奖，那时的素英同学是园林队的副队长，我能想象出素英在硕果累累的梨树下，那干练飒爽的形象。仲喜承包梨树是从八九亩地开始起步的，如今有 30 多亩。果林就在原 6·3 电站北面的沙包里，也就是快到原二营的地界了，多么亲切、多么熟悉的一个地方呀！为了改善土壤，改善梨的品质和口感，每年冬季，仲喜都要到戈壁荒滩上维吾尔族老乡那里去买牛羊粪，一车一车地往地里拉，沙子大，车进不去，他就用肩挑。桃李无言，下自成蹊。就这样，用了几年的时间，戈壁滩上，春天摇曳着如雪的梨花，金秋挂满了酥香汁溢的果实。这是对仲喜辛勤付出的最好回报。去年年底，是我和仲喜高中毕业后第一次相见。仲喜的话更少了，背稍稍有点驼，身上明显能感受到风沙中辛劳留下的痕迹，我心里多少有些不是滋味。但听他说，总共收了上百吨的香梨后，同学们都为他高兴，都鼓励他再上一层楼，同时也提醒他多注意身体。仲喜也信心满

满。天有不测风云，谁知今年 8 月 23 号晚上的一场突如其来的特大冰雹袭击了阿拉尔农场十二连，而且还是在梨子成熟的关键时期。本来今年预计可产香梨 130 至 150 吨的，可才收到手 10 多吨，连十分之一都没有。仲喜送去参评的香梨还并不是他最好的梨子。可喜的是我们看到主席台上的仲喜腰板比去年更直了，头并没低下！

今年春天，仲喜同学专门给我打电话，请我有机会到他的梨园做客。我真是求之不得。站在果实累累的树下轻轻摘下成熟的、丰收的香梨，那感觉该多美好呀！

永远的九团二中

1977年冬，是粉碎"四人帮"后恢复全国高考的第一年，原农一师九团有近260名学子参加了这次高考。高考结束，全团当时共有4名考生被高等院校录取，金榜题名者中就有2人来自九团二中，他们都是来自这所学校的1975届、也是第一届高中毕业生，张光远被新疆大学数学系录取，郑新民被塔里木农垦大学录取。此外，还有7人考上中专。这个班总共才有24名毕业生。这在当时轰动一时，成为九团、阿拉尔一个不大不小的新闻，一个地处偏僻、名不见经传的中学，着实让人刮目相看。你若了解一下这个班当时的任课老师，就一点都不觉得奇怪了。这个班的数学和物理从初二开始一直都由曹桂蓉老师担任，语文老师沈贻炜，政治老师顾荣（当时任校长），化学也一直由曹桂蓉老师担任，高二下学期由黄瑞丰老师接任（后任二中校长），历史老师祖新民，英语老师谷圣英，等等，群贤毕至，大师云集。

原九团二中也是我的母校。我的童年、少年时代都是在那里度过的，我从小学一直在那里读到高中毕业，是这所学校的第二届高中毕业生，也是最后一届。她不仅给了我知识，也给了我快乐。她给我留下的记忆是深刻的，她对我的影响是长远的。打开我的档案，翻开我的履历，40多个春秋过去了，始终抹不去，也不可能抹去"九团二中"这4个字，我举手投足之间也无不刻下她留下的深深烙印。但就是这所有着近半个世纪办学历史的中学，在进入21世纪之后，不仅没有出现更加欣欣向荣的景象，反而在不断地缩水、不断地缩小，最终消失了。

应我的请求，现在阿拉尔工作的老同学王爱玲，利用休息时间特意到原二营转了一下，给我发了几张照片，其中有一张镶有"九团二中"几个字的牌子还高悬在那里，但学校确实不存在了，在原来的位置上是一所果树掩映的私人幼儿园。这个过去也叫作业站的偌大地方，孩子们现在读小学、初中、高中都要到20公里以外的阿拉尔市去就读寄宿制学校了。

九团二中从没有了高中，到取消初中，再到取消小学，这肯定和当地生源减少，上级搞集中优势资源、提高办学质量有关，这一过程也肯定是经过充分论证，循序渐进推动的，现在作业站的孩子可以像阿拉尔市里的孩子一样，从小就能上到好的学校接受良好的教育，我从心里为他们高兴，他们再也不会像我小时候那样初中毕业前到阿拉尔的次数都屈指可数。但对像我这样从小就在这所学校就读，曾经是九团二中的一名学子来说，感觉却是断崖式的、猛烈的、猝不及防的，给人带来的不仅是感喟、怅然，还有一种魂牵梦绕的心痛。有这种感觉的不只是我一个人，现在奎屯医院工作的老同学刘波，今年夏天特意带着年过七旬的老母亲专程去九团二中看一看。刘波同学的父亲刘承贤老师，曾在这所学校任教多年，刘波在这里读到了高一，但让他们没有想到的是，学校确实已经没有了，这是事实。他们没有拍到一张可以留念的照片，黯然地打道回府。距此时，刘承贤老师已离世10个年头了，他们也是带着刘老师的一份念想来的，遗憾和失落之情可以想象。

我不知九团二中是哪年成立的，应该是20世纪60年代中后期吧，但我知道她当初并不叫这个名字，叫基建大队子校，我母亲也在这所学

校任教。当时年级最高的学长大概比我高三个年级，我也算是这所学校比较早的一批学生了。十分幸运的是，我在这里读完了小学、初中、高中。这所学校总共送走两批高中毕业生，我就是其中的一届。而且这两届并不是前后相连的，第一届高中毕业班是 1975 年，我们这一届是1978 年毕业的，中间还有两届只上了高一，最后一年就都转到原阿拉尔中学就读了。我后面的那一届，又是读完高一，转到九团一中读高二了，此后九团二中就再也没有办过高中了。我们班的毕业照定格在校园的西南角，23 张青春而略带稚气的笑脸，身后是无垠的田野和一排排正茁壮成长的小白杨。那是 1978 年的初夏，从此，我们就告别了这个读书学习了 10 多年的地方，怀揣着梦想，带着她赋予的气息，各奔东西了，再后来，和她的相聚常常是在梦中。

　　九团二中并不是位于作业站的地理中心，而是偏东一点的地方，与二营营部连在一起。最早这一片叫基建大队部，后来叫二营。除了营部外，当时还有十二、十三、十四、十五 4 个连队，还有机耕队、畜牧队、卫生队、基建一队、二队等单位，这八九个单位的职工子弟都在这所学校就读，此外位于四五公里外的 6·3 电站的孩子也来这所学校求学，他们三三两两的，不超过十位数。

　　学校最早是建在基建大队部的后面，两幢砖混教室，面对面而立，其余是地窝子。大概是 1972 年在二营营部旁修建了一个四四方方的小院，从小学到初中全都挤在一起。由于面积小，1974 年在原校园的南面，过一条比较大的排碱沟又修建了中学部，中学部的校舍都是学校的教职工利用假期亲手一砖一木盖起来的，他们都对这所学校充满了深厚的感情。一座横跨排碱沟的小木桥连接南北两个校园，小学部和中学部分段教学，这在九团也是独一无二的。一个具有一定办学水平、教学设施完备的初级中学已具雏形，有模有样，在当时各方面并不亚于位于九团团部的一中。这也是这里的师生多年以来引以为骄傲和自豪的地方。

　　这所学校若按现在的标准来看，无疑是一所田园学校、绿色学校、

生态学校。从远处看，这所学校坐落在塔里木河北岸，犹如阡陌纵横、生机无限的绿洲上的一颗明珠，书声琅琅、笑语连连，这也算得上屯垦戍边的历史上的一个壮举、一个奇迹。从近处看，学校四周，春天，渠水淙淙，秧苗青青；夏天，红柳花火红，芦花洁白；秋天，稻黍金黄，瓜果飘香，那田野上的清新气息，随时都能飘进教室。一条大排碱沟，由西向东再向南，斗折蛇行，环抱校园，这与内地濒江邻河、碧水青波穿越校园的名校相比，不仅形似，还多了几分鲜明的地方特色。在那裹挟着沙尘和略带碱腥味的风中，更显示出了她的本真，也塑造了在这里就读的每个学子不惧艰难困苦的生命的底色。

教育大计，教师为本。我在九团二中读书求知的那段时光，是难忘的时光，也是幸福的时光。那时的九团二中，可以说名师荟萃，群星璀璨。翁亚棣、浦苡蔓、谢秀珍、俞茇中、屠芳、宋鹏、郑宝珠、傅国芬、王明兰、喻燕良、沈贻炜、谷圣英、黄瑞丰、汪国泳、刘承贤、祖新民、杨文生、楼文杨、匡志伦、张敬明、浦加志、李邦思、陈正盛、沈燕萍、王道励、刘锦良、李娟、龙世荣、王平治、钱胜乐、潘匡定、陈振南、曾德兴、钟莲珍、李玉萍、蒋国芬、张金祥、刘启光、樊玉老师，等等，这其中当然也包括我的母亲陈玉莲，他们或工于诗词歌赋、舞文弄墨，或吹拉弹唱、打球、摄影样样精通，或文理兼通、文武双修。人人怀瑾握瑜，个个多才多艺。谁能想到，这个地处穷乡僻壤、戈壁荒滩上的学校真是藏龙卧虎呀。这其中多是我的班主任和任课老师，上海知青占了绝大多数。耳提面命，亲承謦欬，我就是沐浴着他们知识的雨露和思想的光辉长大成人的，他们德艺双馨，让我受益不尽，感怀终生。

那是一个激情燃烧的岁月，那是一个青春似火的年代。那时，学校没有太多分数排位的学业压力。冬天，每天一大早，全体师生开展冬季象征性长跑，热气腾腾的操场，拉开新的一天学习的帷幕。学校师生集体到戈壁沙漠打柴火、背柴火、架炉子、烧火墙。春天到各连队开展学

农支农活动，平地、推土方、积肥、施肥，夏天挖甘草、拔稻草、捡麦穗，秋天割芦苇、拾棉花、拓土坯、烧窑制砖。至于出黑板报、办墙报、排演节目，更是接连不断好戏连台。这的确浪费了不少宝贵的学习时间，但却从小培养了我们热爱劳动、体恤劳苦、向善向上的朴素情感。这也是在那个特殊年代，这所学校所能给予我们的宝贵的精神财富。

后来，我的同班同学们也陆续加入了这支队伍，来到了这所学校。李玉华、吕益华、梁平、吕建明、赵建亭、袁炳新、瞿明霞、李顺香、王文英、邱建荣、林国忠，等等，如追风少年，新星闪烁，灿烂无比，他们的能力和水平我是熟知和了解的，他们大多和我有很深的交往和友情。他们都属于军垦第二代，当仁不让地接过前辈手中的教鞭，在三尺讲台上，书写美丽的青春故事，美丽的人生故事，他们把九团二中的教育教学工作推向了一个新的高度。让人感到有一种奋斗的精神在这里延续，有一股生生不息的热血在这里奔流，他们催生了九团二中校园全新的绽放，花蕾吐蕊，沁人心香。

请原谅我罗列了这么多的名字，这些名字对我来说，时至今日仍然如雷贯耳，依然亲切无比。在九团二中老一代和新一辈的教育工作者，学有所长、教有所长，他们都有一个共同的特点，那就是对这所学校的无比热爱，对这里孩子的无比热爱，对这片土地的无比热爱。一个付出了心血和汗水的地方，一个付出了青春和生命的地方，怎能不繁花似锦，怎能不桃李芬芳。

我还忘不了为了这所学校发展建设付出了心血和汗水的许多校领导，徐克惠、张克英、顾荣、倪洪生、张玉虎，等等。张指导员的泼辣热情、顾校长的博学专业……一批人接一批人的辛勤付出，一代人接一代人的不懈努力，才使这所学校云蒸霞蔚、蔚然壮观，让人不敢小觑。（1978 年后的校领导我就不了解了。）

前不久，我在微群里看到在杭州西子湖畔定居的楼文扬老师晒的一幅照片，那是他在 1981 年离疆时，学校给他赠送的一个笔记本，扉页上的落款有一枚大红印章，一晃 35 年过去了，但"九团第二中学"那几个大字，还是那么鲜艳、那么夺目，红彤彤的，好像刚刚盖上，还能闻到那油墨的馨香。我过去还未曾留意过这几个字，因为我就是她其中的一员。如今在远离她 38 年后，在 1000 公里外的异地，细细端详，禁不住眼睛热辣辣的。这枚印章完成它的历史使命，肯定已被销毁了，但"九团二中"这几个字却永远收藏在曾在这里工作学习过的每个人的心中，无论他们现在身在何处，我的老同学雷建英充满深情地把九团二中比喻为心中的圣地。

是的，永远的九团二中，我心依然！

永不消逝的声音

"九团广播站，现在开始播音！"

这个声音伴随着我的童年、少年时代，伴随着我长大成人的步伐。那时年龄小，不知道这句开场白虽始终如一，可端坐在话筒前面的播音员却是在不断变换的。结识不久的新朋友李英梅学姐，曾用这样一段优美而抒情的文字描述她当年的播音工作：清晨，在雄壮的《东方红》乐曲声中，唤醒了绿洲的崭新一天，傍晚在悠扬的《大海航行靠舵手》的乐曲声中，送走天边的最后一道晚霞，让辛苦劳累一天的人们进入甜美的梦乡。

在我留下记忆的那个年代，农垦团场的文化生活，除了看露天电影，欣赏团文艺宣传队的巡演外，就是听团广播站的广播了。有时是在上学放学的路上，有时是在下连队参加劳动，住宿的连队大俱乐部、大菜窖里，有时是在拔苜蓿草、苦苦菜、打柴火回来的路上，有时是在背诵文史政治，在团部小楼门前大渠高大的白杨树下……这声音，让我这个地处偏远作业站的孩子，多多少少地了解了一些团内动态和时事政治，帮我打开了认识这个世界的一扇窗户。当初也未曾想过，不知不觉中，也培养了我的新闻敏感性，懵懵懂懂中指引我走向了广播电视新闻从业的道路。

九团广播站，它的前身应该是胜利十四场广播站，如果再往前看，应该和1940年12月30日中国人民广播事业的诞生息息相关。因为那一天，红色电波第一次飞向天空，把革命圣地延安党中央、毛主席的声音传向四面八方，翻开了中国人民广播事业的第一页。塔里木农垦战士是三五九旅的传人，那洪亮的声音，红色的基因，也应该在这片土地上回荡，在这片土地上延续。

"现在播送《团内消息》。"

《团内消息》是九团广播站自办的新闻节目，每天一期，毫无疑问，这档节目自广播站成立之日起就应该设立。媒体无论大小，新闻节目是龙头。可以想象，这个新闻节目在传达上级和团党委的精神、发布政令、宣传好人好事、普及科学文化知识、丰富群众的文化娱乐生活等很多方面，在当时应该发挥了相当大的能量，其作用不言而喻。播送这档新闻节目的播音员，据我了解，按时间的大致顺序有：马文娟（上海人，现定居乌鲁木齐市）、汪成渝（上海人，曾在阿中任教）、金丽娟（上海人）、沙俊杰（河南人，现在陕西）、李邦思（上海人，现在南宁）、俞茇中（上海人，现在定居澳门）、李英梅（九团长大，现在阿克苏）、赵芳（九团人）、孙巧玲（九团长大，现定居浙江余杭，常回阿拉尔）。此后的播音员我就不大了解了，应该还有母华新（十团退休，现在阿拉尔）、宋冬梅（现任阿克苏电视台新闻部主任）、吕冬梅（现在十团机关）、刘明军（现在阿拉尔农场，原九团）、李娟（现在阿拉尔农场机关）、王倩（现任阿拉尔农场播音员，原九团），等等。

这支前后延续30多年的播音队伍，应该都是当时九团的佼佼者，他们不仅个个貌美而且嗓音好。每天出入团部大楼，播送着团领导名字，天天和大大小小的领导低头不见抬头见，能进入这个岗位的，在

资讯不发达的过去算是公众人物，也是百里挑一的人物，对广大听众而言，他们虽在幕后，只闻其声，不见其人，但却神秘而令人羡慕。让我感到欣慰的是，在这支播音员队伍中也有我的老师、朋友和同学。李邦思、俞苾中是我在九团二中读书时的老师，李英梅学姐是我新认识的朋友，孙巧玲同学与我同级，虽然那时我们并不认识，她在城市阿拉尔，我在农场作业站，但我们的许多经历都是相同和相似的，在微信群相见后，自然而然也就有了更多的话题。

九团广播站《团内消息》节目，最早引起我关注应该是在1972年，那一年我的班主任兼语文老师俞苾中调到团广播站任播音员，每天早晚我们都能从广播里听到她那甜美的声音，同学们都会自豪地说："那是我们的俞老师在播音。"后来我才知道，俞老师是毕业于上海音乐学院的高才生，难怪她的声音那么甜美，举止那么优雅。英梅学姐在她的《我认识的上海人》一文中，对她的这个前任有细致精准的描写："时常穿一件洗得发白的黄军装，衬衣的雪白领子翻在外面，简简单单的装束让人看起来都那么得体，那么美丽。是的，这一切都来自腹有诗书，由内而外散发出来的高贵气质，这气质与外在的环境无关。"李邦思老师是我的美术老师，也教过我语文，他应该20世纪60年代末在团广播站播过音，我不知他是不是唯一的男播，但他那富有磁性和魔力的嗓音是不多见的。我虽然没有听到过他的播音，但我在二中读书时，听到过他朗读课文，特别是在全校忆苦思甜大会上，我听到过他朗读《巴桑的故事》，全场鸦雀无声；听到过他在全校文艺汇演中，朗诵"我们攀登时代的脚手架，让漫天飒爽秋风，吹动点点红叶，激荡青年的心房"的诗句，台下掌声雷动。李邦思老师头发微卷，面庞白皙，戴金丝边眼镜，气质儒雅，多才多艺，是典型的文艺小青年范儿。

李英梅学姐，1972年至1975年在九团广播站任播音员，我们虽然相识得很晚，但在这之前，我在网上已拜读过她许多回忆在九团工

作生活的文字，她后来当了一名语文老师，文字自然流畅优美，朗朗上口，很耐读，这也难怪她的文章在网上传得很广，这都出自她的大著《难忘的岁月》一书，在张小辉同学的帮助下我有幸获得一本，认真拜读并悉心珍藏。

孙巧玲同学，我们虽然同届，但我是前两年在一中 1978 届微信群才结识她的，她是在九团广播站任职时间最长的一位播音员，她从 1976 年 7 月至 1984 年 9 月，"独霸"话筒长达 8 年的时间，我听她的播音可以说时间最长。在微信群里，巧玲同学的帖子和点评，都写得文从字顺，而且具有浓郁的抒情色彩，这都与她当年的播音工作有关。那时播音员既播音又兼编辑，都是自己取稿、改稿、编辑、录制、播放，拳打脚踢，一个人什么都干，确实也锻炼人，增长才干。巧玲同学的文字功底与那时养成的语感有很大的关系，我也算是内行，这个我是知道的。后来她调到了浙江余杭广播电视台，一直到退休，是一位资深的新闻工作者了，有很强的政治敏锐性。

九团广播站除了自办的《团内消息》外，每天早晚分别还要转播中央人民广播电台的《新闻和报纸摘要节目》和《全国各地人民广播电台联播节目》，这两档节目一直是中央人民广播电台的金牌节目，时至今日，也是该台的当家节目，在资讯十分发达的今天，收听这两档节目的听众依然十分广泛和众多，这都源于这两档节目的权威性、重要性和时效性。当时这两档节目的很多内容，至今我都记忆犹新，也就是在这两档节目中，我熟悉了播音界一批翘楚的声音和特色，他们是齐越、夏青、葛兰、方明、铁成、宋世雄、钟瑞等一代大家宗师。

1984 年 10 月至 1985 年 10 月，我到北京广播学院（今中国传媒大学）进修学习新闻采编一年，夏青、方明、宋世雄等老师亲自给我们上课，我和大师零距离，聆听了他们那熟悉的声音和教诲。方明老师在课堂上有一句话，我始终没有忘记，他说：作为一名新闻工作

者，要永远记住，这话筒是党和人民给的，要为人民、为时代鼓与呼。我始终牢记，从不敢有半点懈怠。30多年来，在广播新闻前辈和同行们的引领和感召下，我在广播电视新闻工作中，不断努力推出有思想、有温度、有品质的新闻作品，让党的主张成为时代的最强音，因为我是听九团广播站的节目长大的，那红色的基因在我的血脉中流淌。

九团广播站，永不消逝的声音，任岁月流逝，你更加嘹亮。

驰骋在新疆广袤的田野上

　　我第一次见到吴振先老人，那是在 1981 年的暑假，我和他的女儿小棠是大学同学，暑假到他家玩耍，在他家待了两三天，才只见过他一面，还是匆匆的一面。有一天很晚了，我们都已吃过晚饭，在院子里乘凉闲聊，吴振先好像是回来取件东西，连一牙瓜都没顾上吃，和我们打了个照面，就一溜烟地走了。小棠告诉我说，他爸和几个农机人员正在加班搞一项技术革新，是用农机铺地膜方面的。这个我好理解，我家虽在农一师九团二营，但离吴振先老人所在的农一师八团只有 15 公里，比到九团的团部还要近。那时阿塔公路两旁，都种植这无边无际的棉花，棉花种植的机械化，对农场职工来讲太重要了，吴振先他们正在干一件很了不起的事情。我望了一下他们家墙上镜框里的照片，一身黄军装的吴振先眼里透着睿智，身上洋溢着儒雅的气质，这和我身边司空见惯的军垦战士形象多少还有些不同，这不能不让我心中对吴振先升起一种敬意，从此也对他或多或少给予了关注。

　　一晃 30 多年过去了，吴振先老人今年已年过八旬了，他从 1957 年 7 月来到塔里木垦区整整一个甲子过去了。60 年来，他和他为之奋斗一

生的这片土地，相依相伴，从未想离开过半步，包括 1997 年退休以后，包括儿女们给他在内地沿海买好并装修好了新房。因为这里有他的青春，有他的汗水，有他的心血，有他的家，有他的根，更有他 60 年军旅生涯的生命和魂魄。

吴振先 1937 年出生于燕赵大地河北省遵化县（今遵化市），1955 年 7 月 15 日，这是一个他终生难忘的日子，还未满 18 周岁，他就响应党的号召，与"新疆生产建设兵团河北省进疆学生大队"的 1200 名学生，从河北省唐山市踏上西去的列车，奔赴新疆。

当时因新疆建设急需人才，吴振先被选拔先在新疆八一农学院农机系学习两年半，那时为了多学知识，尽快投入到火热的建设中去，学校取消了寒暑假，把一切时间都用于学习。1957 年 11 月底的一天，毕业证书已经发了，班长田玉杰通知吴振先到系主任办公室去，到了办公室，系主任开门见山就说："你们毕业了，老师们对你的反映不错，学习成绩好，品德也好，系里决定让你留校当助教，你有什么想法？"吴振先却说："我觉得自己拖拉机技术还没学好，想到农场去，多搞一些实践，我们班的同学大部分想到农一师开发塔里木去！我也想去。"辅导员说："叫你留校还有一个意思，就是夏天翻车事故你的胳膊受过伤，恐怕到农场实际操作干活有困难。"吴振先说："胳膊没事儿。"说着还把右胳膊做 90 度弯曲，上握拳头，示意有力气的样子。系主任说："你真是好同学，难怪老师们对你评价都很高，有这种精神你不管到哪儿都会做出成绩来的。这样吧，你再考虑一下，愿意留校我们随时都欢迎。"当时好多同学都说："要是我呀，就留校，吴振先的选择太傻。"但吴振先毫不犹豫地打起行囊，跨入了奔赴开发建设塔里木的浩浩荡荡的队伍之中。

吴振先最早被分配到农一师胜利十五场，现在的第一师十团。他所在机耕队没有一间房屋，除了四棵大胡杨，其他什么都没有。住的是地窝子，就是往地下挖两米深，五米多长，三米宽，上边盖一层树枝、红

柳和芦苇，再加点土和泥巴，床就是用几根木棍搭一下，上边铺上红柳和芦苇，不仅潮湿，更怕下雨，上边漏水，屋里的被褥都会被淋湿。

1958年，团场虽然建立了，但可以耕种的土地并不多，所以开荒造田很迫切。无疑拖拉机成了开荒的主力，这正是吴振先的老本行，正对他的板眼。为了加快进度，他们会经常打擂台、搞竞赛，往往几天几夜不休息，有时太疲劳，开着拖拉机就睡着了，机器撞着胡杨树被别熄火了。

在开荒中，吴振先他们用两台拖拉机拉一个粗钢丝绳，或用20—25毫米粗的钢筋，分成两三段，两头用拖拉机拉网式地作业，拖拉机的参与，使开荒进度大大加快了，每天白班夜班就可以开出200—300亩地。三个多月的时间几乎连地窝子都没进过，每天工作下来浑身都是土，开始还戴上口罩，很快就不戴口罩了，干一天下来吐的痰都是泥巴蛋蛋，就算是一天不工作，吐的痰仍然还是泥巴痰，吴振先因此患上了终身的慢性气管炎。

吴振先一辈子的军垦生涯留下许多精彩之作，得意之笔，直到晚年，每每提起，他都会露出骄傲和幸福的笑容。

第一次改装棉花播种机。1958年3月，吴振先任组长，组织铁工、钳工和机车组共计6人，把苏联产的24扩播种机由播谷物状态改成播棉花，就是将KB-35机具进行改装，把播谷物的排种盒改装成播棉花的排种盒和排种齿轮。棉花的播种深度要求最好不要超过4厘米，必须在圆盘上安装限深器。因为是第一次搞改造，大家都非常积极热情，这项工作开展进行得十分顺利，为以后的改革创造增添了信心。

改装中耕施肥机。1959年2—3月，机耕队里让他负责改装中耕施肥机，目的是在棉花生长发育的中耕阶段施肥，施羊粪或其他有机肥。经过反复的研究、思考和探索，吴振先有天睡到半夜，突然来了灵感，把钢筋卷成弹簧状，然后烧红拍扁，再拉开形成了螺旋状。第二天上班，他就让铁工进厂试验摸索，经过反复试验，钢筋用10毫米的比较

好，拍扁的厚度 1—1.5 毫米最为合适，然后就是把螺旋固定到轴上，用螺旋推运的办法转动拨齿帮助肥料流动。

研制水稻脱粒机。1973 年，团场的生产水平在不断提高，小麦单产由原来的二三百公斤，提高到五六百公斤，水稻单产由原来三四百公斤，提高到六七百公斤。但老式的康拜因收获机械都不适应水稻的高产了。为了支持全团的农业生产，八团修理连主动向团领导请战，提出搞个割晒机，利用北京号康拜因的收割台，在东方红-54 拖拉机上改装。

攻关小组在全连各工种、各车间的配合支持下，通过三四个月的努力，在七月中旬，两个机器都拿出了样机，也都投入了夏收工作的试车和检验。1974 年秋天，制作了三台脱粒机，在八团三个生产区进行水稻脱粒作业，初步解决了水稻高产后的收获问题，小麦的脱净率可以达到 98% 以上，水稻脱净率 99% 以上，该脱粒机定名为 TQ-860 型滚筒气流清选脱粒机。1975 年，该机器通过新疆生产建设兵团的科研成果鉴定，获得科技二等奖。

地膜播种机的发明创造。从 1981 年 8 月开始，新疆生产建设兵团的各植棉团场先后都组织进行地膜铺膜和播种机械的研制工作，八团也不例外。1981 年 10 月 5 日，由吴振先担任组长。经过 60 多天反复研究讨论，对滚筒的鸭子咀和排种盒进行了反复的试验改动，在分工协作的基础上，又对整机和部件的设计构想、对机架和铺膜机进行了 10 多次大的协作试验，特别是对滚筒的鸭子咀和排种盒的制作，修造厂的加工车间昼夜加班，随叫随到，密切配合，到 12 月 15 日整机的雏形终于试制成功。

1982 年 1 月，兵团机务处和农一师机务处的同志到八团，对机器进行了工作状态展示评估，认为鸭子咀结构和排种盒设计精巧绝伦，取种、分种、输种、打孔、落种等动作都协调自如，配合十分默契，简单到让人惊叹不已，特别是鸭子咀的张开与闭合，没有用任何的机械去传动，而是靠自然的重力作用做自动闭合，与种子输入穴中的动作关联是

那么自如，时间配合那么巧妙。并且分种盒排出的种子量控制得十分理想，每穴2—3粒的占82%以上，空穴率低于2%—3%，做到了省种子，定苗简单、省工、省力。越简单的机器，毛病就越少，人们容易操作，将来农垦职工就容易接受，便于大量推广。

1982年3月17日，全师地膜机铺膜、播种现场会在八团召开，由吴振先全面介绍了机器的设计和各部分机构的功能及作用，并进行了现场演示。

消息不胫而走，各师团场单位的领导、机务技术人员先后不断地组织到农一师八团修造厂参观学习。八团当年播种了3000亩地的地膜棉，取得了非常好的成效。也说明八团修造厂研制出的机器是非常成功的，今后可以大量地推广了。

1982年9月10日，全国西北13省市的地膜覆盖栽培及地膜机研讨会在石河子召开，吴振先参加了这次全国的研讨会。

参加会议的一位记者，对农一师八团参加展演的机器十分感兴趣，对吴振先的现场解说更感到有说服力，专门给吴振先照了一张一生中的第一张彩照，这张照片吴振先非常珍视，我后来在他们家墙上的镜框里看到过，被放在很醒目的位置。

2-BMG系列地膜播种机的研制发明，对一师乃至整个兵团和新疆，甚至全国的地膜棉种植，以及其他农业种植都起到了巨大的推动作用，加快了兵团农场脱贫致富的步伐。当时曾有记者写文章说："大漠里飞出了金凤凰。"这个研制发明在1983年到1986年前后曾多次获得农一师、新疆生产建设兵团的科技发明奖，1984年又获得了国家农牧渔业部颁发的"科技进步"一等奖。

在距离农一师八团20公里的地方，有阿克苏县（今阿克苏市）哈拉塔乡的18、19两个维吾尔族群众集聚的大队村，早在20世纪60年代，师里就要求兵团农场要支援帮助周围的地方老乡发展农业生产。1983年4月，修造厂不仅把1台地膜植棉机器拉到阿克苏县的阿音柯

乡和哈拉塔乡，吴振先还派了两名技术人员到阿音柯乡和哈拉塔乡指导生产。

在那万物复苏的春天，维吾尔族老乡们第一次看到机器播种，都很高兴，许多大人孩子跟在机器后面观看，上百个男女老少高兴地拍手，互相不住地跷起大拇指说："亚克西！亚克西！"看到这一切，吴振先脸上露出了笑容。

阿克苏县的阿音柯乡和哈拉塔乡，早在 1983 年就率先种上了地膜棉，他们也成为首先富裕起来的维吾尔族地方乡镇。

在激情燃烧的 60 年的军垦生涯中，吴振先在绿洲和漠野之间，定位人生的坐标。这是热血的担当，这是生命的坚守。

如今，躺在病床上的吴振先老人，嗫嚅地告诉儿女说，拖拉机他现在开不成了，他一生最喜欢看到的场景，就是那"东方红"拖拉机在广袤田野上纵横驰骋；最喜欢听到的声音，就是联合康拜因耕耘收割的震天动地的"隆隆"声响。是的，这在吴振先老人的心中，是世上最美的画面，最美的旋律。

这正是他 60 年的军垦生涯的向往和追求。

一双美丽的大眼睛

　　眼睛是心灵的窗户，眼睛也是会说话的。我的小学语文老师屠芳，就有着一双会说话的美丽的大眼睛。我离开农一师九团二中小学部校园已经40多年了，每当想起二中，想起我的母校，想起亲爱的老师和同学，我就会情不自禁地想起敬爱的屠芳老师，想起她那美丽的大眼睛，想起她那严厉又慈爱的眼神，往事就会一点一滴溢满心头，荡起一片片涟漪，许久不能平静。

　　屠芳老师是我小学四、五年级的班主任兼语文老师，她带了我两年时间，但她带这个班大概从三年级就开始了。这位来自上海的知青老师，最早在胜利十四场中心子校——也就是九团一中的前身——教书，我的同学赵永平等最早都是她一年级的学生，一中1978届有许多同学都是她当年的学生。

　　那是20世纪70年代初，当时九团二中三年级有两个班，一个班是屠老师带，另一个班是俞莜中老师带。我三年级在俞老师班里。俞老师带我们时还是个十分柔弱美丽的上海小姑娘，是刚从上海音乐学院毕业不久的高才生，但班里有一些上房揭瓦的调皮大王常常恶作剧，气得俞老师经常哭鼻子，梨花带雨，楚楚怜人。而屠老师和俞老师是要好的朋友，朋友有难当然要帮，屠老师时常友情客串一把，到我们班来收拾那些调皮捣蛋鬼，帮俞老师整顿班级纪律，为俞老师撑腰，替俞老师打气。其实屠老师和俞老师年龄相仿，个头也不大，中等个，常扎两把马尾辫子，在脑后一拍一打的，白皮肤，眼睛大，特别是眼睛一瞪更大，给人一种无怒自威的感觉，这也许就是她威慑力所在吧。屠老师的普通话很标准，没有上海音，但嗓子略有点哑。但就是这个和俞老师看起来没有太大差异的女老师，只要往我们班门口一站，眼睛往那些捣蛋鬼脸上一瞟，全班顿时就鸦雀无声，一个个老老实实的，特别是那些调皮大王，眼皮子都不敢抬，不敢看屠老师一眼。我搞不明白，屠老师到底施的是一种什么魔法，把那些捣蛋鬼拿捏住了。哦，一定是那双眼睛，是那双美丽的大眼睛。

从小学四年级开始，我们两个三年级就合成了一个班，屠老师从我三年级的编外老师，成为我四年级的正式老师。

屠老师上语文课，她只要往讲台上一站，一双大眼睛往下面一扫，全班就鸦雀无声了。她非常重视对我们语文基本功的训练，对生词的抄写、组词造句、课文背诵等一丝不苟，逐一提问排查，作业一个一个过，绝不允许任何人浑水摸鱼。记得有一次我抄写成语"振奋人心"的"振"，多了一撇，屠老师把我叫到办公室，狠狠地把我剋了一顿：你把自己的名字里的字都写错，这不是粗心，而是心不在焉。从那以后，我抄写生词再不敢大意，因为屠老师有一双明察秋毫的大眼睛。

屠老师还是我文言文的启蒙老师。我们当时学过两篇文言文，都是寓言故事，一篇是《自相矛盾》，一篇是《刻舟求剑》。时至今日，这两篇古文我都能倒背如流，而且对"寓言"的含义，也就是那时刻入大脑的，一直没有忘记。"寓言就是通过浅显的故事，用打比方的方法来说明深刻的道理。"由此可见，小学教育、基础教育对一个人的影响是很大的，甚至是终生的。

屠老师好像很小就失去了母亲，是和父亲相依为命长大的，自立能力很强。在带我们班这两年的时间内，她为了吸收上海中小学先进的教学经验和学生课外活动开展情况，专门让家人在上海订阅了这一类的报纸，报刊的名称，我记不清了。记得那时，邮局一寄来就一大沓子，好多期一起来，屠老师就选那上面的好文章给我们读，选适合我们的活动在班级开展，用她的一双打量外面世界的眼睛开阔我们的视野。

在我们上五年级时，每天下午放学前，屠老师都要在班上给我们诵读《闪闪的红星》《高玉宝》等长篇小说，特别是厚厚的一本《闪闪的红星》，屠老师一字不落给我们从头读到尾。那曲折的故事、动人的情节、鲜明的人物形象，再加上屠老师纯正的普通话，声情并茂，深深地打动了我们，外班的同学也都趴在教室外的窗台上，津津有味地和我们一起听。我们每次都请屠老师再读几页、再多读一些，屠老师都尽可能满足我们的要求。有时我们看到屠老师声音都嘶哑了才作罢，屠老师有时也故意讲条件，让我们各门学科小测验必须达到多少分，取得一个什么成绩，她才多读几页，用这种小的奖励办法，鼓励我们好好学习。屠老师的眼神中，充满了对我们长大成人的企盼。

穷人的孩子早当家。在我们很小的时候，学校条件差，每年冬季学校都要停课一天，全校开展打柴火背柴火活动，教室冬季要靠柴火烧铁壁炉子、烧火墙来取暖。屠老师带我们时，虽然才上四年级，但我们都早已是家里、学校打柴火的壮劳力了。屠老师带我们到十二连后面的沙包里打柴火，大家三五成群，团团伙伙，叽叽喳喳，像沙枣林里一群放飞的麻雀，快乐得不得了。屠老师被一群女生簇拥着，挽着胳膊，像个大姐姐似的和大家有说有笑的，我们一群小男生则知趣地尾随在后面，像一群小保镖。背柴火回来的路上，要坐在沙梁上休息几次，那时尼克松刚访华，屠老师就利用这个时间，给我们讲尼克松的随行人员到上海访问时，到南京路商店抢购大白兔牛奶糖的趣事。我们听着，开心得不得了，我们一个个都为祖国自豪，为上海自豪，为我们有屠老师这样的

上海知青老师自豪。上海，也激起我们从童年起就对这座大城市产生的无限向往。屠老师和我们的眼神中都充满了自豪和憧憬。

大概是 1972 年，有一个学期屠老师要回上海探亲。那时没有结婚的上海知青大概一年可探一次家，来回一个来月，这很正常。有一天中午，就在我们放学回十二连的路上，看见屠老师手里拎了一个印有上海国际大饭店图样的旅行包，准备到十二连大桥边等车，去阿克苏，回上海。但在她后面一二十米，还跟着一个年轻小伙子，中等个头，额头锃亮，皮肤白净，鼻梁挺直，沉稳英俊，这不是机耕队的熊叔叔吗？那时二营人不多，大家彼此都认识。两个人一前一后，虽然相距很远，但聪明的我们也看出了其中的端倪，因为屠老师的一双美丽的大眼睛，露出了一丝羞涩，告诉了藏在她心中的秘密。噢，我明白了，同学们一下也明白了，我们的屠老师谈恋爱了，要结婚了，同学们一阵交头接耳窃窃私语。下午到学校上课，班里都炸开了锅，大家都在传播着这条特大新闻。那时的恋爱都是悄然进行，一对新人到要宣布结婚时，谜底才揭开，大伙才知道。屠老师作为老师，在当时那样的大环境下，更是严守秘密，被她的学生唯一撞见的一次，两个相爱的人还形同陌路，假装不认识，这是在那个特殊年代才会发生的事情，真是委屈屠老师和熊叔叔了。屠老师和熊叔叔的婚礼是在机耕队简易的平房里办的，我们和同学们一个个似小花童般见证了屠老师新生活的开始，屠老师给我们班里的同学发了喜糖，有的还吃上了上海牛奶糖，屠老师一双美丽的大眼睛充满了幸福。

从 1973 年下半年，我小学毕业开始读初中了，教室也从小学校园搬到了大排碱沟对面新建的中学部。从那时起就很少见到屠老师，也很少联系。后来得知屠老师有了一个帅气的儿子，回来又调到九团一中教书，熊叔叔调到团机务科工作，再后来又和熊叔叔一道回了四川老家宜宾，一待就是好多年，再后来举家回到了她的故乡上海，叶落归根。屠老师晚年定居上海是完全正确的，一辈子迁徙奔波，一路风霜雨雪，是

该享受一下国际化大都市的潇洒浪漫和小家庭温馨甜美的日子了。

几年前，我通过杨文生老师，找来了屠芳老师的电话，我即刻和屠老师、熊叔叔通话，拉了拉家常。最近在微群里看到屠老师和许多其他二中老师的照片，感到很亲切。屠老师的头发白了许多，从照片上看她依然目光炯炯，风采依旧，但后来才知道她有一只眼的视力不太好，一直在治疗，不免让人心生牵挂。熊叔叔说，他是屠老师的眼睛，屠老师，我和同学们也都是您的眼睛。

敬爱的屠老师，我们完全能感受到，您一双美丽的大眼睛还在注视着我们，注视着您的学生。在我们的心中，您的眼睛永远清澈明亮，永远神采奕奕。

二　　近晚的炊烟

又见家乡的炊烟升起

  时下，在乌鲁木齐市的大街小巷，在米东的农家院落，随处可以看见许多饭馆和排档，打着红柳梭梭烧烤字样的幌子和招牌。虽烟熏火燎，但人头攒动，生意红火。走近了，用鼻子深吸一吸，那烤羊肉串、烤鱼片浓郁诱人的肉香味里，确实还裹挟着一股来自戈壁荒滩上红柳、梭梭等柴火在烧烤中释放的特有气味，那气味夹带着淡淡的盐碱味，还有一股辛香味，正是这气味，抑制了肉类的腥膻，进一步激发了它的鲜嫩醇香，难怪店主以此为招牌，招揽顾客，也难怪顾客们一个个味蕾大开，一大串一大串、一大把一大把地大快朵颐，享受饕餮之悦。不由人视线向那里转移，脚步向那里移去。

  这红柳、梭梭烧烤的气味，对于我来说，是再熟悉不过的了，那是来自我家乡的气息，那是来自我家乡炊烟的气息。哦，又见家乡的炊烟了。望着那烟火缭绕的摊铺，在心中一股亲情与乡情油然而来，一丝丝、一缕缕，袅袅不绝，弥漫在心间。

  我从小生活在万古荒原中刚刚开垦出来的小小绿洲上，那四周都是戈壁荒滩。人活着就要吃饭，要吃饭就要生火。柴米油盐酱醋茶，柴理所当然地排在了第一位，可见它的重要性了。穷人的孩子早当家，我从小就跟着父辈捡拾红柳、梭梭等这些柴火，那时的我们还没有扁担高就能挑水，还没独轮车高就会推独轮车，每到星期天或是寒暑假，小伙伴们三个一群，五个一帮，呼朋引伴地到戈壁上、沙漠里，捡梭梭柴、挖红柳根，早出晚归，一大捆一大捆、一小车一小车，背的背，推得推，满实满载。回来的路上，头发晕，腿发软，那是饿了，血糖低了，但只要爬上沙梁，往家的方向张望，看见那隐隐约约、袅袅升起的炊烟，一定会力量倍增。那炊烟是家在呼唤，那炊烟是家人在等待。姥姥、母亲给我们生火做饭，那可不是一顿两顿，也不是一天两天。就是用这红柳、梭梭等柴火做的饭，养育了我将近 18 个春秋，直到我考上大学，离开那片土地，但留在舌尖上的记忆，我一刻也没有忘却。那烤肉摊上红柳、梭梭燃起的忽明忽暗的烟火，对我来说是家乡的炊烟，是用滚沸的开水焯过凉拌苜蓿的味道，是煎韭菜盒子的味道，是玉米糊在大铁锅中"咕嘟咕嘟"的味道，是地地道道的家乡味道。

那时每家每户的房前都有一个小院子，院子都是用红柳、梭梭等柴火垒起来的，谁家的财富多少，家人是否勤劳，大都体现在这红柳、梭梭柴火的多少上。在院子的一角，上面支几根梧桐、杨树、柳树枝条，用土块或砖块垒起个炉灶，讲究的炉灶四周用水泥抹平，用碎稻草和泥蹚平的烟囱高高耸在外面，就是做饭的灶头了。砧板、菜刀、竹筷、瓷碗、油盐酱醋各得其所，灶儿虽然简陋，给人的感觉是厚重而踏实，温暖而绵长。

除了大冬天，其余时间大都在那里生火做饭，一家一户的炊烟，也就是从那红柳、梭梭码起的柴火堆里升起的。那红柳和梭梭通过燃烧产生的热能又传递出一锅锅的饭菜，让这亘古荒原有了人间烟火，有了世间温度，虽是粗茶淡饭，也让我们嗷嗷待哺的新一代，在袅袅炊烟中，一天天长大成人，一个个长得像这戈壁沙漠里的红柳、梭梭一样，坚韧不拔，顶天立地。

　　由于从小就跟红柳、梭梭等打交道，对其烧烤的性能也了如指掌，比如红柳又有红柳、白柳之分，红柳质地坚硬耐烧，白柳质地松散燃烧快，梭梭最易燃也耐烧，就是刚砍回来正生长的带着鲜枝嫩叶的梭梭，放在已燃烧的炉子里，照样噼里啪啦地直窜火苗，燃得特旺。有时，我们放学回家，远远看到家里烟囱里冒的烟，就能辨别出做饭时烧的什么柴火，红柳的烟浓重，白柳的烟轻飘，梭梭柴的烟直冲，后来有用棉花秆当柴火的，那烟更飘更悠，劲小，没有火力。用红柳疙瘩做饭，一两块就饭熟菜香了，但要烧棉花秆，就需要一个人专门烧火，两只手不停地往炉腔里塞，否则不一会儿火就会熄灭，如果想做点荤腥，炖的时间长，肯定要用红柳和梭梭，这也就是人们偏爱红柳和梭梭的缘由吧，当然那炊烟也就更让人向往。

　　有时，教室里也会升起炊烟。那是寒冬腊月天，从远处来学校上学的同学，带来馍馍等干粮，中午在学校吃午饭。等到第二节课结束，趁课间操的时间，抽空把已放凉冻硬的馍馍，放在教室烤火取暖的铁皮炉子上，中午烤着趁热吃。炉膛里，红柳疙瘩燃得正旺，炉子上，馍馍四面烤得焦黄，或麦香或谷香的诱人气息弥漫整个教室，馋得让人直流口水，那教室屋顶上冒的也就有了炊烟的味道了。

　　又想起了家乡的炊烟，那炊烟里有我童年之趣、舌尖之味，更有我怀念的爹娘，有我精神深处的皈依。

　　想着想着，我不由加快脚步，朝着那炊烟升起的地方大步走去。

地窝子的记忆

　　居住在团部的同学可能没住过地窝子，对地窝子没有多少概念，但连队的同学大多都是地窝子里长大的。我在地窝子里一直住到快上三年级，比我大的孩子，可能十多岁才搬出地窝子。地窝子在我的记忆里，是一个定格的特写镜头，它伴我度过了难忘的孩提时光。

　　所谓地窝子，就是戈壁滩上挖一个二三十平方米的大坑，撑上几根梧桐木柱子，坑上蓬些干柳枝和芦苇草，再盖上一层厚厚的沙土，这就是五六十年代塔里木拓荒者的家。这也许是世界上最简陋的居室，然而对于那些大批从内地来的胸怀革命理想、哪里艰苦哪里去的支边青年来说，这无疑是寒冷时的一件棉袄，饥饿时的一块馕饼，精神歇息的一方乐园，作为第一代老军垦、拓荒者、创业者的挚爱结晶的我，就是在这里呱呱落地的。

　　屯垦戍边、开荒造田的劳动是异常艰苦的，披星戴月、夜以继日。那时，父母只有我一个孩子，但他们整天忘我地劳动工作，根本没有时间照看我。我还不会走路时，父母常用绳子把我绑在地窝子的床上，怕我掉下来摔着，可有一次他们走得急，疏忽中没把我绑紧，等他们回来

时，我已在地上哭累睡着了。母亲曾告诉我，我现在头上那块疤，就是那次受伤的永久纪念。

稍大点后，父母一出去劳动，我就和我一般大小的孩子到外面撒野，戈壁滩上是没有什么好玩的地方，但在地窝子旁捉迷藏却是最快乐不过的。地窝子一个连一个像馒头，春雨摧洗，秋风所破，上面长满了青青的芦苇。记得一天傍晚，我和小朋友捉迷藏，跑过一家地窝子，只听见哗啦啦地直往下掉东西，不一会儿一个操四川口音的阿姨端着碗从地窝子走出来，大声嚷着："这是哪家的崽子，搞啥子名堂呦。"那碗里，被我撒了一层厚厚的"胡椒面"。为此事，爸爸拿着红柳条把我狠狠抽了一顿，那疼痛虽然早已消逝了，可一种说不清的滋味仍萦绕在心头。

后来父母把远在河南老家的姥姥接来照顾我。接姥姥那天，父母套了一辆大轱辘牛车，姥姥坐在晃晃悠悠的牛车上，指着一排地窝子问："你们这儿的坟怎么这么大呀？"我咯咯地笑了："那是我们家呀！"我清楚地记得，父母那时都低下了头，没有作声，那一刻我仿佛明白了父母此时此刻想些什么，那就是甘吃千般苦，为了后代甜哪。

岁月悠悠，沧海桑田今是春。如今塔里木河两岸的地窝子已荡然无存，成了一代人的记忆，但地窝子孕育的艰苦奋斗的创业精神与美丽的绿洲同在，与塔里木河共存。

地窝子，难忘的地窝子，它使我懂得了幸福从劳动中来，快乐从汗水中来。奋斗、进取的人生最有意义。

地窝子，是凹平低矮的，但在我心中的海拔却是很高很高的。

作业站，我的家乡

一个人无论是贫贱还是富贵，都有自己出生的地方，都有自己的家乡。作业站就是生我养我的地方，就是我的家乡，在这里，我一直生活了 18 个年头，一直到外出求学离开。

作业站，我家乡的这个地名，一看就有些特别。是的，它代表一种情结，表达一种情感。

这里曾经是一片沉寂的土地，这里也是一片年轻的土地。说它沉寂，是因为千百年来，这里只有风吼沙鸣，胡杨萧萧。说它年轻，是因为这里升起的袅袅炊烟，这里上演的一幕幕悲欢离合，才只有大半个世纪，比我的年龄也长不了多少。这里就是我的家乡，一个让我魂牵梦绕的地方——新疆兵团一师九团二营，俗称作业站。

作业站在整个塔里木垦区，这是它叫得最响的名字。

作业站，位于阿克苏到阿拉尔也就是阿塔公路 103 千米处。这绰号，兵味浓，兵气足，好像看得见刀光剑影，听得见鼓角争鸣，仿佛那南泥湾三五九旅的战旗正舞出屯垦戍边的猎猎雄风。这个称谓虽然有调侃的成分，但揶揄中透露出了几多苦涩与无奈，也袒露着赤诚着肝胆和

豪情。俗话说：光脚的不怕穿鞋的。我已是作业站的人了，谁还怕谁什么！这也许是深藏在作业站每个人心中的潜台词吧。

在 20 世纪七八十年代，是作业站这个地名叫得最响，也是它最红火的年代。那时这里大概有七八个连队，以有几排砖房的营部为中心，散落四处。在营部有商店、邮政所、理发店、机耕队和卫生队，有的网店虽然只有一个人，但麻雀虽小五脏俱全。和我们这些军垦二代联系最紧密，和我们感情最深，对我们影响最大的当然还是学校。让人想不到的是，这可不是一般的普通学校，而是一所从小学到高中全日制的学校。我们的老师全部来自长城内外大江南北，在这里他们教书育人，有许多后来都是享誉新疆，甚至享誉全国的大家，如沈贻炜、顾荣、曹桂蓉等，从这里走出的我的同学、我的学长学姐学弟学妹们也都在各自的领域颇有建树。

作业站，在那难忘的岁月，我和我的同伴们在这里，快乐地生活，茁壮地成长。那无垠的田野，留下过我们拾麦穗拾稻穗捡棉花拔稻草和父辈们一起流下的汗水，那东方红拖拉机碾压过的尘土飞扬的马路上，留下过我们成群结队地乘着朦胧的月色，追着电影放映队，一个电影看若干遍的自行车车轮。一排排果实累累的沙枣树下，一座座长满红柳的沙丘上，一个个鲫鱼欢跳的苇湖里，都留下无比幸福和甜蜜的回忆。真是少年不知愁滋味啊，无忧无虑，满心欢喜。

时光荏苒，经历了风霜的洗礼，褪去了原始蛮荒。一代代改天换地辛勤劳作的汗水，从一张张稚嫩的娃娃脸上流下，从一张张俊美的青春脸上流下，从一张张黑红的脸庞上流下，从一张张萧索容颜的皱纹里流下，不为人知，找寻不见，但换来的是一片锦绣大地美丽的家园。春风秋雨，星移斗转。作业站的第一代参战的将帅兵卒，倒下的倒下，离开的离开，第二代也已鬓染白霜，看一眼都让人感慨，满眼的辛劳，满身的疲惫，还不敢停下跋涉耕耘的脚步，留下的是那一片肥美的绿洲。"作业站"已名不副实了，让人淡忘也是迟早的，是必然的。作业站，

终将逝去，并已经逝去，逝去的不仅是我们心中这支特殊的番号，而将是整整一代人的记忆。在不知不觉中淹没在那每年春夏之际不约而至滚滚的沙尘暴中。只见他拂了拂身上的沙土，站起来，头也不回地走了，留给我的是一个背影，是一个越来越模糊让人看不清的背影。

一方水土养一方人。作业站离九团团部从十二连的大桥算起，虽然只有22千米的距离，但这里的自然、人文环境，建设发展的速度还是和团部甚至二营以外的连队有距离的，距离还不算小，这是不争的事实，明显地摆在那里。

九团的团部驻阿拉尔，被誉为沙漠瀚海里的明珠，称之为小上海，优势不言而喻，试问在全国敢与大上海比肩的城市能有几个？团部的大人们的那种优越感，不难理解，小孩子们的心理优势，也仿佛与生俱来。从团部往西各连队沿路两侧依次排开，井然有序。你若到一个连队，首先见到的是道路两旁那笔直笔直高大挺拔的白杨树，它们像仪仗队，威武而有气势，目力所及是连队的俱乐部，俱乐部后面是伙房，其他的房子都一排排一列列地以俱乐部为中心，有条不紊。给我印象最深的是二连等连队，而连队到了十二连就不一样了，从十二连大桥左拐，就一头扎下去，形成了一个纵深，挤成了一坨。连队东一个西一个，七拼八凑，不成体统。就拿十二连来说吧，虽然也在阿塔公路边上，但前不着村后不着店的，走进连队虽然首先看到的也是俱乐部，但他的历史估计要比团部附近的连队晚五到六年，甚至更长的时间，两旁的树木不是白杨，而是沙枣，歪七扭八的，长得毫无章法，不仅十二连是这样，作业站的其他连队也是如此。

作业站的人员构成相对于九团其他连队，也要复杂许多。当时九团流行的一句话：调皮捣蛋的到作业站。这里除了复转军人、支边青年、上海知青外，还有不少团里的刺头、劳教新生人员、老鸭子（旧上海妓女）等，三教九流，形形色色，五花八门。多元性与复杂性并存，其优点是组成人员的素质参差不齐，使得多元化的文化、不同的观点在

这里杂糅交汇碰撞，取长补短，兼容并蓄，博采众长。其弊病也十分明显，人品的参差不齐，习性的千差万别，思想的泾渭不明，是非功过，一时难以明辨。是是非非，栈道陈仓，在所难免。相对独立狭小的空间，作业站人形成了自己特有的秉性。所以作业站的人仗义、爽直，一是一，二是二，除了傲气、娇气之外，好像其他气都沾点边，痞气、冲气、火气，性格暴躁，行为乖戾者不乏其人。但我以为，占上风的更多的是从苦难中磨砺出来的志气、豪气、锐气，否则，脚下的这片土地咋会有沧海桑田般的变化，那是汗水和热血浇灌的葱茏。

正是在这样的环境中，作业站的第二代也更顽皮捣蛋，上房掀梁、下地摸瓜，只要人能想到的糗事，就有人敢做到。你单听那一个个出奇的绰号，都会忍俊不禁，什么黑狗、二虎、驴子等。所以在连队里你听到那些少年顽劣，也是司空见惯、屡见不鲜的。单是那些孩子们，也会耳濡目染，效法大人来一个恶作剧。譬如在上学的路上，挖几个类似埋地雷的陷人坑；把教室的门虚掩着，上面放一个扫把；又如把老师办公室火墙的烟囱堵上，让烟雾倒回屋里等，不一而足。不过，淘气归淘气，顽皮归顽皮，但作业站的孩子个个都侠肝义胆，重情重义，我依稀记得在40多年前，我的家从作业站往二连搬，当时的同学胡金林，也就是个十来岁的小男孩吧，他有一副为朋友两肋插刀的派头，居然自己到马号，自己套车，自己赶车，给我们搬运家什柴火什么的，而他赶车扬鞭策驴，那驾轻就熟的样子，还真像一个老把式呢，尽管他比驴车高不了多少。但当年那从容自信的小小身影，多少年来挥之不去，一直深深烙在我的脑海中。

可令人费解的是，别看作业站的孩子在作业站称王称霸，不可一世的样子，但都属门里面的猴，一旦离开作业站，到了外面都一个个蔫头耷脑，老实巴交，像个刚过门的小媳妇似的，大气不敢喘一声，不再是笑傲江湖，而是虎落平川。究其原因，这都是因为作业站相对闭塞、孤立的自然环境造成的。从未见过外面的世界，更没有见过大世面，一旦

到了外面，哪怕是到了团部，也像刘姥姥进了大观园，手足无措，诚惶诚恐，他们知道在外面的世界，光耍横是不行的，要有真刀真枪真本事，光凭拳头是闯不了天下的，作业站的孩子少心眼，不世故，淳朴善良，适合交心交朋友。作业站的孩子也特别能吃苦，不怕脏不怕累，生存能力强，这也是大家公认的，这恐怕是和父辈忍辱负重、吃苦耐劳的遗传基因有关吧。

作业站，这深刻隽永且风骨挺立的红色书写，是阿拉尔屯垦戍边卓尔不群的独立存在。

作业站，终将逝去的一个符号，我有缘和你相遇，是那样的美好，现在和你别离也一样很美，将来若能彼此梦见那就更美。

阿拉尔，我忍不住想你

看了海英、炳新等同学在微信群里发的关于阿拉尔新容新貌的若干照片和介绍，又进一步激发了我对阿拉尔的向往。

阿拉尔，这三个字对我来说是美好的，却又是模糊的。从广义来说，我是一个阿拉尔人，多少年来我在向别人介绍自己，填写履历时，都避不开这三个字，但从狭义来说，我还不能算是一个纯粹的阿拉尔人，只是行政区域隶属于阿拉尔。我的家乡九团二营，也叫作业站，离阿拉尔还有 20 多千米的路程。说来也可笑，过去提到阿拉尔，我以为就是指九团团部那一片，包括我熟悉的团部那座小楼及对面马路边那一排商业铺面，当然也包括我曾就读的九团一中，后来别人告诉我，阿拉尔还大着呢，还有塔管处、塔农大、阿中、阿拉尔医院、农机厂等，噢，原来是这么回事。我为自己眼界的狭小、见得太少感到好笑。但时至今日，我除了到过我所说的九团团部那一片以外，其他地方我都未曾涉足过，对阿拉尔仍然只停留在照片、画册和大家的介绍与讲述当中。其实这也不能全怪我，我在作业站二中从一年级一直读到高中毕业，平时上学时一放学就要割苜蓿、拔苦苦草，寒暑假要到沙漠里打柴火、挖红柳、砍白柳，阿拉尔这个离我最近的城市和我的生活基本没什么关联。后来参加高考要照标准照，才开始到九团团部那一小块地方，也才踏入阿拉尔的边缘。当然在作业站二中上学时，也有胆子大的同学，他们在得到可靠的小道消息后，下午放学就急匆匆地骑上自行车，三五结伴，到塔管处看最新上映的电影，先睹为快地看了《闪闪的红星》《决裂》、新版的《渡江侦察记》。第二天他们会眉飞色舞地讲述电影的内容，讲他们一路上摸黑骑行来回五六十千米的种种经历，我们这些所谓的乖孩子，一个个都睁大眼睛静静地听着，羡慕得要流口水，非常渴望有一天也有这样神奇的经历，看一下塔管处，看一眼阿拉尔。

1977年恢复高考后，我到团部的次数渐渐多了起来，每一次一过二连，看到火电厂那高高的烟囱时，都有一种莫名的兴奋，因为一见这高耸入云的大烟囱，就意味着我已踏入了阿拉尔这座城市的门槛。从1979年以后，我一直一人在外地求学、工作、打拼，很少回九团、回作业站了，更不要说阿拉尔了。就这样一晃30多年过去了，2012年夏天儿子大学毕业，我带他回九团作业站探亲，一是让儿子给他奶奶上坟，二是让他看一下他老爹曾经生活的地方。坐火车从乌鲁木齐到阿克苏夕发朝至，一大早到阿克苏火车站后，老同学赵玉征就安排了辆桑塔纳轿车，专门送我们一家三口去九团二营，过去从阿克苏到二营一路颠簸，大概要走大半天，可现在100多千米一个多小时就到了，实在太快了！下午办完事从作业站出来，路过过去十分热闹的十二连大桥，我多么想给驾驶员说，咱们再往东跑一下，让我近距离看一下阿拉尔，看一下她的发展，看一下她的变化，但话到嘴边我又咽了回去。我坐的是同学单位的公车，不能占用太长时间，以免影响人家工作，二是妻儿俩人愿意去吗？虽然我在他们面前也经常提起阿拉尔，阿拉尔这三个字他们也不陌生，但他们不会也不可能对她有什么太深的感情，他们也许不会理解我对阿拉尔的那份亲近和眷恋。我也

只好作罢，驱车往阿克苏赶。因为老同学忠辉和国荣夫妻俩和其他同学都已订好酒店酒席给我接风洗尘。就这样我又一次错过了到阿拉尔好好转一转、看一看的机会。

阿拉尔，我忍住了看你，却忍不住想你！

谁不说家乡好

民俗学大家钟敬文对家乡有一个形象的定义：家乡，就是不仅你说她好，而且绝不容许别人说她半个不字。自从离开家乡后，我对这句话的感触越来越深、理解越来越深。

1979年秋，我离开家乡到新大求学，全班24个同学来自天山南北，大伙初次相逢，兴奋喜悦，有聊不完的天，说不完的话。大学寝室每晚的卧谈会，是历届大学生们保留并一直延续下来的精彩节目。我们当时寝室共有7个人，有阿拉尔的，有石河子的，有阿勒泰的，还有乌鲁木齐的。卧谈会除了议论一下漂亮的女生外，更多的话题是家乡，与其说是介绍家乡，倒不如说是夸家乡。有时为了争哪个地方的特产最正宗、哪个城市最美，面红耳赤，不欢而睡，甚至闹翻了，第二天吃饭都不坐一个桌子了。但等到第二天晚上的卧谈会前又握手言和，接着再争再吵再闹。

譬如说：石河子的同学说，农八师垦区开新疆军垦戍边的先河，最能代表军垦文化，而我说农一师的前身是赫赫有名的三五九旅，南泥湾你们不会不知道吧。石河子的同学夸石河子农学院、医学院，我夸塔里

木农垦大学。说实话，那时阿拉尔和石河子的差距是巨大的，根本不是一个级别，塔农我至今也没去过。虽心里有数，但心服口却不服，无理也要辩三分，这是为家乡的荣誉而战，这场辩论，我是代表家乡出战的，身后有千千万万父老乡亲在看我，也在为我敲锣打鼓，呐喊助威，我只能赢不能输。有时为了让自己的论点论据更有说服力，还会到图书馆翻阅大量资料，并做些笔记摘要，以便在卧谈会上引经据典，稳操胜券。

我记得一位来自和田皮山的同学和一位来自阿勒泰吉木乃的同学辩论哪里的羊肉好吃。皮山的同学说，他们那里的羊吃的是盐碱草，羊肉不膻，吉木乃的同学说，他们那里的羊冬天转场冬窝子，夏天转场夏牧场，吃的是冬虫夏草，拉的是地黄丸，两人差点从高低床上跳下来打起来。

耳听为虚，眼见为实。有时为了证明自己的家乡好，农产品有特色，还会用事实说话。刚上大一时因为要带行李和箱子，既腾不出手，这方面也没经验。等到大二就不一样了，秋季开学时，同学们都是大包小包的，宿舍成了家乡特产的展示会，品尝会。大二开学我还是和黄冬玉、张勇同学一起到校的，我们每人都带来了好几袋九团的大米，8月中旬，阿拉尔的水果还没完全成熟，但管不了那么多了，托人摘了一箱苹果一箱梨。出发的时候还好办，有家人送上车，到了乌鲁木齐市汽车站，一下车可就傻了眼了，这么多东西咋搬到学校呀，那时又没有通信，也不可能让人来接站，还完全是计划经济，市场经济还未萌芽，连一辆出租车都没有，我们只好一个人先看着东西，另一个先搬几件坐16路再倒1路，先回学校送一趟，然后再求援兵，等我们最后走下1路车，那都是末班车了，好悬呀。

事实最具说服力，我带的大米送给了家住乌鲁木齐的同学，他们把从家里做的抓饭带到了宿舍，那米粒是那样的晶莹饱满，口感是那样筋道糯粘，北疆的同学一吃一个不言传（俗语：不吭气）。从家里带来的

水果虽还不完全成熟，但清脆甘甜，是伊犁那种又小又绵的老太婆苹果不可比拟的。此时，那种家乡的自豪感油然而生，幸福感溢满身心，真比期末考试上了90分，还让人高兴。

我的家乡阿拉尔，真给力，真撑面子。

工作后出差、开会、参观、考察、采访、学习，外出的机会多了，接触的人多了，视野开阔了，但一事一物都喜欢拿来和家乡做个比较，而且答案是早已确定的，也是唯一的，那就是家乡的好，家乡的是最棒的。

北疆的石河子、玛纳斯、五家渠等地都盛产棉花，特别是五家渠102、101团的棉田与米东只有一条水渠之隔，但每次看到他们的棉田、棉朵，我都会露出不屑的神情。阿拉尔的棉田多广袤呀，300多亩标准条田的棉田，水渠和林带隔开，笔直笔直，方方正正。一个条田接一个条田，磅礴大气，最适合鸟瞰，最适合航拍。而北疆的田野，包括兵团的，怎么看上去那么小，又不规则，像一家一户的自留地，棉朵开得也没阿拉尔的洁白繁茂，咋看咋不顺眼，不知是我的记忆有问题，还是眼睛有问题。阿拉尔的棉田里曾留下过我的身影，流下过我的汗水。每次走进棉田采访，我都会情不自禁地采摘起来，口中还会念念有词——"轻轻抓狠狠拉，一抓就是一大把""不怕慢就怕站，一站就是两斤半"，身在曹营心在汉。

我特别惊奇的是，我的一双老手在摘棉花时，远比我在键盘上敲字时轻快敏捷，绝不会出现"眼到手不到，眼来手不来"的现象。阿拉尔的棉花呀，不仅温暖了我，也温暖了我的家人，温暖了我的亲朋。上大学时，我就曾给大学的好朋友送了好几床用阿拉尔的棉花弹的网套，同学们说，那被子一直盖到他们结婚。我结婚时的新被子也是阿拉尔的棉花网套。儿子快出生时，我回了趟阿拉尔。儿子用的被子，铺的盖的，大的小的，厚的薄的，母亲一针一线缝了好几套，几大包，都是用的九团二营的棉花，绒绒的、绵绵的，闻一闻，都有阿拉尔阳光的味

道。我那次回乌鲁木齐坐车，幸好碰见了达忠辉同学到乌鲁木齐出差，否则我真是不好拿。儿子就是在阿拉尔棉花的襁褓中长大的，儿子大了，他的那些系列小棉被，又温暖着他的那些表弟表妹们。

阿拉尔的棉花真好，家乡的棉花真暖和呀。

1987年夏末，妻第一次跟我回九团二营，她第一次吃到了牛角酥，这一吃不要紧，她再也忘不掉那酥软清香甜美的味道了。回来后，她多次提起那稀罕物，那时不仅米东没有，乌鲁木齐市城区的大超市、水果蔬菜店也都没有。我安慰她说，就算留个念想吧，有机会再回去吃，那家伙季节性强，很酥易碎，又不能托人带。但每年到夏秋季，蔬菜水果下来时，妻都会提到牛角酥，也只能望酥止渴了。这些年乌鲁木齐市的街头水果摊上见到了牛角酥的身影，模样很像，还都套了塑料薄膜，个个包装精美，且价格不菲，我欣喜若狂，顾不上问价格，一阵狂买，提一大兜子就往家跑，妻也迫不及待，拿起就吃，怎样？哎呀，太难吃了，没有一点你们家牛角酥的味道。哈哈，这不正是我要的结果吗？妻也不想一想，别的地方的牛角酥，哪有九团那样的光照和水土条件？从此，我和妻再也没买过乌鲁木齐市大街上卖的牛角酥，每当看见别人买时，妻都会说一句，没有南疆的好吃，气得卖家吹胡子瞪眼睛。橘生淮南为橘，生淮北为枳，牛角酥也不例外。

对家乡的爱是深入到一个人的骨髓里的，甚至可以遗传，这其实是耳濡目染的结果。

近几年，阿拉尔的红枣风生水起，如火如荼。每次我们到超市买枣，面对若羌的、和田的、阿拉尔的，妻都这个捏捏，那个尝尝，犹豫不决。"就买阿拉尔的。"儿子开口说话了，儿子的话就是圣旨，我也赶紧附和，我们父子一唱一和，妻心知肚明，好，就买阿拉尔的。等到付钱时，儿子又拎过两袋，妻和我相视一笑，儿子也知道为他的家乡，准确地说是为他爸的家乡做点小小贡献了。说句实话，儿子从小到大只去过九团二中，阿拉尔他还从未涉足过，每次提到这码事，妻总是抱

怨，说我从没带孩子到阿拉尔转一下。可儿子从小一直在忙着应试教育，哪有时间啊，就算他放假有点时间，我也很难脱身，工作从没有闲过。看来对家乡的爱，对阿拉尔的爱，不仅是我，还有妻和儿子，我们一家人。爱屋及乌，一点不假。

我曾多次假设过，特希望儿子能谈一个与阿拉尔有关联的女朋友，娶个与阿拉尔有渊源的媳妇。这样他们小两口就有共同的话题，共同的家乡情结，过春节时就不会为回谁家过年而拌嘴生气了。到那时，我们回阿拉尔，不再是一家三口，而是祖孙三代。

想到这儿，我心里都美滋滋的。

我有个名字叫叶尔肯

　　微信群中、朋友圈里，各种昵称五花八门，林林总总，令人眼花缭乱。昵称或彰显着个性，或折射出喜好，或表达心愿，有的还故意不着调，古灵精怪的。我们班老同学的微信群却别具一格，用的全是当年读大学时，老师们给我们每个同学起的哈萨克族名字。我的哈萨克族名字叫叶尔肯。其实何止在微信群里，就是在平时，知道我叫叶尔肯的也有很多人，不仅是老同学，我的同事、我的家人，特别是在我好多的哈萨克族朋友当中。

　　说起我的哈萨克族名字叶尔肯，时间可不算短了，这要追溯到 37 年前了。那是 1979 年 9 月，一个秋高气爽、瓜果飘香的季节，我们 24 位同学从天山南北来到了首府，到新疆大学学习哈萨克语言文学专业。我们班的全称是新大中语系哈萨克语 79-1 班。在那美丽的红湖之畔，沐浴着晨露和晚霞，我们开始了难忘的四年哈萨克语专业的学习。为了让我们更好地了解哈萨克民族的历史和文化，加快我们哈萨克语学习的步伐，班主任张定京老师和任课的哈萨克族老师决定除四位哈萨克族同学外，给 20 位汉族同学每人都起一个哈萨克族名字。老师的决定得到了同学们的一致拥护和欢迎，我们心中都充满了期待。没过几天，哈萨克族女老师扎哈拉来到教室，她大声宣布了每个同学的哈萨克族名字：刘宁，杜满（爱笑的人）；兰彩萍，布勒布勒（百灵鸟）；赵建新，木拉提（理想）；张昀，萨吾烈（光芒）；祖云芳，阿依古丽（月亮花）；张勇，巴特尔（英雄）；高华，叶尔肯（自由）……老师每宣布一个同学的哈萨克族名字，都会引来一阵热烈的掌声和欢呼声。同学们的这些哈萨克族名字，是几位老师根据每个同学的特点和个性而起的，鲜明、精准。从此，无论是在教室上课老师提问还是每晚在寝室卧谈，无论是外出实习还是开展活动，师生之间，同学之间，都以各自的哈萨克族名字互称，亲和而亲切。特别是在几百人上千人的学生食堂吃饭时，同学们互称哈萨克族名字，引来了其他系其他专业同学好奇的目光，我们都以学习哈萨克语专业而自豪，都以有一个哈萨克族名字而感到光荣。

那时每年的肉孜节、古尔邦节、诺鲁孜节等节日，班上的哈萨克族老师和哈萨克族同学都热情地邀请我们到他们家去做客。他们大多住的还是狭小的平房，小屋里挤得满满的，人都转不过身，但快乐无比。哈萨克族老师和同学会端上大盘的手抓肉和那仁，让我们品尝。那羊头的耳朵，总属于我这个名叫叶尔肯的。因为哈萨克族有个风俗习惯，家里来了客人，羊头要献给最尊贵的客人，羊耳朵则要给年龄最小的孩子，意思是要让他听大人的话，健康快乐地长大。因为我在班里年龄最小，羊耳朵差不多让我都包揽了。吃了羊耳朵会听话，可惜的是，我羊耳朵吃了不少，但我总是不大听话，一点也不让老师和兄长们省心。我总是找借口说，我的哈萨克族名字叫叶尔肯，汉语的意思就是自由嘛。老师们也打趣地说，叶尔肯这名字，可真让我们给你起对了。

大学四年，稍纵即逝。这一哈萨克族名字相伴相随我们大学四年的求学生活。在这清浅的时光中我感到了那份厚重和绵长，那就是师生情、同窗情和浓浓的民族情，这美好的感情深深地融入了我的血液中。

1983 年 7 月我们毕业了，同学们从此天各一方。有的同学继续从

事与哈萨克语相关的科研教学等工作，有的则从事别的工作，但无论从事何种工作，同学们仍十分珍惜自己的哈萨克族名字，都不曾忘掉，更不会抹去。

33年来，每次同学们相遇和相聚，彼此都会喊一声，"多斯特克"（友谊）、"杰斯"（胜利）、"斯依尔"（牛）、"恩特马克"（团结）……随后紧紧地拥抱在一起。男生们会在后背和胸前猛捶几下，看看还像不像当年一样结实有力。从阿勒泰、塔城等地来的同学们每次都会带许多酸奶疙瘩、包尔沙克、熏马肉、塔尔米、奶酪等美食（今米泉区），女生们则像毡房里的女主人一样，带来早已准备好的花布单子，仔细地铺在餐桌上，把各种美食放在上面，同学们边弹边唱边跳边吃，一如在辽阔美丽、绿草茵茵的夏牧场，那纵情的歌声、琴声、笑声、欢呼声，从夜幕降临一直到东方鱼肚白。这样的聚会其实已经很多了，但大家每次都意犹未尽，恨不得天天在一起。

1983年大学毕业后，我被分配到当时的米泉县（今米泉区）政府办公室任秘书兼翻译工作，米泉县（今米泉区）只有一个哈萨克族民族乡，在政府办工作需要翻译的哈萨克语公文很少，大都集中在一年一度的"两会"期间。为了不让所学的专业生疏荒废，我主动要求到离县城30多千米的柏杨河哈萨克民族乡哈萨克族中学任教一年，我的决定得到了组织的肯定和家里的理解支持。当一辆212吉普车拉着我的行李一路颠簸、风尘仆仆地来到学校，校长乌拉孜看到我的工作调函后十分高兴，拍着我的肩膀连声说"加克斯、加克斯（好）"，当我用哈萨克语自报家门，"我的哈萨克族名字叫叶尔肯，以后请叫我叶尔肯"，校长先是愣了一下，随后激动地把我抱起来，连转了两圈，大声喊道："叶尔肯，加克斯，叶尔肯，加克斯！"随后，乌拉孜校长领着我到学校的每一个办公室每一间教室和老师、同学们见面，学校来了位名叫"叶尔肯"的汉族老师，消息像长了翅膀，迅速传遍了校园的每一个角落。在哈萨克族中学任教一年，我的耳旁每天都是"叶尔肯"老师长、

"叶尔肯"老师短的，校长喊，老师们喊，学生们都喊，有时我甚至都忽视了自己的汉族名字，只是当填写干部履职表什么的，才让我想起。那一年的时间里，家人和同学们给我写信，我也让他们写"叶尔肯"收，家人当时不太明白，当我讲清事情的原委后，他们也非常支持。

哈萨克族有句谚语：宁给孩子纽扣大的知识，不给孩子骆驼大的财富。这个乡的哈萨克族同胞特别重视教育，特别重视孩子们的学习。为了不辜负哈萨克族父老的希望，搞好教学工作，我经常利用周末和节假日去家访，了解每一个学生的情况。翻山越岭，涉水过河，这是家常便饭。如果是大冬天会遇到暴雪，夏天还会遇到洪水，但哈萨克族阿妈的一碗热腾腾的奶茶，阿塔的一块鲜嫩的手抓肉，让一切疲劳都烟消云散。特别是那一声"叶尔肯，热河买提（谢谢）！"让我眼辣心热，目光不敢和他们相遇，因为眼里已噙满了泪水。

从哈萨克族中学回到县上后，我又调到县广电局从事新闻工作。到牧区采访，无论多远，我都自告奋勇，乐此不疲。每次采访时，我都会先自我介绍，我叫叶尔肯，不用翻译，我都一个人独立完成采访工作。有一年，记得快放寒假了，那是一年中最冷的日子。我们一行到群山环抱的玉西布早村拍摄纪录片《山里的孩子》，为了抓拍细节，拍得生动，我们和寄宿的孩子同吃同住。一天夜里，有个叫布来勒的六年级小男孩，突然肚子痛得厉害，我感觉是阑尾炎，因为我小时候得过。我们赶快发动采访车，连夜把孩子往山下的医院送，山高路险，有的路段我们不得不下来推车。由于救治及时，医生在第一时间给他做了手术，孩子安然无恙。后来我得知这个孩子考上了北京的内高班，再后来又考上了中国农业大学的畜牧兽医专业。

30年来，我获奖的新闻作品，大都和牧区有关，大都和牧民的生产生活有关。《一个哈萨克族孩子为什么有个汉族名字》《独臂园丁麦吉汗》《吉开依的夏天》《大山里的教书人家》《马背上的邮递员》《毡房托起的状元村》等新闻和专题作品，都先后在自治区优秀广播电视

节目评比中获奖。捧着那沉甸甸的获奖证书，我的耳边都会想起那哈萨克族朋友的呼喊，叶尔肯！声音是那么的熟悉和亲切。是的，这荣誉属于那个叫"叶尔肯"的人，更属于那巍峨的雪山茫茫的草原，属于那淳朴善良的哈萨克族牧民。

从到牧区任教到多年深入牧区采访，我结交了许多哈萨克族朋友，并一直保持着深厚的友情。近处的哈萨克族朋友，每次他们进城都会来看我，不是带上一壶骆驼奶，就是带上些刚晾晒的酸奶疙瘩，有些小事还会托我帮忙办一下，这都源于彼此的信任。有时他们一来，值班的门卫看到这些尊贵的客人，都会大声喊：叶尔肯，你的老乡来了。全然不顾墙上贴着"静"的提示，就像家里来了尊贵的客人，必须要大声通报一声，生怕别人不知道。有一次，我的妻子下班回家对我说，她在街上碰见一位哈萨克族老乡，老乡说，怎么在电视新闻里好长时间没看到我的名字了，我妻子告诉他我出差了，他这才乐呵呵地去办别的事了。听了妻子的讲述，我半天说不出话来。

时代在前行，生活在继续。我有个哈萨克族名字叫"叶尔肯"，这不仅是一个符号、一个称谓，更是我人生一笔宝贵的精神财富。

鸡蛋的记忆

　　一枚煮鸡蛋，一个荷包蛋，对于现在的大人小孩来说，是再简单不过的普通吃食了。特别是对孩子，大人为了哄孩子早餐吃上一个鸡蛋，不知费了多少口舌，伤了多少脑筋，甚至不惜恐吓、不惜动武，但往往收获不大，事与愿违。有时孩子就算屈于武力，勉强就范，那蛋黄和蛋清也在嘴里翻来倒去，就是不往肚子里咽，让孩子吃个鸡蛋就像是一场战争，家长多半会败下阵来。

　　鸡蛋，对于小时候的我们来说，是奢侈品，一点都不为过，当时我们生活在塔里木河畔的军垦团场一个普通的连队，要想吃上一个鸡蛋，一年也就为数不多的那么几次。那时，一年一次的生日，我并没有太多的感觉，倒是生日这天，常常唤起我对小时候过生日的记忆，说得具体些，就是对鸡蛋的记忆。那时物质匮乏，生活很清淡，只是过年时才能见到点儿荤腥。过生日点蜡烛吃蛋糕山珍海味的一桌子，对于现在的孩子们是稀松平常的事，那时却是想都不敢想，也绝对想不到，但孩子们对生日还是很在意的。大人为了满足我们这个小小的愿望，在过生日这天，会给过生日的孩子煮两个鸡蛋，为了显示大家同乐共庆，不过生日的孩子每人一个鸡蛋。那时每家每户养鸡的数量都是有规定的，不是想养多少就养多少，鸡养得少，蛋的数量也就有限，过生日能吃上鸡蛋也不是件容易的事，我们家有兄妹四人，还有舅舅家的两个表弟表妹，总共六个小孩，平均两个月就有一个过生日的，每次过生日的七个鸡蛋要攒好几天才行。想到过生日能吃上两个鸡蛋，头一天晚上睡觉时都高兴得不行，巴望着早点天亮，不过生日的，想到也能沾光，同样兴奋，兄妹几个在梦中都能笑醒，一点也不夸张。第二天早上一醒，从床上一骨碌翻起来，就嚷着问姥姥，鸡蛋煮了吗？煮好了吗？鞋子顾不上提，就去掀锅盖。那天早上的早饭，我们都觉得是世界上最美的味道，我们是世界上最幸福的人。鸡蛋是贯穿我儿童、少年时代生日最美好的一个记忆了。

小时候要想吃上鸡蛋，除了过生日外，就是家里来了尊贵的客人，若是夏天，肯定是西红柿炒鸡蛋，但那不是给我们吃的，而是招待客人的，如果客人矜持些，盘子里剩一些，那就让我们喜出望外了，兄妹几个，还不等客人多走出几步，就会饿狼般地扑向桌子，三下五除二，盘子瞬间底朝天，有时还会用舌头把盘子舔几下，干净得都不用洗了。

鸡蛋也给我们留下了一些狼狈的记忆。

记得有一天，家里人有事都到团部去了，我留守在家，当家作主。下午放学回来，我去用红柳疙瘩垒砌的柴棚收当天的鸡蛋，看到白生生的鸡蛋，想到家里没有大人，我忍不住打烂一个，喝起了生鸡蛋，因为煮鸡蛋，要动烟火，怕弟妹们发现。可是从来没有打过鸡蛋，笨手笨脚，又加上怕别人发现，手忙脚乱，弄得满身都是蛋液，黏黏的、腥腥的。现在每当在酒吧和咖啡厅看到服务生熟练地往酒杯里打生鸡蛋，客人们端起酒杯，优雅地慢慢品尝的样子，我都忍不住想起当年的情景，哑然失笑。

那时平时要想吃上鸡蛋，还有一个办法，那就是放学后或星期天多干些农活儿，例如：多捡些麦穗、多捋些稗子、多割些苜蓿。姥姥说，

这样才能多养鸡多喂鸡，鸡才能多下蛋，这是最简单不过的道理，正在上学的我们，能不明白吗？可是活干了不少，鸡蛋没有多几个，因为那时根本不让你多养，说是要割资本主义尾巴。

那时每个连队也都有养鸡场，有专门的人负责饲养，进出鸡场的大门有好几道，都是用沙枣刺、铃铛刺一层层围住的，外人很难进入，也没有听说丢过鸡蛋，也没听说谁偷过鸡蛋，但只闻鸡鸣声。连队的伙房从未炒过鸡蛋，就是病号饭，也只是下碗汤面条，别说是卧个荷包蛋了，连一点蛋花儿也见不着。倒是团里放电影的罗师傅、大头、小丁他们来了，真是能吃上炒鸡蛋，那香味直往人的鼻子里窜，隔几排房子都能闻见，馋得人直流口水。

记得我读高一时，我的班主任兼化学老师钱胜乐的妻子生小孩儿了，他们两口子都是上海人，钱老师知道我父亲是连队的会计，在我放学时就给我写了一个条子，让我父亲帮他买上 50 个鸡蛋。我父亲觍着老脸找连长批了条子，才买了 20 个，家里又添了 20 个，还差的 10 个是找前后邻居借的，就这样东拼西凑，好不容易弄齐了 50 个鸡蛋，让钱老师的爱人坐月子食用。我清楚地记得，我母亲当时感慨地说，她生我时，正赶上 20 世纪 60 年代初的三年自然灾害，一个月子才吃了八个鸡蛋。每次说到这儿，我就会说，原来我小时候又瘦又弱的原因是营养不良呀。

1979 年我上大学后，家里的生活条件也逐年改善了，特别是养鸡的数量再也不受限制了，鸡蛋也就多起来了。我每年暑假回家，家里都攒了大筐小筐的鸡蛋，那时还没有冰箱，害怕鸡蛋坏，姥姥和母亲就把鸡蛋都放在床下面，那里凉一些，温度低一些，为了降温，还不停地泼洒凉水，很是费劲，但等我们弟兄几个放假回来时，鸡蛋还是坏了不少，根本煮不成，一煮，就噼里啪啦在锅里乱蹦，还有一股不好闻的气味，炒着吃还凑合。看这种攒鸡蛋的办法不行，家里就把鸡蛋都腌起来，大坛小坛的。我们回来后，天天早上的碗里卧的是荷包蛋，吃饭就

的是咸鸡蛋，中午是西红柿炒鸡蛋，晚上还有蛋花汤，一日三餐，顿顿都不离鸡蛋。1987年夏天，妻子第一次跟我回家，就美美地享受了这种待遇。一个月的时间，妻子的脸吃得圆乎乎的，加上南疆夏天的太阳光毒辣，等要回时，妻又黑又胖，岳母见了后说，这到婆家都吃了些什么呀，这么养人。

如今，走进大型的超市商场，什么富硒蛋、土鸡蛋、生态蛋、高钙蛋等，五花八门，包装精美，令人眼花缭乱。但给我的味蕾留下最悠长滋味的，还是小时候家里的柴鸡蛋，想起它，我就想起已离我远去的亲人们。

苞谷面当家的往事

　　每次在超市里看到黄澄澄、金灿灿的苞谷面粉，包装精致，标签齐全，煞有介事，一小袋一小袋的，各地产的都有，选购者络绎不绝，我心里都会产生一种甜丝丝又略带一种涩涩的滋味，五味杂陈。

　　苞谷面糊糊、苞谷面锅贴、苞谷面疙瘩、苞谷面窝窝头、苞谷面面条等，那时的饭桌上苞谷面绝对当家，不仅天天离不开它，顿顿也离不开它，但我们吃得最多的还是那种个大的苞谷面馍馍。无论是在家里吃饭，还是在连队食堂、寄宿的学校食堂打饭，那种200克一个的大苞谷面馍馍是最常见的，也是我们吃得最多、记忆最深的，可以说我和我的同辈人都是吃苞谷面馍馍长大的。

　　按理说，我生长的南疆阿拉尔垦区特别适合小麦和水稻等农作物的生长，当然也是玉米种植的沃土。在我们小时候，满眼都是碧绿得望不到边的冬小麦，大片大片青翠欲滴的稻田。从上小学起，每年我们都有捡不完的麦穗，拔不完的稻草，玉米的种植在当时并不是最多最大的。但在我们每月的粮食供给中，粗粮也就是苞谷面，常常占到70%，甚至还多。20世纪70年代末我离开一师九团二营时，粗粮至少也占30%以上。一天两顿甚至三顿，离不开苞谷面，那是常有的事。当地的大米、白面都向外调出了？还是确实是玉米产量最高，所以就占的比例大？还是怎的？我那时还是一个不谙世事的孩子，不可能知道也不可能弄清这属于商品流通、农业经济的宏大命题，也没听大人说过这是为什么，只是年复一年、月复一月、日复一日地吃苞谷面，吃以苞谷面馍馍为主的系列主食。后来长大以后才知道，那时不光是我们，全疆全国各地都一样。

记得那时，连队和学校食堂里的炊事员叔叔，总是用小碗把带着发面的湿漉漉的苞谷面馍馍，一个个扣在蒸布上，一摞一摞的蒸笼，层层叠加，人多的食堂足有一人高，因为苞谷面馍馍无法用手捏成形，除了面粉不带黏性的原因，还因为发面中含的水分大大多于白面馍，蒸熟后才会变成完全固态的馍馍。就是这样被称为粗粮的苞谷面馍馍，用红柳疙瘩燃烧的大火，那蒸熟的香气，让多少从内地来支边的小伙子们和我们这些嗷嗷待哺的孩子们馋涎三尺，我们时常踮起脚，通过打饭的窗口，巴望着那笼上的食物，不停地用舌头舔着嘴唇，吞咽着口水。记得有一次，我在连队食堂旁边的司务长办公室，看到一位比我高不了多少的上海知青叔叔，用家里寄来的四两全国粮票，外加一毛五分钱，赔上可掬的笑脸和乞求的语气，称自己家来了客人，好说歹说地多买上一个客饭——仅仅是不带素菜的一只苞谷面馍馍。

记得在连队里，我还看到过这样的一幕：每天在艰辛繁重的劳动后，食堂门口仿佛围着一群拿着饭碗的男男女女，一个个在伙房门口望着黄澄澄的苞谷面馍馍，两眼都放光，他们有时打上饭，拿上苞谷面馍馍后，并不马上离开，而是在心里估摸和测算着这馍馍的大小，看看是否够 200 克干粉的重量，有时甚至认为量不够，以此为导火索，向食堂的火头军发难，美美地饱餐一顿苞谷面馍馍，那时是多少人的梦想呀，这其中也包括我。

连队的食堂是那样，家里的早饭，家家户户也都差不多，就是苞谷

面糊糊就咸菜，不会再有多余的选项，不同的是有些家的苞谷面糊糊稠一些，有些家的稀一些。稠的能用筷子夹起，像凉粉一样一块一块的，稀的可以不用筷子，一仰脖子，一口气就喝完，不管稠的稀的，喝完了还总不忘用舌尖或筷子把碗刮干净，丁点不剩，那才真叫"光盘行动"呢，碗洗起来特省事。就这样，我们一个个苞谷面糊糊果腹，背着书包到学校上学去了。近的一两千米，远的五六千米，或骑车，或步行，三三两两结伴而行，一路上高兴得蹦蹦跳跳，打打闹闹，有的同学喝完糊糊嘴都没有擦干净，好像要留下什么炫耀的印记似的。可好景不长，等不到上午第二节下课做操的时间，一个个早就饥肠辘辘了。第三、第四节课无精打采的，有的甚至都趴在桌子上抬不起头来。现在想想，那不是不想听课或听课不认真，而是血糖低了，人没力气，自然注意力就很难集中了。

最有意思的是，那些带中午饭在学校吃的同学，那时正处在"半大小子，吃穷老子"的年龄。如果是夏秋两季，他们会带上一个连队伙房的200克的苞谷面馍馍，再带上一个西瓜或甜瓜什么的，馍馍伴着瓜吃，嘴巴吧唧着，美得不得了。如果是冬天教室里有炉子，他们会早早地把蓝格手绢里包的从食堂打来的苞谷面馍馍拿出来放到炉子上烤。馍馍皮烤得焦黄，教室里立即散发出一股苞谷面的清香气息，让其他同学馋得直咽口水。他们会很得意地把苞谷面馍馍边吃边烤，边烤边吃，炫耀似的。可他们万万没想到，一时得意却换来更大的失落。还没到中午午饭时间，一个200克的苞谷面馍馍，早就被三下五除二消灭干净了，午饭咋办呢？午饭在哪里？等到中午只能大眼瞪小眼了，有好心的同学会给他们匀一小块，但每个人就那么多，数量是有限的，提前享受还不如当时忍一下，早知今日何必当初呀。孩子就是孩子，能忍住那诱惑也就不是孩子了，所以这样的事几乎天天发生，从未断过，害的班主任和老师们经常提醒。我那时每天中午放学，从学校九团二中到十二连，一共要过三个多条田，一千米半的样子，但走过一个多条田，就两

眼冒金星，腿发软，是一步一挪地回家的。

那时我们家孩子多，平时荤腥就少，肚子里没油水，又正值长身体，一个个都特别能吃，就是这苞谷面馍馍也不能管饱放开吃。母亲在九团二中教书时，每隔十天半个月，都会从学校女老师宿舍带回来一大兜子半个半个的苞谷面馍馍，那是上海的女老师饭量小，一个苞谷面馍馍吃不完，掰开来剩下的，也有的是和母亲关系要好的老师，专门到伙房特意新打的，让我母亲带回让我们吃的，就是这些苞谷面馍馍，缓解了家里口粮不足的状况，帮我父母解了燃眉之急，为我们兄妹几个的生长发育提供了能量。也就在这一顿接一顿的数不清的苞谷面馍馍的喂养下，我和我的同伴们都茁壮成长，长大成人，如今天各一方。

几十年过去了，这一切我都铭记在心上，从没有忘记，也不会忘记。这其中有许多现在回上海定居的老师们。那艰苦的日子是老师们和我们一起携手走过的。在此，我向老师们道一声谢谢了。有温暖就有生活的力量，苦和难就算不了什么了。

现在的苞谷面肯定不是不可或缺的主食了，人们追求的不仅是吃饱，更重要的是还要吃好，营养要丰富还要均衡。谁能料到，苞谷面也有今天，不仅登上了大雅之堂，而且成了稀罕之物，甚至给亲朋好友送礼都能拿得出手，世事难料呀。苞谷面那滋味，对于我来说，才下舌尖，却上心头。

细语胡杨度万年

　　每当盛夏，塔里木河两岸密密匝匝的胡杨在炽热阳光的照耀下，郁郁葱葱，莽莽苍苍。也就是这个时候，从天山和昆仑山上逐渐消融的冰雪之水，由高向低，由上而下，汩汩地淙淙地源源不断地渗入塔里木盆地，塔里木河等河流汛期泛滥的洪水也东碰西撞。胡杨繁衍，天赐良机，当随风悠然而下的胡杨种子，哪怕以前是寸草不生的戈壁，还是不毛之地的荒漠，只要落在被洪水肆虐过留过痕迹的土地上，很快就会生根萌芽。当夏季洪水一退，新一茬胡杨幼苗蜡感的绒绒叶片，一派欣欣向荣，此时无论是老干还是新苗都进入了自己又一个年轮的生长轨迹。

　　如果你在这个季节来这里观赏胡杨，相比于秋季苍黄尽染，你更能感受到生命的蓬勃，生命的力量，让你心中油然而生生命的希望。

　　这里也是生我养我的地方，冥冥之中，我就像是一粒随风飘落的胡杨种子，降临到了塔里木河岸边，胡杨林深处有我的家。无数的日子，胡杨和我，我和胡杨，相依相伴。我有幸近距离感受了胡杨的英雄悲壮和多情多彩。

　　我的家就住在塔里木河北岸的一个普通农垦连队，屋舍、马厩、牛羊猪圈、鸡舍都在胡杨的掩映之下。我从小与胡杨为伴，与胡杨共处，随时随处都能见到胡杨的身影。学校的课桌，家里的座椅，睡觉的铺板，母亲洗衣的卡盆搓板，父亲剁草切菜的墩子，连队牛车马车的车辕车厢，就连我们捉迷藏时头上戴的伪装，都是用胡杨的枝条做的。在我就读的校园里，就有许多棵胡杨。一个个虬枝盘旋，苍劲挺拔。每年从春到秋，树叶由绿到黄，树上是鸟的天堂，每棵树的高高树杈上都有好多鸟巢，麻雀、喜鹊等鸟儿在那浓密的树枝间婉转啁啾，生儿育女，过着幸福美满的生活。胡杨树下，则是我们这些孩子的乐园。课余时间，男生打钢弹、翻香烟盒、捉迷藏，女生则跳皮筋、抓羊髀石，个个快乐无比。从男生宿舍出来，一开门就能看见一棵很粗很高的胡杨树，低年级的两个孩子都抱不过来，但从未留意过它的枝叶是否繁茂。我记得还有一棵树，有一个很大的树洞，调皮的小学生经常从这个洞里钻进钻出，可以爬到很高的地方，好玩极了。

在团部二层小楼的对面，是一条马路，路边那一排商店前面，也有不少胡杨，长得虽没有章法，零零乱乱，却自成一篇。夏日，许多到团部办事逛商店的都爱把自行车停放在胡杨的树荫下；冬日，树下也拴着不少来团里办事买东西的马车、毛驴车，让人方便不少。现在家乡修路盖房，天翻地覆，不知我记忆中的这些胡杨还在吗？有没有单位和部门为了保护这些胡杨，修路时专门绕道，盖楼时特意避让？有没有市民自发地保护？他们是不是早就被一些色彩斑斓的珍稀树木所替代？那里可是属于他们自己的真正故乡，那一方天地本应属于它。

有一次我们到畜牧队一位名叫浦风的同学家去玩，这里能听见塔里木河水流淌的声音，只见她家门前的胡杨树的树杈上还支了几块小木板，上面有一点被褥，一问原来是中午天热，家里人就爬上树在上面乘凉、吃饭甚至睡觉，这大概是现在农家乐最早的雏形吧。见有客来，浦风的妈妈就让她爬到另一棵胡杨树上，在一个类似鸟巢的窝里取了几个鸡蛋下来，在旁边的另一棵胡杨树树梢上，听到一只母鸡受到惊吓，发

出"咯咯咯"的声音，原来是母鸡在树上下蛋，这才是正宗的柴鸡蛋、笨鸡蛋呢，现在超市里贴标签卖高价所谓的柴鸡蛋都是瞎扯。

那时胡杨司空见惯，也并没有觉得它有什么特别的地方。直到后来，离开了那个地方，才对胡杨有了更多的了解，才知道胡杨是多么的了不起。

胡杨是杨柳科杨属植物，不仅是新疆古老的珍奇树种之一，也是新疆荒漠和沙漠唯一能天然成林的树种。它主要分布在塔克拉玛干沙漠周围，以塔里木河、叶尔羌河和和田河两岸以及塔里木盆地南缘许多河流的下游最为集中，是当今世界胡杨林的集中分布区，从空中看南疆，浩瀚沙海大漠，千里绿色护佑，蔚为壮观。有关专家在库车千佛洞发现的胡杨化石，算起来至少也有6500万年的历史了。《后汉书·西域传》和《水经注》都记载着塔里木盆地有胡桐，也就是胡杨。维吾尔语称胡杨为托克拉克，意为"最美丽的树"，这一点儿也不夸张。它的美丽是惊人的。它抗干旱、御风沙、耐盐碱，顽强地生存繁衍于沙漠之中。那句脍炙人口的"三个一千年"，即"活着一千年不死，死后一千年不倒，倒后一千年不烂"，是对它最好的褒奖。

胡杨为了生存和生长，也向世人展示了它的多面性。它从主根、侧根、躯干、树皮到叶片都能吸收很多的盐分，不仅从土壤里，也从空气中，这实在令人难以想象。当体内盐分积累过多时，它便能从树干的节疤和裂口处将多余的盐分自动分泌出去，形成白色或淡黄色的块状结晶，称"胡杨泪"，俗称"胡杨碱"。小时候，我亲眼看见连队相邻的托海乡的维吾尔族老乡们一手托着用胡杨木做的小碗，一手用小刀，小心翼翼地刮树上的"胡杨碱"，他们用它来发面打馕，因为它的主要成分是小苏打。一棵成年大树每年能排出数量不等的盐碱，土壤改良，胡杨功不可没。"胡杨泪"也是英雄泪，有效地自我调解，自我保护，才是自我生存、自我发展之王道。

胡杨是荒漠的骄子，被誉为英雄树，越是风沙肆虐，它越挺立；越

是盐碱重重，它越茂盛。它始终矗立在人迹罕至的地方，所以不仅在城市，就是在肥沃的土壤中也难见它的踪影。它的树型不大讲究，树冠也不大招摇，但胡杨也不屑与那些靠人工浇水、人工修葺、细皮嫩肉、娇滴滴的所谓珍稀树木为伍。从乌鲁木齐市区出发，驱车20多千米，在米东区的三道坝镇一带泛着白花花盐碱的路边和一些犄角旮旯就可以见到它的身影，它好像专门选择别的树木不想待也待不住的地方生长。如果有兴致，再往北行走四五十千米，到米东区的北沙窝一带，在那天似穹庐笼罩的沙漠中，胡杨东一丛西一丛的，这里有一个村就叫梧桐窝子村。不过说句实话，这里的胡杨看起来真不过瘾，还远远不能称之为林。

在独特的地理环境中，胡杨的生存和生长有许多奇异的地方。比如，胡杨生长在幼树嫩枝上的叶片狭长如柳，大树老枝条上的叶片却圆润如杨，我们小时候在做伪装帽时就发现了它的这一特点。塔里木河北面沙漠和南面沙漠的胡杨，一南一北，也风格迥异，自成一派。北面沙漠里的胡杨，稀稀疏疏，东一排、西一片，歪七扭八、疙疙瘩瘩、面目狰狞，就像西北粗糙的壮汉，那是与风沙搏斗的结果；而塔里木河南岸的胡杨，要光有光，要水有水，大片大片的繁荣茂盛，个个体态丰腴、皮青叶嫩，枝条上布满绒毛，像妩媚婀娜的少妇。我们那时还没有环保意识，在北面沙漠的胡杨树下挖红柳、砍梭梭，也常在胡杨的树洞里点火、恶作剧，但到第二年你再去看时，那胡杨虽然有烟熏火燎的痕迹，但照样抽枝展叶、郁郁葱葱，好像什么都没有发生过。在塔里木河南岸的胡杨林，我们挖过甘草，也砍过胡杨的枝权，但它只要有一片绿叶，也迎着太阳，革质的叶片泛着淡灰色的银光，坚守自己脚下的那片土地，不卑不亢，不离不弃。

说来有趣，这几年随着旅游升温，北疆各地也都打起了胡杨旅游牌，林林总总。去年"十一"，岳父母一家都嚷着要去木垒的胡杨林看一看、玩一玩，大家摩拳擦掌，男人们都忙着收拾座驾、照相机，女人

们翻箱倒柜地挑选着衣服，孩子们因能放下繁重的学业去看一下从未见过的树种而兴奋得不得了，我却一点兴趣都没有。我从小就在胡杨窝子长大，有什么可看的？但为了照顾大家的情绪，我也只能屈从。一大早，一大家子十几口人，浩浩荡荡地向木垒进发，驱车300多千米。一路上，不时见到大肆宣传胡杨旅游的标语和路牌指示，就是不见心目中的胡杨。后来车在停车场停下，说是再往前走几十米就到了，既然来了那就去看看吧，这一看不要紧，一看心里霎时凉半截：放眼望去，那只是一片很小很小的灌木丛，稀稀拉拉的胡杨，让人摸不到沧桑，也看不见岁月。和我家乡的胡杨相差十万八千里。顿时让人想起了那句古语："橘生淮南则为橘，生于淮北则为枳。"请别忘了她的故乡在塔克拉玛干沙漠，在塔里木河流域。不过对于北疆的人来说，对于都市的人来说，能看到这样的胡杨已经很不错了。

茅盾文学奖得主、作家刘梦醒在散文《走向胡杨》中这样写道："一种树为了天地，长在它本不该生长的地方。一种人为了历史，活在本不该他生活的地方。一种人和树的沙漠戈壁有尽头。一种人和树的沙漠戈壁没有尽头。"

胡杨，它看着我沐浴着阳光雨露在这里一天天长大成人，我看着它顶风恶战狂沙一天天强大挺拔。我无论身处何时何地，心里始终都有胡杨，因为那是我生命的底色，永远都抹不掉的。

一碗汤饭有多香

汤饭，在新疆众多的美食中，太普通，太家常了，也太不起眼了。它开始可能不会被想起，但最终不会被忘记。

打开新疆美食的群芳谱，各民族、各地区的各类美食美不胜收，各有各的特色，各有各的风味，令人唇齿留香，流连忘返。如果你非要分个子丑寅卯，一二三四，排一下座次，那担纲、领衔等字眼用在汤饭身上肯定很不合适。排排坐找位置，汤饭，它即使不在末尾，也肯定排在后面。但这丝毫不影响食客们，特别是居家过日子的人们对它的钟爱，要投票的话，它绝对获最佳配角奖。试想一下，在你吃完烤羊肉、烤牛排、大盘鸡、风干牛肉、手抓肉、薄皮包子等之后，你肯定会觉得胃里还缺点什么，这时如果给你上一碗酸酸的、带点微辣的汤饭，你一定会觉得五体通泰、六腑熨帖。你还真别小看了汤饭这个小角色，它上得了厅堂，也下得了厨房，无论什么样的场合，无论是多大的舞台，它都见识过，长袖善舞，游刃有余，这在众多美食中，它是唯一而不是之一。无论是都市里的星级大酒店，还是偏远乡村的农家乐，无论是衣冠楚楚、笑容可掬的服务生，还是手上油迹斑斑、身上散发着油烟的店小二，给你手上递来或精美或简单的菜单上，最后都少不了这道吃食，可以叫主食，也可以叫菜，它就是汤饭。一般标注的数量单位不是碗，而是盆，盆有大有小，但一般都用洗脸盆大小，一上来，那派头，那阵势，它大都会占据饭桌的中央位置，热气腾腾，大大方方的，盆里面会有一把勺子，勺子通常都很大，与盆子很匹配，与新疆人的性格也很匹配，主人转动这桌子，轮流着给宾客盛饭，一人一小碗，随着"呲溜，呲溜"的声音，一碗下肚，身上微微冒汗，吃一碗不过瘾，吃上两碗、三碗的不在少数，也只有到此时，这顿饭才能算结束，这顿饭才能算圆满，否则不仅胃里总觉得缺了什么似的，主人和客人也会觉得少了点什么。这最后登场的小配角，还真有点反客为主的味道，宾客们前面把酒言欢推杯换盏，吃的山珍海味特色佳肴，都早已忘在脑后，最后只记住了这醒酒解腻、爽口开胃的汤饭了。

说起汤饭，和新疆人的一生都有着千丝万缕的联系。新疆娃娃断奶后，喝的第一口汤，吃的第一口饭，很可能是汤饭，至少占了很大比例，我儿子就是其中一个。记得他出生刚两个多月的时候，我们吃汤饭时，岳母就用勺子给他嘴里喂汤饭，我们说是不是早了点，岳母说，不早，这汤饭里什么都有，最养人，孩子吃了身体壮实。儿子吃惯了母乳和奶粉的小嘴，咂吧几下，人生第一次品尝除了乳汁以外的鲜美味道，头和手不停地往前伸着，小嘴张得像待哺的雏鸟，那意思很明确，他还想要，还想喝，那渴求、可爱的样子一直留在了我的脑海里了。现在家里每次吃汤饭时，提起这件事，大伙都哈哈大笑，可儿子就只顾吃汤饭，生怕多说一句话，锅里的汤饭就没有了。

新疆孩子学做的第一顿饭，也很可能是汤饭。我单位有几个从农村考学出来的女同事，她们时常说起小时候，个子还没案板高时，就踩着小凳子跟着母亲学做汤饭了。之所以从做汤饭学起，那是因为汤饭比起做拉条子来说，要简单易学些，就是做失败了也问题不大。同样多的人吃饭，做汤饭和面要比做拉条子至少少一半，甚至少三分之二。这样和

起面来方便，小女孩人小，胳膊上的劲不大，面容易揉开，即使面和得不地道，后面的程序做好了，也多多少少弥补了前面和面的缺陷和不足，因为汤饭下面是揪成一小片一小片的，炝锅时，各种配料也不是太复杂，也易记易掌握。即使欠一些，出锅前还是可以再添加调料再次补救的。

我学做汤饭，那是参加工作以后的事了。我住的宿舍旁边是一户回族人家，男主人是单位的同事，姓沈，女主人过去在乡下务农，后随丈夫进城，做的一手好饭，特别是汤饭，那味道窜得直沁人肺腑。大妈热情好客，常常喊我去吃汤饭，时间久了，我也不太好意思，觉得还是自己动手，学做汤饭。其实汤饭属家常饭，纯属草根，这类大众的饭，做起来都不难，只要用心，很快就能掌握，除了和面外，煸炒炝锅是调味的关键，新鲜的羊肉、葱、姜、蒜、西红柿等是最基本的，也是必需的，特别是出锅时那一撮翠绿的香菜末、小葱花和菠菜什么的绿叶菜，是绝对不可少的点缀，不仅调味更是调色，撒放的时间、火候的掌握，全凭积累和感觉，这是决定这锅汤饭色香味俱全的重要一环。汤饭做的时间长了，还能根据自己喜欢的口味，选择不同的食材，变换着花样，丰富自己和家人舌尖上的感觉。

有一年的五月，我们到吉木萨尔县拍电视散文《椒蒿情》，那正是椒蒿最美最嫩的季节，编导拍一户农家做汤饭，最后出锅时，女主人就地取材，往锅里撒的是一小撮椒蒿，就这一个简单的动作，顿时满锅的绿色嫩芽上下翻滚，煞是好看，为这锅汤饭增色许多，在单位放样片时，许多女同事就发出尖叫声，说都要流口水了。在随后的自治区广播电视节目评比中，这部作品喜获大奖，同事们打趣地说，是那锅汤饭打动了评委，特别是最后那一小撮绿椒蒿，他们不仅从画面上看到了那汤饭的色彩，也闻到了那汤饭里椒蒿的香味，再加上评委们可能也饿了，能不打高分吗。

凭我的观察和感觉，新疆人平常家里的晚餐，十有八九会选择做汤

饭，晚上吃汤饭，汤汤水水的，符合祖祖辈辈留下的饮食习惯。吃汤饭时如果佐以几小碟自己腌制的小咸菜，那感觉就更棒了。如夏天拌上个蒜片黄瓜、小萝卜、皮辣红（皮牙子辣子西红柿的简称），冬天泡的糖蒜、萝卜干、韭菜花等最美不过了。晚上吃汤饭，家里如果有正能吃的半大小子、干体力活的男人，怕他们吃不饱，下班时顺路在街头巷尾带上两个热馕，几个花卷，什么问题都解决了。一锅热气腾腾的汤饭吃完，该写作业的写作业，该看电视的看电视，该玩微信的玩微信，一家人其乐融融，这都应归功于这一锅汤饭。

　　一碗汤饭有多香，你只要尝一口，保证你一辈子忘不了。

拌面的诱惑

拌面是新疆有名的家常饭，也叫拉条子。在我看来这个吃食，和抓饭、馕三足鼎立，其显赫的地位，不是别的什么饭菜可以取代得了的。其实，不是我，在新疆人的眼里，除了这三大美食，别的任何地方的食物都乏善可陈，持这种观点的人在新疆不是一个两个，也不是一个地方两个地方，而是有着广泛的认同，并且还十分的固执，一说起来，一副不容置疑、不容分辩的样子，一锤定音。在我们家就这一观点，不用举手表决，有着出奇的一致性，不管什么时候，到外面吃饭，只要说吃拌面，在家吃饭，只要说做拉条子吃，没有一个皱眉反对的，都喜笑颜开。更夸张的是，我不仅听说过，甚至还亲眼见过，对拌面的笃定，对拉条子的坚守，都到了无以复加的地步。一天不吃拌面就无精打采的人，你听说过吗？一大早起来就吃拉条子的人，你听说过吗？一天三顿吃拉条子都吃不烦的人，你听说过吗？这并不算什么奇闻，多了去了。

我从小上学读书，一直住校，吃食堂的饭长大，没学过，也不会做什么拿手的饭菜，但我唯一会做的，做得好的，能拿得出手的就是拉条子了，这是我最得意的，也是家人的最爱，特别是儿子的最爱，我时常拿出来炫耀一下，特别是在家里有人不高兴的时候，这一招非常见效。

最初的动力，就是特别好这一口，自己做虽然麻烦些，但省钱又可口，只是要花点时间。平时上班，工作忙，一般都在单位食堂或街上吃饭，来一盘拌面是最常见，这还不过瘾，节假日，只要有闲暇时间了，一定要自己动手来盘家常拌面——做一顿拉条子，犒劳一下自己，也犒劳一下家人。在家做拉条子的感觉，最能活跃家庭气氛，增进亲情和友情了。系上围裙，洗手，和面，饧面的同时收拾拌面的菜，剥蒜，捣蒜，若是夏天，菜的种类就多了，搭配也更自由更随意。但无论怎样，西红柿、辣子、皮牙子这老三样，在啥时都是不可或缺的，羊肉是标配，也是吃拌面的绝配。若是冬天，菜的种类虽少一些，但只要用心，不嫌麻烦，也能搭配出特别的风味，如土豆丝拌面、酸菜拌面、滚辣皮子拌面，但最过瘾的还是过油肉拌面，在餐厅比一般的拌面要贵几块钱，但最抢手，点的人也最多，就是在家里做也很方便，后羊腿把子肉、牛里脊肉，鲜而嫩，都是非常好的食材。新疆幅员广阔，南北疆的拌面略有差异，伊犁、奇台、托克逊、喀什等地的拌面风格迥异，但有一个共同的特点，就是面筋道、有嚼头、口感好。拌面的菜，以个人的喜好和口味，可选的范围广，可荤可素，可咸可淡，可酸可辣。就饭还有一个不可缺少的，就是大蒜，一般的饭馆的餐桌上，有的放整头的蒜，有的盘子里是切好的蒜片，有的碗里是捣好的蒜泥，悉听尊便。油泼蒜泥是我的最爱。

周末，我和妻吃完自己动手做的拉条子，还不忘舀碗面汤，原汤化原食嘛。一碗面汤下肚，浑身舒坦得无法形容，妻子打扫战场，我是有功之臣，半躺在沙发上，打开微信朋友圈，随意地翻看着。在澳大利亚阿德莱德大学读书的儿子晒出了几张照片，照片的内容我十分眼热，一个盘子里盛着拉条子，面有些粗、量有些少，另一个盘子里盛的是红红绿绿的菜，我用手拉开放大一看，有西红柿、辣椒丁，还有肉片，配发的文字说："我终于找到你了，想死你了！"欣喜之情溢于言表。儿子

出国大半年，基本上都是自己做饭，他一直都住校读书，拉条子肯定不会做，但他对拌面的喜好，和每个在新疆长大的孩子一样是与生俱来的。他曾拍着自己的肚子说他是拌面肚子，我真不知道这大半年来，他这吃不上拌面的肚子是怎么过来的，我也完全理解他在遥远的异国他乡，好不容易吃上了拌面，三下五除二，风卷残云般欣喜若狂的样子。妻随后和他电话聊天得知，他这顿拌面来之不易，是同样一个在阿德莱德留学的新疆同学介绍的，他换乘了好几辆公交车，问了许多人，费了很长的时间才找到的，大师傅同样是一位来自新疆的维吾尔族大叔，让他备感亲切，这一盘拌面花了他相当于七八十元人民币。我和妻心里都盘算着，太贵了，但在电话中还是说，你只要想吃了，就去吃吧，一点也不贵。这也是我们的真心话，儿子在那么老远的地方找到了他舌尖上的味道，很不容易，我们在家里省点，不就回来了吗？

无独有偶，继续翻阅朋友圈，老同学刘宁一家自驾到西藏、四川、湖南、湖北等地游览一个月有余，返回时路过哈密，他同样晒出了一盘拌面的照片，配发的文字说：终于吃上一顿饱饭！老同学的这种回家的感觉，岂止是他有，在新疆每一个到内地出差的人，回家的第一顿饭大都是选择一盘拌面，有时候顾不上到家，直接驱车到平时熟悉的餐馆，一进门还未落座，会迫不及待地跟店小二大喝："快！来一盘拌面！"饭馆里吃饭的人都会会心一笑，谦让着先给他上饭，让他尽快地品尝到家乡的味道，感受到家的温暖。

我因工作原因到内地出差次数不少，内地的饭菜再好，也抵不过一盘拌面对我的诱惑，五六天还能坚持，超过一周时间肠胃就要抗议，表达自己的诉求，那就是对一盘拌面的渴望，每次一出机场和火车站，赶快给妻振铃，告诉她我马上到家了，快把菜炒好，把水先烧上。我一推房门，就看见妻两手在拉面，锅里的水咕咕直响。这时，妻会模仿饭馆老板娘的声音："你要的一盘拌面来了！"那幸福感油然而生，有这种体会的人何止我一个呀。

羊肉串的地位

周末同事搬新家，现在都是拎包入住，没有什么可搬的东西，顶多是些小东碎西的衣物等，几辆私家车的后备厢就足够了，无非赶去捧个人场。等下楼，大家准备出发时，朋友突然又想起了什么，急急忙忙往楼上跑，不大一会，拎下了一个笨重的大家什，气喘吁吁的，原来是个烤肉槽子，大伙一看。都会心地笑了，看来中午这场乔迁之喜的盛宴，肯定和一顿美味的烤羊肉串有关了，一想起来，免不了让人吞咽几下口水。

说起来不可思议，现在大家都搬进了高楼大厦，连许多农村也不例外。家什越来越精致，越来越现代化，可是这么一个破旧的漆黑的物件，人们不仅舍不得丢弃，反而越发地的钟情，这就是烤羊肉串的槽子。它不仅存放在地下室，随时待命，有的还堂而皇之地来到了许多人家装修一新的客厅、餐厅和露天楼台，免得用时跑上跑下的。还有的备受宠爱地待在"奔驰""宝马"等心爱座驾的后备厢里，主人走到哪里带到哪里，不离左右，这让其他现代家电很是失落，只有羡慕嫉妒的份，连恨的心都有了。

这一点也不奇怪。在刚刚闭幕的第七届乌鲁木齐国际食品餐饮博览会上，"新疆十大美食"首次发布，风靡大江南北、长城内外的烤羊肉串力压抓饭、拌面等传统美食，拔得头筹，荣膺榜首，再次确立了自己在新疆特色美食中傲视江湖的翘楚地位。这金牌可以说是实至名归，也可以说是众望所归。著名作家周涛在《新疆是个什么味道》一文中说："烤出来的东西才有原始的香味，有野趣更能撩人食欲。"这句话也许是对不分地域人人喜爱的羊肉串排名第一，喜得金牌的最好诠释了。烤羊肉串讲究的就是天然野趣，比如那用红柳枝条做的签子。吃羊肉串时也如此，比如那山前河畔的就餐环境。

在新疆城乡大大小小的酒店餐馆的菜单上，都会有烤羊肉串等烧烤美食，但你要吃得正宗，吃得痛快，吃得尽兴，还是应该选择那些街头巷尾、房前屋后的小吃店小摊点。这些就餐的地方虽然门脸不起眼，有些简陋，可能只有一条桌，一条长凳、你吃的时候可能会站着或蹲着，烟火缭绕，甚至有点呛嗓子辣眼睛，但绝对让你一吃一个不言传，一串还没吃完就想着下一串，吃了这次想着下次。

所以有远方的亲朋好友来疆，想吃烤羊肉串，想吃烧烤的，主人一般都不会带他们去大的饭店，特别是星级酒店。那里的排场虽大，阵势也大，但太过于正规了，不仅要穿戴整齐，正襟危坐，宾主之间你推我让，彬彬有礼，小心翼翼，吃相还要优雅，少了一份野趣，也就少了许多乐趣。而在那样的大排档吃，就没有那么多的讲究，宾主没有拘束，你可以敞胸露怀，挽袖跷腿，你可以大呼小叫，一惊一乍，你可以不用呼唤服务员，用嘴咬开瓶盖，对着嘴吹完整瓶的啤酒。你可以拿起一串长长的羊肉串，一嘴下去，从头撸到尾，一次干掉一串。你还可以一边吃一边自己动手烤，亲自体验一番自己动手丰衣足食的乐趣。没有人对你的吃相说三道四，大家都一样。你吃得越欢，主人越开心。新疆人一般把吃羊肉串叫"撸"，一个"撸"字，把吃羊肉串时的那份酣畅，那份淋漓，生动传神地表现出来了。"八百里分麾下炙，五十弦翻塞外

声"，辛弃疾笔下描绘的就是这种饕餮盛宴吧。

烤羊肉串，家什简单，一个烤肉槽子，一塑料袋子无烟煤或几大块红柳疙瘩梭梭柴。现在人们推崇环保，有的饭店用电烤制羊肉串，卫生清洁。但人们还是喜欢用无烟煤，特别是用红柳和梭梭柴烧烤，这样口感更好，更纯粹。调料也简单，除新鲜的羊肉外，咸盐，辣椒面，孜然，好像就这三样，但一样都不能少，一样也不能多。一般羊都是现宰的，烤串有纯肉的，也是连骨的。纯肉的一般论串买，摊主为了招揽生意，还推出"买十奖一"等营销策略。连骨的一般按斤卖，新疆人习惯用公斤这一计量单位，这在全国各地不是唯一，也是不多见的，这也从中能窥见新疆人大口吃肉大碗喝酒的豪爽大气。经常一顿烤羊肉串撸下来，能看见桌子上烤肉签子一大摞，地上啤酒瓶子一大堆。

新疆人对烧烤的嗜好，好像与生俱来，达到让人咋舌的程度。在人声鼎沸车来车往的烧烤摊旁，我们不时能看到一些年轻的父母带着还在襁褓中的孩子，看到父母大快朵颐的样子，孩子吐出噙在嘴里的奶瓶嘴子，又是跳又是叫，小嘴张得像小鸟的喙一样，嗷嗷地叫着，用肢体语言告诉年轻的父母，他也想尝尝。这时父亲或者母亲会把马上要伸到嘴里的长签，递到孩子的唇边，孩子先是小心翼翼地舔一下，立即咧一下嘴，皱一下眉，但没有哭，随即又用小嘴"吧唧吧唧"几下，像是在细品，稍停，就张开小嘴扑向那才离开火焰还"吱吱"地冒着热气的美食了。也就从这一刻起，孩子幼小的味蕾留下了烤羊肉串的记忆，这记忆让他们终生难以忘记。记得儿子小时候，每次到农贸市场的摊子上吃这烤羊肉串，无论吃得再多，走时都是恋恋不舍，让人硬牵着手走。最奇葩的是吃完不让擦嘴，用小舌头不停地舔着嘴唇，说那味太香了，要多在嘴上停留一会儿，多回味一下。后来我和同事说起这事，他们都笑了，说他们家的孩子也发生过此类趣事，看来这还算不上奇闻，只是这些别人没说，我不知道而已。

烤羊肉串是个大众美食，也是个百搭的美食。你可以呼朋引伴一起

共享，也可以一个人悄悄地坐在一个犄角旮旯处独享。它既可以作为小吃，单独吃，也可以和新疆的许多传统美食一起下肚，彼此相得益彰，锦上添花。你无论是吃拌面还是吃汤饭，无论是吃馕饼还是吃抓饭，同时撸上几串烤肉，不仅会让你食欲大开，吃完摸一下嘴，打上一个饱嗝，还让你产生一种生活高大上的幸福感和获得感。要说烤肉串最搭的还是"三凉"了，那就是凉皮、凉面和凉粉，一热一凉，一荤一素，副食主食，都齐活了。一顿吃下来，会令你满口生津，五体通泰，尤其受女性和孩子们的欢迎。

在烤羊肉串上，新疆人从不故步自封，不满足于浅尝辄止，而是与时俱进，不断研发羊的下游产品，也就是羊杂碎。烤羊肝、烤羊肠、烤羊肚、烤塞皮等等。这些系列下游产品的开发极大地丰富了人们的视觉和味觉，同样受到广大食客们的喝彩，让烤羊肉串呈现多姿多彩、异彩纷呈的态势，对于美食爱好者来说，只要能想到的，就一定能做到，也就一定能吃到。

在内地出差旅游，时不时能看到维吾尔族老乡卖烤羊肉串的，那袅袅的烟火，那孜然的香气，十分的亲切，让人不由得寻着那粗犷豪放的吆喝声加快步伐，凑到跟前买上几串，犒劳一下自己的味蕾，也为家乡人的生意攒点人气。在边吃边闲聊中得知，在外地卖羊肉串的维吾尔族老乡，为了确保味道的正宗，包括羊肉在内的一些配料，许多都是从新疆千里迢迢运过去的，虽然增加了成本，但尽可能保证了烤羊肉串的原汁原味，这诚实的经营，谈不上精明，但很地道，不能不让人肃然起敬，为家乡人点赞，为新疆人点赞。在内地的许多大的饭店餐厅的菜单上虽然也都有"羊肉串"几个字，并特意标注了"正宗"两字，但自诩聪明的商家还是忘了南橘北枳的基本道理了。

烤羊肉串和许多中华美食一样，其烧烤的技艺，无法口传，只能意会，比如食材的选择、火候的大小、调料的多少，没有一个准确的计量标准，全凭自己去实践去体验，特别是那老外难以理解的"少许"两

字，全靠自己去拿捏，这是中华所有美食的共同特点，也是它们的玄妙之处，新疆的烤羊肉串也不例外。你若一脸迷地的请教大师傅几个为什么，大师傅也会同样一脸狐疑地回答你，不为什么，就是这样。好在所有的美食都接地气，烤羊肉串也是如此，人人一学就会，只是味道会千差万别，在咀嚼中，高低之分，即便嘴里不说，也心知肚明。但只要是自己动手做的，家人做的，都会感到可口无比，幸福无比。

撸几串烤羊肉，讲得就是那份亲近，那份亲和，那份亲热。你放心，尽管它在投票评比中独占魁首，它也不会有明星的丝毫架子，因为它根植于这片广袤而淳朴的土地，服从服务于生活并深深热爱这片土地的广大食客，当然也包括远方的四海宾朋。

妻做馓饭

妻的厨艺乏善可陈，但是也有自己拿手的，那应该就是馓饭了，这是她从祖籍甘肃陇西的岳母那里口传心授得来的，算是祖传了。平时只要有时间，特别是周末，她都会下厨露一手，犒劳一下自己的味蕾。其实和大家一样，若干年前，我从没有听说过馓饭，更别说是吃过了。做馓饭，吃馓饭，那是和妻结婚以后的事了。妻开始做时，我十分好奇，目不转睛，一探究竟。一回生两回熟，熟能生巧，后来我对她做馓饭的套路也就略知一二了。她一般先往锅里添加两碗水，不一会儿，锅里的水沸腾，掀开锅盖，热气直往脸上扑，她眯着眼，一手拿着碗，碗里或荞麦面或玉米糁，不断地抖着碗，向"咕嘟咕嘟"直响的锅里抖去，她纠正说这叫"馓"去。另一只手用勺子在锅里不停地来回上下搅动。渐渐地，锅里的荞麦面或玉米糁子越来越多，越来越稠，搅动的难度也会越来越大，速度也要越来越快。此时，勺子不管用了，需要用擀面杖之类的东西，搅拌起来更得劲。就这样不停地搅。不停地搅。直到锅里的食物结成块块，类似于凉粉块状，这样"馓饭"的主打部分也就做好了。后来这搅的部分，就由我承包了。后来儿子长高长大了，有劲了，也加入了这个搅的行列。在我们家唯有做徽饭，需要全家上阵，人人动手。

但这只是完成了这顿徽饭多半的工作量，最重要，也是点睛的部分，要靠徽饭的调料。当然甘肃人最喜欢的浆水是首选，但无奈这看似简单的食物，能做、会做、做得好的人太少了，妻也不例外，她曾十分虔诚地向岳母学习，每次周末到岳母家，她都会抓紧时机，拜师学艺，跟前跟后问个不停。但有时仍不得要领，掌握不好火候，不是欠一点，就是过一点，味道不尽如人意。后来她做徽饭调料，常用自己腌制的咸菜，效果也很不错，也算是一点小创新。如咸韭菜、咸豇豆、辣白菜等，随季节而变化，多选时令蔬菜来做，家里的窗台上、阳台上、冰箱里，都摆满了瓶瓶罐罐，五颜六色的。做调料，最关键的一点是要炝一下锅，所谓炝锅，就是把清油烧热，泼向事先准备好的香葱、辣椒面和捣好的蒜泥上。那"噗嗤"一声，好像大声宣布这顿美味徽饭大功告成了！

起初，我对徽饭敬而远之，稍后看着妻用勺子一块一块往嘴里送着，那副享受的样子，也开始尝试着吃一下，近朱者赤，久而久之，我也慢慢喜欢上了这个过去闻所未闻的吃食，这看上去糊里糊涂的徽饭。每次吃着徽饭我都在想，这徽饭还真有点像我们夫妻之间、我们家庭的黏合剂了。

塞外稻米别样香

南米北面，从字面看说的是南方北方的饮食特点，也算说白了南北迥然不同的当家农作物，毕竟一方水土养一方人。所以在内地人的眼里，地处大西北的新疆寒冷干旱，与喜水喜温的稻作没有多大的关联。其实不然，新疆种植水稻的地方比比皆是，而且还都出产优质大米。在阿克苏地区农业局工作的同学给我介绍说：全疆40%左右的县（市）都有水稻种植。这比例还真不小。就拿我来说吧，我从小长大的阿克苏地区和我现在长期工作生活的乌鲁木齐市米东区（原米泉市），都盛产大米，两地都素有"塞外稻乡"之美誉，依我看，这荣誉称号授予谁都名副其实。

新疆著名的美味佳肴抓饭，用阿克苏的大米和米东的大米做食材，毫无疑问是首选，大凡品尝过的，无论是疆内的还是疆外的客人，没有不夸赞的。特别是内地的客人一边品尝，一边还会好奇地问这问那，"这米是哪里产的"也一定会是他们问题的一个选项。是的，这一点儿也不奇怪，新疆的大米吃起来，比南方大米的口感绝不是好一点两点，而是好很多。新疆人到内地探亲访友带个羊腿把子，装一小袋面粉，去做拉条子的，早已司空见惯。而新疆人到内地，包括到南方，自带羊肉和大米去做抓饭，也早已不是什么新闻，多了去了，因为别的地方产的大米做不出新疆抓饭的味道。

咱们国家是水稻生产的故乡，在汉代已将其种植传入西域，这包括新疆及以西更远的地方。

我从小生活的一师九团就在阿克苏地区，这是20世纪50年代末60年代初，老一辈军垦战士用心血和汗水浇灌出来的一片葱茏的绿洲。在连队的四周，在学校的四周，在从连队到学校的路上，都是方方正正，一个条田接着一个条田的水稻，春天绿油油的，秋天金灿灿的，那稻禾的清香，随时都能飘入你的鼻孔，沁入你的心脾，那是因为这里水稻的种植面积太大了，阿克苏太适合种植水稻了。光热水土是水稻生长的基本条件，你看这里，上游水库、多浪河水库，大干渠、小干渠，大大小小的支渠，水网密布，蓄满了天山融化的晶莹雪水，无霜期又长，光照充足，水稻生长的各种条件在这里得天独厚。那时团场的水稻种植早已实现了机械化，从播种到收割，最让人吃苦受累的是拔稻草，换句话说，也就是拔出稻田里的杂草，主要是稗子，它是水稻生长的天敌，也是最难斩草除根的杂草，需要耗费大量的人力。所以当时我们这些正读初中甚至读小学的半大孩子，每年夏天在水稻生长的旺季，都会停课一周左右，由老师带着到各个连队参加拔稻草的支农劳动。五六月份太阳毒辣辣的，稻田就更加闷热，人的腰还没弯下去，热浪扑面而来，早已汗流浃背了。年级之间、班组之间、个人之间的劳动竞赛是必须的，干得快和拔得干净是衡量的标准，有时为了夺流动红旗，师生们除了中午在地头吃饭那一阵，腰弓在稻田，都没有直起来过，有时晚上回家说腰酸，大人们总是笑着说，小孩子哪有腰。是呀，我们和一年到头都在地里摸爬滚打的父母比起来，这点累的确不值一提了。那时连队伙房中午主食以米饭居多，我多次踮起脚尖，从打饭的窗口，看到过那大师傅做米饭的阵势，那真叫气派。那米先用大卡盆淘洗，倒入深一米直径一米

的大锅里稍煮一下，立即捞出，然后放在蒸笼上去蒸，蒸笼一般都是有两个棒小伙，抬上抬下，一层层往上放，一层层往下搬，那胳膊上隆起的肌肉线条清晰可见，可想而知，那笼里蒸了多少人的饭，需要多大的力量去操作才能完成，特别是开饭的钟声敲响，最上面的一层笼掀开，大米饭的香气氤氲整个连队的上空，让人不由得深吸几口气。如果放在现在，那场景一定会受到《舌尖上的中国》编导的青睐，很有画面感。也就从那时起我们对"谁知盘中餐，粒粒皆辛苦"这句古诗有了更深的理解，这是在书本上学不到的。

后来我才知道，最能代表阿克苏水稻品牌、名气最大的是温宿县。

清光绪三十四年（1908）编修的《温宿县乡土志》载：温宿大米"较各城所产米质量最佳"，"阿克苏泉甘气和，果谷丰登，牲畜繁昌，春夏之季稻穗吐香，杨柳垂荫风景如画，为新疆省米最良之地，物产有米、麦、黍等，其中的白米最为有名"。

温宿种植的稻米香气纯正浓郁，有"一地开花香满坡，一家做饭四邻香"之说。

我的许多同学是从塔里木农垦大学毕业的，后来大都在当地做农业技术普及推广工作。他们给我介绍说，20世纪90年代以来，温宿县对水稻品种进行了大胆的改革与更新，将原来的水稻品种全都更换为产量高、品质好、口感鲜的"秋田小町""越光""香米"等优质品种，1998年被命名为"中国大米之乡"。

近些年，温宿优质大米更是声誉鹊起，"昆托"牌系列优质米产品，成为新疆农产品中的名牌绿色食品。温宿县凭借"昆托"系列大米跻身北京、上海、深圳等多个大城市。

没有想到的是，我在阿克苏地区从小养成的味蕾习惯在成年以后得到了延续，没有为食物的不合胃口而纠结。现在的乌鲁木齐市米东区，原来的米泉是我工作的首站，也是唯一的一站。虽然这里和我的家乡相距一千多千米，巍峨高耸的天山横亘在它们的中间，一个地处南疆，一

个地处北疆，气候和地理环境都有很大的差别，但它们之间的相似之处，却是惊人的一致，那就是它们都盛产大米，大米的口碑都同样的好，很难分出个一二。这不仅是上天对这两块厚土的眷顾，也是对我的厚爱。每次面对餐桌上那热腾腾香喷喷的米饭，幸福的暖流都会充溢我的全身。

米东的稻米和阿克苏地区一样，同样靠天山雪水和地下泉水的浇灌，原先的米泉地名已经说明了一切。一踏入米东，那稻米的香气仿佛就一下子弥漫四周，沿着那条纵贯南北全城最长的稻香路一路向北，还不到长山子镇，那阡陌纵横一碧万顷的稻田，很快就在眼前铺展开来，汩汩的淙淙的泉水，像一串串悠扬的音符在耳畔跳动，随着稻田不断向北延伸，那绿色与乌鲁木齐县、农六师五家渠的稻田就融为了一体，缥缥缈缈，无边无际，像一幅田园国画。这时，你心里会想，它真无愧于那诗意盎然的名字。

米东水稻种植的历史，最早可追溯到唐代，广为发展在清代，19世纪70年代，左宗棠率部收复新疆后，部分湘军及湘军中的遣散士兵留居三道坝一带屯田种稻。清乾隆三十四年（1769），大学士纪昀面对新春的稻乡赋诗赞道："十里春畴雪作泥，不须分垄不须畦，珍珠信手纷纷落，一样新秧出水齐。"新疆建立行省（1884）后，清政府再次移民实边，围湖造田，种植水稻。至清末，县境围垦荒地种植水稻4000余亩。

中华人民共和国成立后，特别是从20世纪60年代中期起，水稻产量占全县粮食总产量的70%—80%。20世纪60年代中期至70年代初期，米泉大米曾三次参加广州交易会展览。从1965年起开始向全疆推广水稻高产栽培技术，并多次在米泉举办技术培训班和现场观摩会，促进了全疆水稻生产的发展。

1984年8月，美国加利福尼亚州农学院院长威斯曼教授来米泉考察水稻生产，我当时作为县电视台的记者随同采访，这位黄头发蓝眼睛

世界知名的水稻专家在长山子乡土窑子村观看了水稻品种高产示范田后激动地说："我推荐世界的水稻会议来这里召开。"我也用手中的摄像机记录下了这一激动人心的时刻。稻花香里说丰年，"听取笑声一片"。

20世纪80年代初，原米泉还是以水稻种植为主的农业县，也正是在那样的大环境下，涌现出了许多水稻种植的行家里手，原县委书记霍平就是其中的杰出代表。我作为县广播站的记者，曾多次跟他一起坐212吉普车下乡，走在乡下的崎岖路上，他眼睛会紧紧盯住窗外，随时让司机停车，他把鞋子一脱，裤管一卷，无论水有多凉，立马就下到地里，摸摸稻秧的茎秆，拂拂稻秧的叶子，东瞅瞅西瞧瞧，如遇上了稻农就会问这问那，聊个不停，啥时身上都有泥巴点点，那装束和稻农没啥区别。要说区别，那就是他手上多了一个小本本，随手在上面记了些什么。

1984年他退休后，对米泉的水稻生产还念念不忘。他不顾年事已高，挑灯夜战，一字一句地写下了《米泉水稻高产栽培经验》一书，1985年10月由新疆人民出版社出版。这本书主要是霍平多年来在水稻生产实践中的一些真实记录，也是他亲历亲见的第一手资料，书中总结了米泉水稻高产的经验，科学种田的一些基本做法，通俗易懂，简洁实用，多年后还受到人们的热烈欢迎。

说来也巧，米东和温宿县水稻品种更新的步伐也不谋而合，从过去的"秋田小町""沈农129"，到现在的"新稻11号""新稻28""丰优"等。米东农业技术推广站站长、高级农艺师刘玉介绍说，由于气候的原因，米东的水稻晚熟品种的种类要比温宿县少一些，两地的种植面积也都在10万多亩，最高单产也不相上下。他补充说，全疆水稻种植面积超过10万亩的也就这两个地方。我从刘站长的话里明显能听出来，两地的农科人员其实在暗暗较劲，相互领跑，引领着新疆的水稻生产。同样的米粒如珠玑饱满透亮，同样的米饭油亮生辉，同样的口感软糯甘甜。在新疆无论何地产的大米，如果用铁锅用红柳或梭梭当燃料焖

制出的米饭，那就更香气四溢，令人垂涎欲滴。

近两年，米东区还成立了稻米协会，稻农抱团发展。一年好景君须记，"最是稻黄蟹肥时"。种植面积逐年扩大的稻米已成为市场上的新宠，成为米东大米的一张新名片。

无论是南疆还是北疆，无论是阿克苏还是米东，塞外稻米别样香。才下舌尖，又上心头。

十二户西村也是我的家

儿子要办理户口迁移手续，翻开我家的户口本，才发现在儿子那一页，出生地那一栏里，填写的是"三道坝镇十二户西村"，白底黑字，非常醒目。我一时没有弄明白，派出所的户籍民警是依据什么填写的。当时我大学毕业分配在原米泉县城工作，家在南疆阿拉尔，妻大学毕业后在首府乌鲁木齐市任教。后来仔细一想，是的，从表面看，十二户西村不关我们什么事，更不关儿子什么事。其实不然，我的岳父母一家从甘肃来疆，就一直住在这个村子里，劳作生息，我也是在这个村和妻见了第一面，从这个村的岳父家，用两辆漏风进土的单位的拉达（一款老式车）和朋友找的一辆普桑，简简单单地娶走了妻。后来儿子出生后，也是在这个村子生活了两年多，是岳母一把屎一把尿把他带大的，直到该上幼儿园了，我们才把他接到原米泉县城，可以说儿子是喝十二户西村的水长大的。从这些方方面面看来，儿子的户口出生地上写有"十二户西村"这几个字，天经地义，也是抹杀不掉的，这也从中可以看出我和家人与十二户西村那永远剪不断的亲情联系。

十二户西村是原米泉市三道坝镇十几个村子中的离县城较近的一个

村子。这个看似普通的村子，名气却不小，主要是这里的水土条件好，生产的农作物有特色，品质好。如春节过后不久，大棚里的毛芹菜，就是拌拉条子的上好食材，初夏的梨瓜子、黄蛋子，香气扑鼻，酥脆甘甜，一口下去，从舌尖蜜到了肠胃，还有盛夏的青食玉米、花皮西瓜等，远近闻名，畅销乌鲁木齐各大市场，上门来拉运的车络绎不绝，连交警都下乡来维持交通秩序了，可见其销路和市场有多好。因此这个村的人，无论大人还是儿童，自我感觉都挺好的，在向外人介绍自己时，都会大声说"我是西村的"，连"十二户"三个字都干脆省略了，说话时头抬得很高。

因为工作的关系，20世纪80年代中后期，我曾多次到这个村来采访，主要是采访特色农业大棚蔬菜种植这一块。当时这里还住着好几位刚从塔里木农垦大学、八一农学院、昌吉农校等大中专院校毕业的大学生，他们在这里搞农业新技术的推广和运用，远远望去，一座座大棚在灿烂的阳光下熠熠生辉，整个村庄好像被大棚托起，村庄就坐落在一座座大棚之上。借助农业科技的力量，这也是西村农业走在前列的关键所在，科学种田，越种越甜，西村人真是尝到了科技的甜头。大伙都是刚从学校毕业的年轻人，一来二去，很快就熟络起来，那时都还是单身，免不了有热心人张罗着介绍对象。这样我就认识了从这个村子走出，即将从昌吉师范专科学校毕业的妻。

大概是1987年的"五一"，那时我和妻已相识相爱，我第一次上门拜见岳父岳母。这个村子我虽已往来多次了，但拜见岳父还是第一次，所以这次到这个村来，好像与往日不同，给人一种庄重的仪式感。当时我是和来米泉玩的大表弟一起骑自行车去的，是以妻的同学、朋友身份去的，不是以准女婿的身份去的，不过大家彼此都心知肚明，就差捅破那层窗户纸了，心跳不免要加快许多。

到十二户西村，我和表弟骑自行车也就半个多小时就到了，过了铁路就能看到岳父家的房子了，房子是新盖不久的，坐落在村子的最南

面，屋子坐北朝南，阳光能一丝不落地照亮这里的每一个角落。房前屋后的树还都很矮小，几株葡萄刚吐出新叶，一看就是新种的，新住的房子还没来得及扎院墙，好像多年后岳父一家从这里搬走，都没有院墙。没有院墙，屋子虽然少了一层保护，但生活在这个屋子里的人视野会更开阔，更有了一种要走出这里、走向更广阔世界的信心和决心。少了院墙的阻挡，灿烂的阳光、和煦的春风会更一览无余地照耀着、抚育着这里的一草一木，当然更包括生活在这里的大大小小的一家人。屋后不远是一条从春流到秋的小水渠，渠水清澈冰凉，那是从机井里抽出来的水，用这样纯净的水浇灌出来的农作物才是真正的无公害粮食。岳父正和刚考上高中的儿子忙乎着打家门口的水泥地坪，父子俩一手拿着瓦刀，一手提着水泥桶，见我俩来，匆忙结束本来快要干完的活，直起腰来，洗手为我们准备午饭。砖木结构的房子，家什也极其简单，但收拾得井井有条，干净整洁，并没有我过去脑海中甘肃农村人的丁点印象。

岳父当年也就 40 多岁，正值壮年，个子不高，身体壮实，小分头，当时正在乡兽医站当兽医，他虽从小生活在农村，又在农村工作，但与当地的农民相比，身上还是有不少的书卷气。岳父祖籍甘肃陇南，是家里的老小，从小聪颖好学，读过几年书，后来一直自学，包括会计、兽医等，大部头的《本草纲目》他都啃过，不停地打造自己谋生的技能和本领，20 世纪 70 年代末，拖家带口，辗转周折，通过亲戚介绍才定居到了十二户西村，虽然遇到过不少白眼，但他们都觉得这是人生中必然遇到的，必须面对，有了这种心胸，对所有该发生不该发生的事，也就坦然了许多。父母的言传身教，无形地影响着下一代，几个儿女在非常艰苦的环境中，都茁壮成长，学有所长。

见有客人来，岳母从房前的菜地里现割了把绿绿的韭菜，又从屋后的园子里揪了几根大葱。那时正值春天，其他蔬菜的苗子才刚种下，时令蔬菜就是韭菜和大葱。韭菜炒鸡蛋，大葱木耳炒肉，岳父岳母一家用简单但又实惠的饭菜招待了我们。从那时起，我和这个过去从未有关系

的村子，结下了不解之缘。也就从那时起，十二户西村大力发展蔬菜大棚，春提早，秋延晚，西村的黄瓜、毛芹菜、梨瓜子等在乌鲁木齐等周边的名气也越来越大了，岳母家房前屋后的菜园子虽然不大，但啥都绿油油的，果实累累。我们每次回城，岳母都给我们采摘了大包小包的，挤公交车都挤不上去，上楼提到家都气喘吁吁的。

岳父岳母对我和妻的恋爱婚姻，没有发表过多的意见和建议。只是我那时在米泉，妻在乌鲁木齐市里上班，两人的距离说远不远，说近不近，岳母担心其中一个人来回跑，影响正常的生活，岳父毕竟走南闯北见识广看得开些，说那不算什么事，其中一人调动一下不就行了。岳父一锤定音，他老人家的一句话，就这样我俩的终身大事就定了。从此我也就成了十二户西村的女婿，对于一人在外打拼的我来说，在十二户西村我也有了一个家。

岳父虽然在镇上工作，但当时还是农村户口，除了妻的户口迁出之外，全家还有六口人在村上有地，和村上的大部分村民一样主要种植水稻。每年的春天是农村最忙碌的季节，一是育秧，二是插秧，一年之计在于春，时间紧，劳动强度大。岳父白天到镇上上班，一早一晚，早出晚归，和岳母一起干。三个妹妹和一个弟弟都还在上学，岳父母害怕影响他们的学习，很少让他们帮把手，宁肯让自己累些苦些，我所听到的都是督促他们学习的话。后来证明，这两个没有多少学问的老人，当时的做法是正确的。穷人的孩子早当家，懂事的弟弟妹妹只要周六一放假回到家，书包一放，就帮大人搭把手，个个都是干农活的好把式，妻这方面稍差些，中午做饭的活，一般由她来承担。我虽然在农场长大，也干过一些农活，但对育秧插秧还是很陌生的。南疆无霜期长，种水稻是不用育秧的，从没干过这活。岳父岳母家的稻田要插秧，这在一年的农事中可是大事，我这个准女婿当然不能袖手旁观，俗话说：一个女婿半个儿嘛。更何况岳父岳母一家也从没有把我当外人，我也早已自然而然地融入这个家庭当中了。

星期六一下班，晚上我就赶到了岳父家。星期天一大早，天还没亮，一大家子人就来到地头开始干活了，挖秧的挖秧，运秧的运秧，插秧的插秧。刚开春，又是井水灌溉，水冰冷得刺骨，稻农是很辛苦的。岳母给我分了技术含量最低、劳动量也最小的活——运秧苗。米泉稻田的田埂不像团场的又直又宽，而是随地势，高高低低，崎岖不平，类似羊肠小道，窄窄的，只能容下一个人的一只脚，两个人都很难错过。我个子高身体单，挑着秧苗，走在田埂上像走高跷样的东摇西晃，现在想想那样子都好笑，不过重在参与嘛。

谢天谢地，经过几天的紧张劳作，这激烈的战斗总算结束了，我满打满算，也就干了大半天，可岳父岳母和那些乡亲们却是长年累月地在这泥土里，风吹日晒，弯腰驼背，深一脚浅一脚的。秧一插完，稻农算是可以先松口气，暂时休整一下。岳母翻了一下日历说，5 月 29 号，星期六，农历也是双号，给你们把事情办了吧。我家离得远，什么忙也帮不上，我才刚工作，一穷二白，岳父岳母主动做主提出来给办婚事，我是求之不得。岳父岳母一家来自甘肃，除了妻之外，其他几个孩子都在上学读书，岳父的工资很低，岳母务农，虽然他们是从甘肃农村出来的，但却无比开明，不仅没有要一分钱的彩礼，而且连提都没提，我连一件衣服都没给他们买，不仅如此，他们反而用当时最流行的巴拿马布料，给我做了一套结婚那天穿的衣服，岳父知道我没有钱待客，让我把帮我来娶亲的包括我的同学、朋友都请到西村来吃席，他说一桌也是做，两桌也是做，多做上一桌不就行了。岳父岳母的通情达理，对我的关心关爱，让当时捉襟见肘的我非常感动，也让我终生难忘。

简单的婚礼办完后，第三天回门，岳父还关切地询问我们，办事落下账了没有？岳父岳母对我没有提任何的要求和条件，更别说为难我了，妻又通情达理，我们量力而出，自然就没欠什么债。这里我还不得不说的是，我当时结婚住的两室一厅的房子，是单位的集资建房，集资款总共 3000 元，家里给了我 1500 元结婚用，我们买了些过日子的简单

的家什，已所剩无几，东拼西凑，还差500元，岳父知道后赶紧帮我们借了500元，解了燃眉之急。

一年以后儿子出生了，父母家离得远，我就请岳父大人为刚出生的儿子起个名字，岳父稍想了一下，拿起笔，在纸上先起了小名：磊磊。意思很明确，希望以后壮壮实实。紧接着又拿起笔，写下了孩子的大名：贵生。我说其中一个字，和我的小名重了。岳父又急忙划掉，写下了"文元"，两个大字。从刚出生70多天开始，这个小名叫"磊磊"的小生命，也开始了在十二户西村的人之初的全新生活，在那里一住就到了上幼儿园的年龄。

十二户西村不仅让我感受到家的温暖，岳父一家淳朴的家风也赋予了儿子朴实坚韧的性格，岳父岳母的勤劳和善良让儿子学会了坚守和体恤，西村的水土风雨塑造了儿子高大阳光的体格。在儿子的身上明显地烙下了西村的许多密码，无论他走到天南地北，都将伴随着他。

十二户西村也是我的家。

两个舌头的骄傲

　　每次到内地出差或旅游，无论是在会上发言讨论，还是私下聊天问路，不少内地人都会不约而同地惊诧于我的普通话，"你是哪里人?""普通话怎么说得这么好?"我会告诉他们说，我是新疆人，我是新疆兵团人。这样的问题我不止一次遇到，这样的回答也重复了多次。细细体味一下，新疆人、特别是兵团人的普通话既没有那种拿腔作势的重重后鼻音和舌尖卷起的儿话音，也没有北方其他地方普通话的那些夹杂着让人难懂的土词俚语。新疆人说普通话，平平仄仄、纯纯正正，别人听着，自己说着，都觉得舒服。更让内地的朋友们想不到的是，有时闲暇在街上闲逛，碰上贩卖新疆特产的维吾尔族老乡，我会上前主动用维吾尔语搭讪，聊一聊他们的生活，问一下他们的生意如何，临走时通常还会称上几斤干果带到宾馆的宿舍，让大家品尝，虽然自己并不需要。这时内地的朋友们往往目瞪口呆，惊诧于我还会少数民族语言，和维吾尔族老乡交谈得那么流利。特别是买完东西付钱时，我跟维吾尔族老乡你推我让的亲热场面，让他们感动。此时的我，也为自己有"两个舌头"而骄傲。

我大学是学哈萨克族语的。在哈萨克语言中，语言和舌头是同一个词，他们夸赞懂得多种语言的人，通常用"两个舌头"这个词，真是太生动和形象了，舌头在口腔内自由转换，不同的语言就自然流淌，实在有些神奇，被人夸奖也是理所应当的。其实何止我是"两个舌头"，在新疆这个多民族的大家庭，通晓两门及多门语言的人多了去了，在我身边就不胜枚举，他们才是我羡慕的对象。

我从小在南疆一师阿拉尔垦区长大，阿拉尔的兵团人，来自天南地北，五湖四海，在那里扎根落户一个多甲子了，先后已有三代人了。兵团得天独厚的社会环境和别具一格的地理位置，在当时在当地没有主体方言的情况下，兼收并蓄，互相融合和，这也就逐渐形成了兵团语言朴实纯正的特点了，让人听起来，不是普通话胜似普通话。所以兵团的孩子考到内地当主持人、播音员的比比皆是，不少已成为名主持、名播音，家喻户晓，这就不足为奇了。

一般来说，兵团的第一代老军垦都讲各自省市的方言，终生乡音难改，只要一开口，别人就会知道是哪里的人。如果是同一个省的，还能分辨出是哪一个专区的，是哪一片的。如是豫南还是豫北的，是绵阳的还是南充的，是苏南还是苏北的等。从我们军垦第二代开始，基本都统一为普通话了，并已经达到了相当的水准，无论是课堂上朗读课文，还是舞台上领诵朗诵，都个个顶呱呱；第三代的普通话比我们更纯正，很可惜我和兵团的第三代近距离接触不多，但我想他们的父母都和我一样是第二代人，他们的许多老师都是我的同学，像长娟、玉华、建亭、顺香同学等，好多都还是语文老师，朗读课文时的南腔北调是不可能再出现的，第三代的普通话一定会更加娴熟纯美，答案是肯定的、无疑的。

我们军垦第二代不仅会说普通话，也完全能听懂许多省市的方言并且随口就来，包括"阿拉"上海话，这种现象在其他地方是不多见的，这也是受多元文化影响和熏陶的结果。例如，我们的父母如果是山东人，我们不仅能听懂山东话，在家的时候也能用山东话与父母交流，其

他省的也一样。我们在学校读书时，来自上海的知青老师占大多数，因为工作的需要，他们在尽力学习普通话，说好普通话，尽管他们的普通话已经说得较标准了，但当时团宣教科每年利用假期都会举办普通话或拼音培训班，我的语文老师屠芳好像就多次担任培训班的老师，屠老师的普通话说得是很标准的。团里这样做也是有原因的，上海老师在教学中，特别是在下课后或在生气发脾气的时候，都会不由自主地蹦出一连串的上海"阿拉"。歪打正着，孩子们的模仿能力是极强的，在这样的环境中，不仅能听懂上海话，说一口流利上海话的同学也大有人在。上海话"阿拉""小赤佬""嘎哚"我们也常常挂在嘴边，觉得自己很潮很洋气，这些上海话就连我们的父辈也都能听懂，也不时能说几句带各自家乡口音的上海话。所以后来我每次到上海出差，听到上海话都感到非常亲切。问个路买个东西都会不自觉地蹦出几句上海话来，不知是否蹩脚，有机会请上海老师测试一下，看看我的上海话能达到什么级别。

我们不仅会说上海话，就是四川话、广东话、河南话等方言也都不在话下。如四川话：龟儿子、砍脑壳的、老子给你算坛子、幺妹；河南话：中、刚喝罢汤等。记得当年我们连有个老广东，我们就常用舌尖顶上腭模仿他的广东话："把面条里放些西红柿水子啥，酸甜酸甜的。"那些调皮捣蛋鬼一边说还一边模仿，时间长了，一个人说前句，后面齐声应后句，乐得大家前仰后合。

除了各省市方言对我们的影响外，对我们影响最大的就是和我们情同手足的新疆各兄弟民族的语言了。

在阿拉尔，我们生活的连队和维吾尔族老乡的村队都紧挨着，有的连队也有不少维吾尔族职工，大人们在一起干活，孩子们在一起玩耍，你来我往，不分彼此，特别是孩子们的语言模仿能力让人难以想象。不仅很多维吾尔语借词迅速出现在我们的普通话里，如皮牙子（洋葱）、卡盆（大条盆）、白卡儿（徒劳，白白地）、塔合（麻袋）、巴扎儿（集市）、海麦斯（全部）等，甚至有的孩子很快就能说一口流利的维

吾尔语，同样维吾尔族孩子也能说一口流利的汉语，有意思的是，维吾尔族巴郎子（男孩子）说的汉语，有的带河南口音，有的带四川口音，这明显是维吾尔族孩子到汉族孩子家玩耍时留下的印记。

夏天在乌鲁木齐买西瓜，在很长一段价格较高的时间里，大部分家庭都是一次只买一个、半个的，买四分之一的也非常普遍，宝贝似的捧在手里，急匆匆地往家走。每次看到这情景，我都忍俊不禁，我们在阿拉尔买西瓜都是"一塔合、一塔合"地往家搬，有的人不明白"塔合"是个什么计量单位，迷惑地看着我，我赶忙解释说就是大麻袋。在维吾尔语借词中，直译汉语，有的基本意义与字面意义相去甚远，甚至大相径庭，但若了解了其中的含义，你会觉得更生动更出彩。比如说一个人"眼睛小"，那是在婉转地说他"吝啬"，如果说"我肚子胀了"，那是"我生气了"的意思，人不高兴时，肚子里有气，自然就胀了，多传神呀。

在这多元文化多种语言的感染熏陶下，1979年7月在考大学填报志愿时，我一口气在所填报学校专业的一栏中，都毫不犹豫地写上了"维吾尔语专业""哈萨克语专业"，立志要学习少数民族语言，更好地了解少数民族文化，做一个有"两个舌头"人。天遂我愿，谢天谢地。1979年9月我如愿来到新疆大学中国语言系开始了四年的哈萨克语专业学习。在我们班来自天山南北24名同学中，有许多同学都是和维吾尔族、哈萨克族同胞比邻而居的，有的还是和小巴郎子从小在一起和尿泥玩大的，可想而知他们的舌头是多么灵活，他们的发音是多么纯正。在哈萨克语33个字母中有一个颤音，舌头必须卷起来，气从胸腔发出，气的吹送，带动舌头振动，才能发出这个音，汉语是没有这种发音的。这也是维吾尔语、哈萨克语等许多阿尔泰语系突厥语语言学习中，最难的一个发音，这不仅考验的是一个人的舌头，更考验的是一个人的学习毅力。面对这个"下马威"，为了攻克这一难关，我虚心向学长们请教。有人告诉我说，嘴里可含小粒的石子，让舌头在嘴里不停地搅拌

它，可让舌头柔软起来。也有人说，口中可以含上水，就像漱口那样，让舌头随着水花在口中不停翻卷。为了尽快把这个音发出发好，我两种方法同时采用。早上练，晚上练，饭前练，饭后练，利用一切时间拼命地练，舌头都练肿了，吃饭都痛，话都说不出。功夫不负有心人，我终于在老师规定的时间内，准确地把这个颤音发出来了。此时，我也终于明白了，维吾尔语和哈萨克语中为什么舌头和语言是同一个词了，先人们创造一个词汇总是有说头的，是有其深刻内涵的，绝不会平白无故的。

真没有想到的是，30多年后，我这一学习方法，在家人学习维吾尔语中派上用场了。那是几年前，从事教育研究工作的妻子，为了搞好双语教学，萌发了学习维吾尔语的念头，我大力支持妻子的这一想法，并积极给她交了钱报了名。学习伊始，妻子同样面临我当年学发颤音的困难，我如法炮制当年的学习方法，妻子的领悟能力很强，也很刻苦，这一难关攻克后，在很短的时间"巧舌如簧"，维吾尔语学习突飞猛进了。今年妻子参加米东区教育局"访惠聚"工作队到佳和社区，她利用业余时间不仅给社区的居民教维吾尔语，还给维吾尔族小朋友教汉语，做到了学以致用，很受大家的欢迎。妻子现在也变成了有"两个舌头"的人了。

一方水土养一方人，一方水土也孕育一方的语言。你中有我，我中有你，相互学习，相互欣赏，美人之美，美美与共，这也是"两个舌头"的魅力所在，这也是我拥有"两个舌头"骄傲的理由。

我和妻子有一个共同的愿望，就是让我们的家人，让我们的亲朋好友，越来越多的人成为有"两个舌头"的人，我们愿毫无保留地告诉他们学发颤音的秘籍。（《手账》征稿）

岳母的仪式感

　　岳母患糖尿病已有好多个年头，近期感到身体不大舒服，家人动员她去住院，全面检查治疗调养一下，并且小妹先到医院了解打听好了，第二天就带她去住院。面对一家人的动员，岳母淡然地说，再等几天吧。一家人不解地问："为什么？"岳母说，这几天正是西红柿上市的旺季，熟得又透又便宜，她要把西红柿酱做好了，再去住院。"妈，现在西红柿一年四季都有卖的，不用再做了""妈，现在家里的人少，做不了几顿饭，一年不做西红柿酱，也没事"，一家人七嘴八舌地劝说着，但毫无用处。岳母反问道："那冬天的西红柿，价格贵不说，哪能赶上现在的味道好？冬天没吃的，你们后悔就晚了。"岳母始终坚持自己的想法和做法，一点也不妥协，大家没法子，也只能依她了，等她的西红柿酱做好了，再去住院。

　　每年秋天，做西红柿酱，对岳母来说，雷打不动。起先，岳母家住农村，房前屋后种的都是西红柿，自己采摘，自己制作，自享自乐，我们有时在城里帮她收集一些空瓶子，周末带回去，帮她制作。做西红柿酱，表面看起来劳动强度不大，但可是一件劳心费力的辛苦事，大家一

起动手，是最好的方法。但岳母总是担心我们参与，影响工作，她总是亲力亲为，等我们下乡时，她自己一个人，早已大瓶小瓶地做好了，一家一家也分好了，这也真难为她了。因为那时，岳父在镇兽医站上班，弟弟妹妹都在外求学工作，家里就剩她一个人，她除了侍弄几亩责任田，还要种菜，养猪，养鸡，特别是还要帮我们带孩子，先后五个孙子都是她一手带大的。做西红柿酱，她只能把这一切都安排妥当后，抽空为之。就这样，她老人家一年不落地、按时按点地把西红柿酱做好，一瓶瓶送到我们的手上。说句实在话，岳母做的西红柿酱还真是好吃，在那寒冬腊月雪花飞舞的季节，晚上下班回来，打开一瓶西红柿酱，做一锅热气腾腾的汤饭，红艳艳的，又酸又甜，暖胃又暖心，是很受家人欢迎的。

后来岳母一家搬到了城里，年岁也大了，还患有疾病，手脚也不如从前麻利，但做西红柿酱照常不误。一到秋天，便拉开架势，洗切蒸煮，至少要忙碌一整天，屋里热气腾腾，做上 100 多瓶西红柿酱。对岳母来说，这不只是一种越冬的食物储备，更像是宣告一个家庭由秋季转向冬季举行的一个仪式，是一个周而复始新季节的开始，是一种美好新生活的开始，少了这个环节，总觉得少了点儿什么，心里空落落的。这种仪式感，好像在岳母的引领下，重复了一年又一年，在我们这个家庭，西红柿酱已不仅是味蕾上的约定俗成，更像是一种亲情的纽带，通过这一气息，通过这一味道，把这个大家庭的每个成员紧紧地联系在一起。这不，儿子刚从外地打来长途电话，问他外婆今年的西红柿酱做好了没有，要给他多留几瓶，他春节要回来，吃用他外婆西红柿酱做的辣皮子炒羊肉拌面。

三　行走的歌谣

从北疆到南疆

　　新疆地大，新疆地广。你若在新疆问个路，热情的新疆人立马会拉着你，用手指着缥缥缈缈的远方，拖着唱腔说，"看，就在那达，那达——"你顺着他手指的方向望去，极目眺望是远远的天际线。为你指路的人，还不放心，生怕你没看见，走了弯路，大都会追问一句，"看到了吗？马上就到了。"而你什么也没有看到，偏偏又不愿辜负了指路人的一片好心，不停地点着头，好像成竹在胸，顺着手指的方向，不由得快马加鞭。这下可好，一个"马上就到"，你少则跑一个两个时辰，多则跑上小半天。你瞄一下车程记录仪，几十千米、一两百千米都是常有的事。望山累死马，这句老话对新疆人来说，最有心得。其实，你并不冤，在向目标行进的过程中，你在有意无意中，欣赏到了新疆多姿多彩的美景，虽然是走马观花，但大美新疆，也定会让你过目难忘。

　　其实，对美景的欣赏，不一定非得通过专门的旅游来完成，看起来煞有介事，但并不一定有太多的收获。特别是在新疆，这样幅员辽阔的地方，只要人在路上，美景无处不在，美食无处不有，那种感觉才独具魅力。

我的家在兵团一师阿拉尔，距离乌鲁木齐1200多千米，回一次家，要横穿巍峨的天山，跨越南疆和北疆两个风格迥异的地域，那种感受和体验要比单纯的旅游丰富得多，深刻得多，现在想起来，确实是难得的幸福。

我的父辈们都来自祖国的大江南北五湖四海，儿时就常听他们用南腔北调的声音，讲述他们来新疆、来塔里木，一路上浩浩荡荡的故事。在他们的口中，一路上的风餐露宿，一路上的艰辛跋涉，总是轻描淡写，一晃而过，更多的是一路上的所见所闻，奇闻轶事，更多的是对新疆广袤和神奇的惊叹，这或许是对自己无悔选择的另外一种注脚。别的不说，远的也不说，就说从大河沿开始，也就是说现在的吐鲁番，到地处南疆塔里木盆地的阿克苏、阿拉尔，坐上大卡车，走上一个星期，太正常不过了，如果遇上恶劣天气或卡车抛锚，走上十来天，也不算什么稀奇的事。下车时一个个衣衫褴褛蓬头垢面的，洗把脸，脸盆底下都会沉下一层细细的沙子。如果是夏天，为了省事，为了彻底打扫干净，进家门前，会脱个精光，跳到连队门口的大干渠里，冲洗干净了再回家。也就是在这一段看似平常，却又不凡的旅途中，他们的身体和心灵也有着不同的体验和收获。

如今，我在羡慕亲朋好友们现在从乌鲁木齐回南疆阿克苏、阿拉尔的方便和快捷的同时，也为他们在1200多千米的行程中，与窗外南疆北疆迥异的风土人情擦肩而过，感到惋惜和遗憾。是的，现在是很快很方便了，白天在乌鲁木齐市办完事、逛完街、拜访完老同学老朋友，傍晚扎扎实实地吃上一顿拌面或抓饭，然后就可以消消停停地到火车站候车去了。啥事都不耽误，不用慌不用忙，悠悠晃晃，晚上9点上车，放好行李，倒头就可以大睡，一觉醒来，天刚麻麻亮，阿克苏站就到了。走出车站，刚好吃早饭，如果坚持一会儿，想赶到阿拉尔吃早饭，也不算太晚。火车真正实现了夕发朝至，朝发夕至，千里南疆一日还。如果乘飞机，那就更快了，登机、系好安全带，飞机起飞，品一杯咖啡的工

夫，莽莽苍苍的天山刚从机翼下消失，就要出航站楼了。出趟门，坐趟车，再也不用风尘仆仆，舟车劳顿，上车是一身啥行头，下车时同样可以整洁而光鲜，走亲访友完全不用再刻意收拾打扮。但回到家后，除了一晚伴随着火车车轮转动的梦境外，少了一路上的所见所闻，更少了回家后和亲朋好友分享的内容，无形中也少了许多人生的阅历和积累。

二三十年前，在这条路上我也跑过许多次，来来往往，去去回回。我曾坐过大油罐车、大货车、老式班车、130斗车、依维柯，坐过副驾驶，也坐过车兜里车厢上，这其中好多都是靠关系、靠面子，无非是想省下来十多块的车票钱，好用于补贴外出求学的日常生活。现在回想起来，那一路一览无余的山山水水，那一路的形形色色的人和事，许许多多，让人难以忘怀。

那时，如果从乌鲁木齐出发回趟南疆，回趟家，无论是乘坐何种车辆，一般是早晨天麻麻亮就出发了，首先要路过风吹草低见牛羊的乌拉泊，路过大豆飘香的达坂城，路过溪水淙淙满眼绿色的白杨沟，路过行色匆匆一刻也不敢逗留的十里风区。如今要看这些风景，一般都要开着私家车专门去寻觅才行，有许多早已物是人非。现在回想起来，那时真是连探亲带旅游，一举两得，多么难得。

那时无论是客车还是货车，无论是司机还是乘客，往返南北疆的，中午都会赶到托克逊吃午饭。到托克逊吃饭，好像也是不谋而合的，约定俗成的，真是个不错的选择，这就是托克逊拌面的诱惑。

正午时分，南来北往的旅客，各式各样的车辆潮水般地汇聚到这里。操着新疆土话的小伙计、老板娘手搭凉棚，扯着嗓子，大声吆喝着招揽顾客，壮硕的大师傅脖子上搭条白色毛巾，时不时地摸着脸上的汗，不停地掂翻着勺炒菜，火舌呼呼地蹿出锅底，葱姜蒜香气扑鼻，让人的味蕾大开。另外一口大锅，水咕咚咕咚的一直在翻滚沸腾着，老板娘忙着抻面、拉面、下面、捞面，油腻腻的餐桌则是一片哧溜哧溜吃面的声音。因旅客的频繁往来，以拌面为主的餐饮业还成了这个县不大不

小的一个产业，这其中也有我和我的同学、我的家人贡献的份额，虽然微不足道，但集腋成裘，聚沙成塔。但无奈后来随着高速公路的建成，南疆铁路的通车，托克逊已不是必停之站，这派兴旺景象也不复存在。倒是现在乌鲁木齐市还有不少食客惦记着那口，节假日不惜专门自驾去美美地吃上一盘拌面。

从托克逊吃饱喝足，就要开始一段特别艰苦的跋涉了，那就是过干沟。干沟，顾名思义，干旱炎热没有植被，人迹罕至。干沟，位于托克逊县至库米什镇和库尔勒之间，314国道纵穿其中，在很长的一段时间，一直是出入南疆的最便捷的道路。上干沟，下干沟，大概有50千米的路程。干沟路段由于不断翻山越岭，道路两边不是山体就是沟壑，属于事故多发地段，因此车速一般在20千米/时上下，如同蜗行，但却给了我们一个观赏路边景色的好机会。在这上上下下50来千米的路上，汽车一直在山沟里上下穿行，花半天甚至大半天的时间是最常见的，在这里最能理解什么叫寸草不生、不毛之地，光秃秃的馒头山一个连着一个，急拐弯一个接着一个，最要命的是上山时，如果是盛夏，汽车爬坡没力气，水箱会时不时"开锅"，这时车要在路边停下来，掀开引擎盖，待温度降下来再走。这算是走运的了，你看看那路两边东停西靠东扭西歪的车辆，会让你手心捏出一把汗来。实际上，在新疆旅游除了固定景点以外，更多的还有沿途那些出其不意的景色，它们同样会让你流连忘返，而干沟正是这样一个不是景点的景点。干沟，用它那特有的鬼斧神工的自然景观，给人视觉以强烈的震撼，给人以直戳心底的感动，这种获得感是躺在舒适的软卧车厢远不能比拟的。

人在旅途，第一天晚上一般住库米什，这是个在最大的中国地图上，连个芝麻大小的标注都没有的地方，但这并不能表明它被忽视，反而它也同样有着无比显赫的地位，因为它也是极其重要的交通要道。四周的山黑黢黢的、阴森森的有点吓人，这本是一个只长几棵树、只住几户人家，透着星星点点微弱的灯光，一个馕饼从头滚到尾都能听到响声

的地方，却被冠以镇名，这个镇是典型的被汽车跑出来的小镇，是汽车上的小镇。每天一到晚上，狭窄的公路两边到处停满了汽车，逶迤得很长很长，看不见哪里是头，哪里是尾。旅客们拖儿带女，大呼小叫，熙熙攘攘的，散落的旅馆大大小小有十多家，常常爆满，一床难求，那枕巾和床单好像从未洗过，散发着各种难闻的气味，但这并不妨碍驾驶员和旅客们对它的钟情，因为在这里能舒展一天曲蜷的身体，满足一下肠胃的需求，为新的一天积蓄力量。这么多年过去了，库米什在我的心中依然是一个神秘的地方，它就像镶嵌在夜幕中的一块黑色的宝石，散发着幽幽的深邃的光芒，值得让人细咂。

第二晚一般是住轮台或库车。在我的记忆中很少在库尔勒住，因为这个孔雀河畔的美丽梨城，正处于乌鲁木齐市和阿克苏的中间，在当时，无论从哪头出发，一天都很难赶到库尔勒，特别是客运班车，老牛拖破车似的，如果是急性子都会急出病来。正因为当年与库尔勒多次失之交臂，多年后我曾多次徜徉在孔雀河畔，想从中嗅出点什么来，但感觉迟钝了许多。

一般来说，第三天到阿克苏，但咋样也会在傍晚时分了，不摸黑就算幸运的，然后就蓬头垢面地拿着行李，"扑哧扑哧"地踩着一脚下去快没过小腿的沙土，深一脚浅一脚，朝着卡坡上面的九团办事处走去。这个维吾尔语中的"白水之城"，在许多年后，才显示出它水天润泽的一面。我深知，这其中包含着父辈的心血和汗水。虽然第四天还得往阿拉尔往家赶，需要半天甚至更长时间，但这时心已经装在肚子里了，因为离家越来越近，一切旅途的疲劳和不快都烟消云散，那扑面而来的风沙，虽然呛人口鼻，但也令人感到亲切，这是心灵的一场旅途。

新疆地域辽阔，城市与城市之间，村镇与村镇之间、路途遥远，但如果到了新疆只知道游览景区的风光，在旅途上、在车上酣然大睡，则是一种极大的浪费。浪费的是时间，错过的不仅是车窗外美丽的风景，也许还有那邂逅的美丽人生。因为在我的身边，在我的同学和好友中，

就有在这来来往往 1200 多千米的路程中，除了饱览了窗外的风景，还成就了许多令人羡慕的爱情，成就了许多牵手终生的婚姻。这人文风景和自然景观，相辅相成，相得益彰。这都是车窗以的外收获。

　　1992 年以后，九团作业站已经没有我的家了，但那里仍有家的气息，时时向我袭来，时时萦绕着我。在梦里，我无数次投入她的怀抱，还是那样的温暖。

　　千里走南疆，抑或是探亲还是旅游？不管怎样，这样的方式，我还想再来一次。不仅是我，还有像我一样，离家多年在外打拼的游子们，我忍不住把头伸出了窗外，投射出寻觅的目光。

无处栖落的乡愁

　　我想故乡大概就是我们每个人的原点吧。这个原点抑或是繁华的都市，抑或是偏远的乡村，抑或像群峰般壮丽，抑或像荒原般平淡，我们人生的所有弧线都以此为原点划出的，有的人原点高，弧线可能就远，有的人原点低，弧线可能就小，当然也不排除，后来居上，厚积薄发，靠努力抓机会在低原点划出大弧线的，而且弧线非常美丽炫目，这也大有人在。

　　如果故乡是原点，那我们的思念一定是放射状的，多少离家在外打拼的游子，来自四面八方的家乡情结，作用于同一个家园，不绝如缕，如泣如诉。

　　离开养育我的这方土地——阿拉尔，37 个年轮已碾过，和故乡距离也有 1200 多千米的路程，这在内地足以跨越几个省市。这时间，这距离，对每个人来说都不能算是短的。春风夏雨，秋霜冬雪，从最初萌发的乡情，催生发酵成了淡淡乡愁，在心灵的引导下，随着时间的推移，慢慢升腾，慢慢弥漫，乡愁越来越浓，越来越浓。

　　当我把步履按照阅读的节奏放慢下来，很多往事，很多情节，就像戈壁原野上，五月树枝上的苞蕾，抖落灰尘，像沙枣花一样，开了，一股清香扑鼻而来。

1979年9月15日傍晚，这是我难忘的一天。因为这一天是我远离家乡的日子，那天既在准备之中，又在意料之外，但从那一刻起，我和家乡就聚少离多，而后就渐渐远离了，远离了这个原点，尽管后来划出的弧线毫不起眼。

那一年新大开学的时间是9月20日，迎接新生报到的日子从9月初就开始了，可是由于当时阿拉尔偏远、闭塞、交通不便，我和张勇等同学收到通知书，已是9月14日了，离开学只有五六天的时间。那时候从阿拉尔去趟乌鲁木齐，在阿克苏至少要停一天，然后再从阿克苏向乌鲁木齐市进发，最快也要三天，这样算下来，就算一切顺利，花四天的时间是必须的，也算是最快的了。这对我，对我们家来说，时间如此紧迫，按期到校报到可能是办不到了，摆在我们面前的是一个不大不小的难题。当年九团考上新大的有黄冬玉、张勇和我三人，好在冬玉家和张勇家都在团部，有人脉，这当中冬玉家算是最牛的，他老爸黄明达叔叔好像是团里的会计，一个什么科室的负责人，我父亲当时是连队会计，批个工资、领个工资、报销个探亲费什么的，都要找黄叔叔，也算是老熟人了。在这关键时刻，冬玉和张勇同学并没有抛下我不管，而是不怕拖累，毅然把我带上一同赴乌，这让我和全家人都欣喜不已。黄明达叔叔决定领上我们三个人从九团启程，到阿克苏后他再想办法把我们送上去乌的便车。

就在这个晚上，黄叔叔带着冬玉和张勇先从团部出发，路过十二连大桥时把我再拉上，等这个计划变成现实已到15日中午了。15日傍晚，我早早往嘴里扒了几口饭，什么饭什么味都没吃出来，所以也根本没有什么记忆，那应该是虽不丰盛但也是很可口的一顿饭，我就和家人拖着箱子，拿着行李，大包小包，在大干渠桥头等候，不时极目向东边焦急张望。

等到太阳完全落入地平线，一辆解放牌大卡车驶来，黄明达叔叔领着他的儿子黄冬玉、张勇和我，把我们撂上这辆大卡车的车斗里，乘着月色，连夜向阿克苏驶去。卡车东摇西晃，一路向西，一路颠簸，就在这个夜晚，我抱头鼠窜般地离开了九团，离开了作业站十二连，一路上沙尘扑面，我还不时按一下内衣口袋，里面装有 5 张 10 元的人民币，这既是我路上的盘缠，也是我到校后添置日常用品的生活费，那可是千万不能丢的，人连个盹都不能打，模模糊糊地下半夜才到九团驻阿克苏办事处。

这一别，我有一下子被推出去的感觉。那个夜晚应该是中秋节前后，月光一定很皎洁很明媚，可我却没顾得上看一眼，到省城读大学，这是我多年的梦想。这个梦想实现了，但在这一刻我坐在大卡车上，心里却没有丝毫的愉悦、丁点的兴奋，心里充满了无限的惆怅、无比的眷恋。

惆怅的是未来，眷恋的是故乡。

有了第一次就有了第二次，从那以后，每次寒暑假基本都是黄冬玉、张勇和我三人结伴而行，同去同回。便车不是费冬玉找，就是张勇找，我是一个纯粹搭便车的，不用多想多操心，只等他们出发的口令就行了。

就这样我和故乡渐行渐远了。

1983 年大学毕业后，冬玉同学回广东去了，那时广东才刚起步，还不是多么热门的地方，冬玉心里多少还有些不大情愿。大概 20 世纪 90 年代初，黄冬玉同学出差来过一趟乌鲁木齐市，我得知后，赶快到他住的酒店去找他，但不巧没见着，酒店前台只知道他退房了，不知是返回了，还是去别的什么地方了，当时没什么通信，打个长途电话要转几个总机，少则等十几分钟，多则等半个多小时才能接通，根本就无法联系，也联系不上，找个人如大海捞针。所以我和黄冬玉失之交臂，从此再也没有联系上，不知黄冬玉在广东何处高就，事业和家庭都一定很

美满吧，黄叔叔的身体还健康吧！

　　月光下，头圆圆、脸圆圆、身体胖、声如洪钟的黄叔叔，那音容那相貌，在我的脑海里都完整地勾画下来了，也绝不会随着岁月的流逝而淡化。

　　从那一年的秋天，那个秋天的夜晚算起，我就再也没有见过故乡秋天的月亮啦，再也没有见过故乡八月十五的月亮了。虽说天涯共此时，但月一定是故乡明，故乡的月亮一定比他乡明亮，不仅是我，我想每一个在外的游子的感觉肯定都是一样的。故乡便成了远在梦中的他乡，成为一种记忆，一种牵挂。

　　是呀，他乡的月亮虽然也很大很圆，也能隐隐约约看到里面的嫦娥和玉兔，但我的乡愁却无处栖落。

　　故乡的歌是一支清远的歌，总在有月亮的晚上响起。

一个人在外过年的日子

　　海英同学在他的力作《原点》中，记录了他 1981 年春节一个人在值班连过年的情景，那时他父母刚刚调回内地，他用了"凄凉"两个字来形容。在这万家灯火喜庆团圆的日子，读起来让人无限感慨。其实，我们每个人在一生中，都有不少春节是一个人在异地他乡，独自悄然度过的。回家过年，这句话说起来容易，但现实远没那么简单，哪怕是在当下这个交通、通信十分便捷的地球村，回家过年，对不少人来说仍是奢望，很大一个问题在于"时间"两个字。

　　1980 年的春节，我就是一个人第一次在外过年，是在新大有名的三层半楼宿舍度过的，那时我刚满 18 周岁。寒假学校一般放两周的假，这对北疆的学生来说，回一趟家，在家待几天，和父母亲人团聚一下，时间还是足够的。但对于像我这样家远在塔克拉玛干边缘塔里木河畔的团场学子来说，是奢望，只能在心中想想，盘算一下：那时到阿拉尔九团二营作业站一个往返至少需要八天的时间，去四天，回四天，这还必须是在绝对顺利的情况下，不能有一天的耽误，等于刚到家就要考虑返校了。那时的班车票好像是 14 块钱，是我一个月的生活费，来回车票加住宿，就算带上干粮，每天只吃一顿饭，乱七八糟下来，差不多要50块钱了，这也真是不小的数目，超过了一位家长一个月的工资。如找便车求爷爷告奶奶不说，还不能保证按时走，时间定不下来，无论从时间还是经济的角度，我只能留校过年了。

那一年同在新大读研究生的沈贻炜老师好像刚喜得贵子，寒假他要回九团看妻儿去了，我心中更觉得少了依靠。但好在老同学张勇也留校过年，有了同乡同窗做伴，心里多少有了点儿底。学校一放假一天开两顿饭，过年也如此，下午五点半开饭，这么早吃完饭，要到第二天上午11点才开饭，那时还是计划经济，市场还没放开，街上也没什么餐馆，别说吃饺子、吃好吃的了，肚子每天都填不饱，饿得人前心贴后心，好不容易熬过了大年三十，班上有三位乌鲁木齐市的同学轮流把我们请到他们家中饱餐一顿。那时他们虽是乌鲁木齐市居民，但也住的是平房，架炉子烧火墙，炒菜时要把门打开，掀起门帘，把油烟子放出来。到同学家吃饭，我们也不敢完全放开吃，因为那时是供给制，每月的口粮是有数的，你多吃一碗米饭，别人就会少吃一口，所以吃饭时尽量装得文雅矜持些，眼睛盯着盘子，手中的筷子却不怎么动。

与我从小生活在九团第二野战区——二营相比，张勇同学绝对属于名门望族，他父亲是张仲瀚、林海清的嫡系，在乌鲁木齐市散落了许多旧部和战友，在读大学的那几个寒假春节，张勇都带上我串东家去西家，东家蹭一顿，西家混一口，说实话，我和张勇同学性格迥异，行为方式也不尽相同，但这并不妨碍我们的友情和友谊，特别是在那寒冷的冬季、一个人在外的春节，这都源于我们是同乡同窗同门师兄。

赵永平同学和我从小学一直读到高中毕业，在乌鲁木齐铁路学校读书，早我两年毕业，他最早被分配在乌铁局火车西站工作，工作不错，也有了稳定的收入。大概是1982年的春节吧，他约我到他那里过春节，我从新大坐公交车倒了好几趟车到了他那里，他也是一个人，那时我不知沈小梅同学在何处。当时铁老大，食堂的伙食真不错，永平同学拿着

《红灯记》中李玉和提着的那样一层码一层的饭盒，从食堂里打来了许多好的吃食，摆满了宿舍的桌子，热情地款待了我。我返校时，他还硬往我口袋塞了两张崭新的10块钱，那时他的工资虽然可观，但加奖金一个月也就不到百十块钱吧，这20块钱足够我一个寒假的生活费了，这份情我一直都没有偿还，也永远无法还清了，但我一直都记在心上。

1983年毕业工作后，仍过了几个"单身狗"的春节，不是到同事家过就是到老同学家过。

1986年春节前，在乌鲁木齐市邂逅了我小学同学赵萍，屠芳老师和赵永平同学都很熟悉的，她和我从小学一年级一直到大约初一上学期，我们两家从基建大队部到十二连也一直都是邻居，后来她家从十二连又搬到二营营部，再后来，她随家人到石河子附近的工一师了。从那时起我们就失去了联系，一北一南，天各一方，但她一直是我脑海中印象最深的同学之一。后来她也考上了新大，读法律专业，比我低两级，我们又成了校友。不过此时她已非彼时的她了，这个圆脸白皮肤黄头发，绰号叫"黄毛丫头"的小女生，和一位来自九团一中到新大数学系进修的男生有点小意思，后来我听到这消息，当时目瞪口呆，世界这么大却又这么小，遗憾的是我们俩同在新大两年，在一个食堂吃饭，在一个阅览室读书，甚至可能面对面走过，却擦肩而过，失之交臂，并没有相遇，人生的奇妙就在于许多的未知，许多的可遇不可求吧。我们是发小、老同学，这并不妨碍我们之间的友情，在我工作一年后，我们终于联系上了，她那时该读大四。她热情地邀请我春节去他家过年，我也毫不犹豫地答应了。她们一家我是十分熟悉的，她的父母是我尊敬的叔叔阿姨，她的两个姐姐赵琦、赵娟也都是我仰慕的学姐。那年的春节我就是在她家过的，而且是过完了整个春节假期。两个老人非常慈祥，两个姐姐非常热情，让我感到了家的温暖。赵萍在家里洗洗涮涮的，虽是打下手，干活也非常利索，一点也不娇气。

从九团二中调到工一师的沈燕萍老师，那时就住在赵萍家的前面，

那年春节，沈老师刚好回上海探亲去了，我没见上，很遗憾。后来赵萍毕业后，则到首都北京谋发展了，她到北京落稳脚后，曾给我来过一封信，让我有机会到北京去找她。可北京实在太大了，找个人，见个人，要倒无数次车，耗时费劲，太麻烦了，我虽去过多次，也不太想去打扰别人，一晃我们也有 30 多年没见了。对于我来说，那个温暖的春节留在记忆中就足够了，我好像是在她家先后过了两个春节。

对于我们，一个人过春节的日子，早过去了，成为过去时，但对于我们的后代，我们的子孙，好像又在重复我们的故事，只是故事的内容不同罢了，从黑白变成了彩色，会很好看，会更精彩。

疑是春色在邻家

　　四月天，内地早已花红谢芳菲尽了。然而在大西北边陲，花季随着春天的脚步，从南到北，次第铺展开来，多姿多彩。我订阅的官微《阿拉尔我和你》每天都在播报着春的花讯：沙漠樱花节、杏花节、梨花节、郁金香节……一个接着一个，花事正浓正酣，朋友圈里老同学老朋友晒出各种花卉美图，图中的花儿你不让我，我不让你，竞相开放，姹紫嫣红一片。前前后后和园林打交道三十多年的老同学杨仲喜专门打来电话，问我什么时间休假，到他的梨园去赏花，吃住他全包，还特地发来了他在大片素洁的梨树下除草的小视频，那仿佛是一个雪花堆砌的银色世界，妙极了。这一切，让我这个在外地工作生活多年的游子心旌荡漾，产生了一种"蜂蝶纷纷翻墙去，疑是春色在邻家"的错觉。很可惜，我无缘在阿拉尔市府广场郁金香的花圃盘桓，无缘在大片大片的樱花或梨花树下徜徉，无缘在一个个盛大的花节上流连，但看着海英、炳新、长娟等同学通过微信发来的一组组精美的照片，我仿佛闻到了那五彩缤纷花蕊细细的、脉脉的馨香，深深吸一口气都是甜丝丝的。我同样分享到了快乐，感受到了幸福。如今，家乡人都要用庆典和人流来呈托这撩人的花事了，而不是三三两两地独步寻花。以仪式感来表达心中的激运之情和喜悦，足见对这里花海春潮的由衷礼赞，也从一个侧面折射出人们对这花事来之不易的珍视。面对那如雪如霞的花事，那观光赏花的涌动人群，我的心中也激荡起花样的潮水，不停地拍打着我的心。

今年北疆春天的脚步来得格外迟缓，前些天还大雪纷纷，我身边的不少同事，又穿上了还未收入箱中的厚重衣服。看着同学们美篇中那一簇簇摇曳的花叶，分外的姣好，心中不免荡漾起一片灿烂的春光。我从来都不掩饰自己对南疆和阿拉尔春天的喜爱，虽然那里春天有时会有些浮尘，空气里有少许尘土的气息。南疆和阿拉尔春天的脚步特别得勤，花季比江南要晚得多，但它脚步快，只要时令一到，它三步并作两步，说赶就赶上了，不信你看央视每晚的《天气预报》节目，那雄鸡西北角天山南麓，总是大片的橙黄色。那是太阳的光芒，看一眼都暖洋洋的。那是大自然的眷顾，上天的恩赐。有了这煦日的阳光，阿拉尔的花怎能不艳？草怎能不绿？那塔里木河岸边大片的土地想素面朝天都很难。说句实话，与江南的春色相比，我更喜欢阿拉尔的春色。此时的江南虽早已桃红柳绿草长莺飞，但太湿冷了，有一种阴阴仄仄的感觉，让人不能完全敞开胸怀去拥抱、去亲吻大地。江南的名贵花卉也很多，但都娇滴滴的，隐隐中有一股拒人的冷艳。而阿拉尔的春天就不一样了，绝不犹抱琵琶，半遮半掩，羞羞答答，它是质朴的、热烈的、率真的，充足的阳光让人血流加速，周身热气腾腾。花开得也更自由、更奔放，不经意中藏着一股子野性，不会稍有风吹草动就凋零，让人有一种无法遏制的冲动，想去奔跑、去释放、去拥抱……人与自然浑然一体，这是一件多么惬意的事情。作为万物之灵的人类，在万物复苏的春天本应是这样。

这片土地也赋予了鲜花特有的秉性。

记得我小时候，在南疆，在阿拉尔，对花没有什么概念。因为这

里地处沙漠腹地、戈壁荒滩。脑海中仅有的花是那火红的红柳花、淡黄的沙枣花、紫蓝的苜蓿花、茸白的芦苇花，还有水渠边那粉红粉红的喇叭花……说起来，这也都是些野花野草，闻起来总有那么一股抹不去的土腥味、盐碱味。那时在这片干旱贫瘠的土地上不可能有奇花异草，更不可能有名贵花卉。为了这片土地不再枯寂，为了这片土地花红柳绿，为了把这片土地建设成塞外江南，有这么一群人，他们来自祖国的四面八方，他们为了子孙后代也能品味到春暖花开的温馨、月上柳梢头的浪漫，他们不惜在这里流血流汗，不惜献出青春，甚至献出了宝贵的生命。我们且不说英烈戴根发，也不说塔里木河五姑娘，就说咱们的父亲母亲哪一位不是流下了最后一滴汗、洒下了最后一滴血的呀，我们都不禁掬一捧滚烫的热泪。"落红不是无情物，化作春泥更护花。"塔里木、阿拉尔建设的接力棒早已传到第二代、第三代的手中。就单说这些花卉苗木，从引进、育苗、生根、发芽、长叶直到花开，他们刻苦攻关，起早贪黑，殚精竭虑，为了战胜干旱缺水的自然条件，为了抵御肆虐的风沙，为了不出现南橘北枳的现象，也一定洒下了无数汗水，付出了殷殷心血，有许多动人的故事是不被外人知道的。

我的老同学杨仲喜去年种的香梨获得了"第七届中国·阿拉尔金秋瓜果节"一等奖。今年春天，到仲喜的梨园做客赏花看来是去不了啦，但我答应仲喜同学争取秋天去品尝他的香梨。站在果实累累的树下轻轻摘下成熟的丰收的香梨，尝一口甜滋滋的，那感觉该多美好呀！

"杂花生树，群莺乱飞"，在这片荒凉的土地上创造出了这诗意般的绚烂，这是屯垦三代人薪火相传、艰苦奋斗的结果。从古至今就是"前人栽树，后人乘凉"。前人育花，后人赏花，也就是再自然不过的事了。那在春风中摇曳的花卉，分明已告诉我们，阿拉尔的花儿，就是因为有了他们的汗水浇灌、心血滋养，才这样鲜红、这样娇艳。不

信你走进花海，明显能感受到父辈们生生不息的气息，在依旧笑春风的桃花里分明能听到母亲们亲切的叮咛。

那花季的春色不在邻家，就在眼前。一言以蔽之，岁月沉香！

又是一季稻米香

"喜看稻菽千重浪，遍地英雄下夕烟。"银光闪闪的镰刀起起落落，拉稻运粮的车辆来来往往，秋收是一年辛勤劳作的尾声，而那高潮就是喜气洋洋地品尝新米。尝新米，对辛苦劳作的米东稻农来说，是对自己一年来风里来雨里去"汗滴禾下土"的奖赏，是对家人一年来齐心协力胼手胝足的犒劳。尝新米，它不仅仅是吃一顿普通的米饭，品尝的是清香和甘甜，咀嚼的是那一粒粒饱含辛苦的晶莹，回味的是一年的不易和岁月的绵长。正因如此，尝新米，这节日般隆重的仪式，对于外人来说有些不可思议，但对米东稻农来说一点都不敢怠慢，也不能怠慢，这隆重缘于他们用汗水浇灌出来的绿油油的禾苗，是在他们的心中拔节扬花抽穗的。

我从小生活在农场，对水稻生产的各种农活不仅熟悉，而且都亲手尝试过，亲手干过，比如平地、挖渠、拔稻草、割水稻、拾稻穗等，唯有插秧这项农活，是在参加工作后，到了素有"塞外小江南"的米东，特别是做了闻名远近的稻米之乡三道坝镇的女婿，才接触到的，才开始学的，感触也特别深。

　　"一年之计在于春"，这句老话在水稻育秧插秧这一刻得到了充分的验证，特别是在天山北麓米东这样高纬度的稻作区，体现得就更充分了。在我的家乡塔里木河畔的阿拉尔也盛产稻米，但南疆无霜期长，阳光充足，是不用插秧的，播种机直接往稻田里播撒稻种，然后浇上水，不几天就"新秧出水齐"了，省去了很多辛劳。

　　但北疆的春日短，短得让人来不及回味。厚重的羽绒服才脱，转眼就要短打扮了，属于春天的日子屈指可数。在米东，要种水稻必须插秧，而要插秧必须先育秧。

　　育秧和插秧，是两件十分劳心劳力的农活，没有参与其中的人是根本体会不到的，它无时无处不在考验着稻农的耐心和承受力。米东水稻这张靓丽的名片，就是一代又一代的稻农，在这样年复一年的辛勤劳作中，用心血和汗水擦亮的。

　　育秧是插秧的铺垫和准备，也是水稻整个一年生产的序曲和前奏。秧苗要提前在秧田子里育好。在米东，秧田子的布局因户而异，因人而异，有的在房前，有的在屋后，有的在场边，有的在菜园，还有的就在大田的地头上，当时我岳父家的秧田就在田边。总之，各有利弊，哪儿方便就在哪儿育秧，主人说了算。这时你要是到村里随便走走，到处都是银白的世界。大棚外还是冰天雪地，大棚内却春意融融，洒水施肥的人，只穿一件衬衣，脸上还滴着热汗。

　　清明前后，米东的稻农就要开始下种了，秧田子立马就用塑料拱棚扣上，秧床的土是事先按农技人员的要求配好的，稻种躺在温暖的秧棚里，美美地睡着，舒服得很。刚发芽的秧苗很娇气，热不得也冷不得，像是有意考验稻农的诚心和耐心。什么时候透透气，什么时候通通风，棚膜是掀一角，还是掀一半，都要根据气温随时掌握，必须细心地侍弄。

　　那时周末，我和妻子在岳父岳母家，每到晚上七点半央视的《新闻联播》刚完，接下来的《天气预报》节目，岳母是必看的，看得那

个仔细，把脸都快贴到十四寸黑白电视小小的屏幕上了。这个时候，就连她的小外孙子，也知道外婆这个雷打不动的习惯，乖乖地把动画片的频道调过来，把收看权让给了外婆，小小年纪就知道了，外婆看的节目关系到大棚里的秧苗子，关系到一家人一年的生计。岳母按时按点地收看《天气预报》节目，这个习惯一直保持到现在，尽管她现在年纪大了，早就不种水稻了，但习惯早已成自然。

我岳父家的秧田在地头，优点是起秧运秧方便，缺点是离家远，照看起来不方便，要操更多的心。有时睡到半夜，就能听到两位老人开门关门声，急匆匆的脚步声。那一定是半夜突然起风了，天气预报也有不准的时候。这个季节，天气说变就变，西伯利亚的寒流随时光顾，可不能有丝毫的麻痹大意。遇上倒春寒带来的风雪霜冻，稻农们就得半夜三更披上棉衣，有时还会在秧田的四周点燃堆好的稻草，用烟雾驱走寒流，很难睡个囫囵觉；如果突然碰上个大太阳，气温一下子升高，稻农更是提心吊胆，通风慢上一步，就有"烧秧子"的危险。我那时在电视台负责《天气预报》节目制作，一遇到重要天气情况，无论再晚，都会留意把这档节目及时地做好，发布出去，叮嘱机房多播几遍，让更多的稻农看到，让他们免受损失，这当然也包括我岳父母一家。

我目睹过岳父在育秧棚劳作的情景，也多次到大棚里采访过稻农。侍弄秧田就像照顾刚出生的婴儿，小心翼翼地，冷不得热不得。就这样，二十多天到一个月的时间，在稻农的精心呵护下，秧苗终于出落得绿油油齐刷刷的。这时间，和一个孩子满月差不多。而此时稻农们却顾不上喘口气，又要忙着插秧了。

插秧前，稻田地一定要耙平、翻松。岳父家的稻田肯定都是岳父耙田，他穿着胶靴站在水里，两手扶着耙杆，嘴里不停地吆喝着牲口，在泥泞中，一步步跋涉，艰难向前。当你看到了这一幕，你才真正理解"粒粒皆辛苦"这句古诗的含义。我没耙过田，那是技术和体力活，我胜任不了。我运过秧苗子，算是家人对我的照顾，但肩上担着秧苗，赤

脚行走在那窄窄的羊肠小道上，脚下不停地打滑，晃晃悠悠的，来回没运了两趟，就鸣锣收兵了，这也只能算是生活的小小体验。事后我得知，岳父在匡算这次插秧的劳动力时，也根本没有把我算进去。秋后尝新米，我都觉得脸红。

耙好了田，就要撒秧把子。这活粗看很随意，但撒得要有章法，要撒到点子上，不能由着劲乱撒一气。这样后面插起秧来，才方便省力。干这活，光有力气是不行的，要有在稻田里摸爬滚打的老把式担纲。

万事俱备，就单等插秧大军的到来了。

在一系列紧锣密鼓的张罗中，插秧大军终于要闪亮登场了。"一日之计在于晨"，插秧的最佳时间应该在清晨，因为清晨移栽的秧苗返青快、成活率高，所以时间就显得更为宝贵，刻不容缓了。

在还未放亮的天色里，在泉水汩汩流淌的田野里，人们就已经开始忙碌了，把稻田平静的水面也弄花了脸。

男人们走在前面，女人孩子紧随其后，但他们到了地头，不急着卷起裤腿下地，而是会先坐在地头。男人们大都先点上一根烟，有滋有味地吸着，因为一下到田里就顾不上了；女人们为了防晒，会用围巾把自己包裹得严严实实，特别是还未过门正谈恋爱的小姑娘，更是仔细，确保万无一失。那五颜六色的围巾，把初春素面朝天的田野装扮得花花绿绿的，倒影在水田里，好像一朵朵盛开的鲜花，煞是好看。待这一切收拾停当，一个个便才弯腰赤脚，摆开架势开始插秧了。

第一个下手插秧的人通常是大家公认的"高手"，他往往从中央处下水，其余的人就从他的两边一线排开，然后你追我赶。据说，过去老丈人选女婿，插秧也是一项必选题。就是现在，心里想娶人家闺女赶来帮忙的后生们，心里都憋着一股劲，急着露一手。脊背上是暖暖的阳光，但脚下的水是冰凉冰凉的。因为米东的稻田是用机井灌溉的，从几十米以下地里涌出来的泉水，是远处天山的皑皑冰雪融化的，有着巨大的温差，这也是米东的大米闻名遐迩特别好吃的一个重要原因。有的稻

农就是因为经年插秧劳作，患上了关节炎等疾病。你若仔细看一下稻农的手指和脚趾，都要比常人的宽许多。稻米的香甜留在稻农身上的是劳动艰辛的印记。

我第一次插秧，手眼不协调，慢且不说，还东扭西歪，一会儿插成腰带状，一会儿插成蛇形状，不忍目睹。看看身边插秧的岳父，右手的拇指、食指、中指流畅地配合着，左手的拇指和中指就从一把秧子里分出另外一束秧苗递给了右手，将一束五六株秧苗扶植在土壤里，如此重复着，插得横竖顺直，看一眼，都给人一种美的享受，这就是劳动之美，这就是工匠之美。

家家户户互帮互助的插秧场面最热闹了，男男女女，老老少少，因为谁都不愿落后，谁落后了就要妨碍后边的人，你不前进，前面的人就会把你"包了饺子"，你也就成了地头午饭时的笑料。插秧高手身后留下的是一排排笔直的秧行，如诗人流畅的诗句，像天空整齐的雁阵。手把着秧苗子的时候，秧苗子也能感受到插秧人的心思。等到秋后，打下的稻子，碾下的新米，自然好吃。

插秧恰似一场比赛，拔头筹的不是尕旦家的媳妇就是老马家的闺女，不少精壮的小伙子这时候也只能望尘莫及、甘拜下风，成为尕妹子们揶揄的对象，因为女人们手勤手快。也就是在这欢乐的笑声里，愉快的劳动中，编织了许多浪漫的爱情，成就了许多美好的婚姻，每年秋后常常可以看到长长的喜气洋洋的婚嫁队伍，这美好的生活场景都是这早春的插秧促成的，是那春天的绿色孕育的。

米东水稻种植也有一百多年的历史了，水稻品种更换了一茬又一茬，插秧机、抛秧机也早有人引进，并不断在更新。但在眼下，人工插秧所占的比例还是不小，育秧就更得靠人工了。

插秧的日子是快节奏的，成群结队的稻农在初春泛着新鲜泥土气息的大地上，就像快闪一般使大地换了新颜，昨天还是明闪闪的水田，转眼就铺满了绿色的锦缎。

　　随后的除草、施肥、浇水、晒田、割稻、打场、碾稻、运粮，稻农辛勤的劳作从春到夏，从夏到秋。我记得那时原米泉人民广播电台、米泉电视台两台节目的开始曲都采用的是具有江南丝竹风格的《插秧调》，这清新悠扬的乐曲，唤起稻乡的每一个黎明，送走稻乡最后一缕晚霞。在这《插秧调》中，稻乡的田野，年复一年，青了又黄，黄了又青。

　　秋天终于来了，今年又是一个大丰收。尝新米，洋溢在每个稻农脸上的是丰收的喜悦，是千辛万苦劳作的获得感，就像眼前那碗热气腾腾白花花的大米饭，满满的、实实在在的。

家乡的雪

　　大雪时节，我的家乡下雪了！当微信群朋友圈里，家乡的老同学、老朋友发出琼枝玉树、银装素裹的图片时，瞬间，点赞点评和欢呼声一片，大伙儿的喜悦之情溢于言表。

　　我的家乡，地处天山南麓，塔克拉玛干大沙漠北缘，虽地处干旱，降水稀少，但寒冬腊月下雪还是常有的，不至于太稀缺。但这可能是今冬以来，家乡下的最大的一场雪，甚至是近年来最大的一场雪，所以家乡的人们纷纷用图文、用视频，借助互联网传递信息，表达欣喜，与天南地北的人们共享这雪中美景。这让我这位多年生活在北疆，一年差不多有半年的时间与冰雪为伴，对雪花司空见惯的人，也为家乡下了一场大雪而感到高兴。我迫不及待把同学们拍的照片放大，仔细瞅瞅这大雪：胡杨、白杨、沙枣树的树杈被雪花染白了睫毛，老同学果园里的梨树、李树、苹果树仿佛被春风拂过，花团锦簇，地面上疑似铺了一层泛着银光的白霜。这场景，与北疆那铺天盖地的鹅毛大雪，相差得就太远了，但这毕竟是天山之南的南疆。我并没有丁点揶揄同学们大惊小怪的意思，我脑海不由地回放起儿时家乡冬季下雪时那光与影的碟片。

过去家乡的色彩是很单调的，特别是到了冬季，万物萧条，更显得寂寥。主宰这片土地的是卷着风沙的西北风，呼啦呼啦地拍打着人的面颊，有些生疼，大人小孩的手都干燥甚至皲裂，天空和大地都少了许多温婉和滋润，人们冬季对下雪的渴望就自然而然，甚至有些迫切了。大人们扛着坎土曼上工收工时，会凑在一起议论，该下场雪了吧，给大田里的冬小麦盖上一床棉被，让它美美地睡上一觉，来年有个丰厚的回报。孩子们受大人们情绪的影响，也会时不时地扬起小脸，望望天空，拉着大人的手说："妈妈，妈妈，咋还不下雪呀？"那是对在下雪中和下雪后嬉戏的一种期盼。在大人孩子的心里，冬天下雪是理所应当的，对雪的期盼也是迫不及待的，这是季节的更替，也是生命的律动。因为有了寒冬才能迎来暖春，有了蛰伏才会有萌动，有了洁白才能晕染出翠绿。

是的，冬季一旦有了雪花，就有了叙事；如果是下一场大雪，就更有了浪漫抒情的表达，那大地和人的心情，就完全不一样了。由于家乡气候干燥，空气湿度小，家乡的雪花含水量也不大，雪花是轻盈欢快的，是温柔舒缓的，我不知这种说法妥不妥当。雪花多如柳絮状，轻轻飘飘、晃晃悠悠的，鹅毛大雪虽不常见，也是有的，但绝不恣意，更谈不上肆虐，不像北国的雪花，含水量大，像沾上了水的棉絮，从空中一块块地撕扯下来，抛向大地。所以家乡的雪只与欢乐相伴，是对大地、对万物的装点和装饰，是美的化身，它让寰宇澄清、洁白无瑕，它与拥堵无关，与烦恼无关，与美好相伴相随。家乡的冬季下雪天，无论是大车还是小车，如果不跑长途，大都是不用换雪地胎的，不仅省钱还省了事。

家乡的雪，亲和可人。记得小时候，一下雪，各式各样的雪花，棱角分明，闪着晶莹的光芒。大人们的脸上会露出难于掩饰的欣喜神情，有了童心和童趣。他们收工回来，从屋外进门，双手伸到铁皮炉子或火墙跟前，是舍不得拂去身上的雪花的。就在他们进门的一刹那，那雪花

也早已无踪无影了，或许早已融进了他们的心里。这雪更像是为孩子们而下的，一大群孩子们都会欢呼雀跃，用小手去接，用小脸去迎，甚至张开小嘴去吻、去吸吮，肌肤感到的是一丝丝清凉，口中感到的是一丝丝甘甜，让人享受美妙的童趣。那雪绝对清纯干净，你根本不用担心什么粉尘煤烟污染之类的，人与自然和谐而美妙。

一方水土养育一方人，而一方人有一方人的乐趣。下雪后，调皮的小子，放学时会一奔子跑到同伴的前面，缩着脖子，用脚猛蹬路边一棵棵沙枣树干，然后急匆匆跑开，看着沙枣树纷纷扬扬地下着"大雪"，同伴们并不恼，反而显得非常享受，并不急于拍打落在雷锋帽和红围巾上的雪花，好像有意让它多停留一会儿。有的也会如法炮制，你蹬我也蹬，突然会有人大喊一声，蹲下去，扳着脚，揉着腿，大伙儿都知道，这是因为沙枣树干的反弹，给他来个下马威，教训一下他，这闹剧也大多在笑声中散场，各回各家，带回的是一身的寒气，也带回一身的喜气，为这事没听说过哪个父母责骂孩子的。

雪后初晴，你可以爬到早已树叶落尽的沙枣树上，去攀折那霜打雪洗后还一串串吊在高处枝丫上的沙枣，特别清凉和甘甜，也许这就是团场孩子冬天的冰糖葫芦吧。你可以骑在粗的树桠上，一边吃一边往口袋里捋，把所有的口袋装得满满的，上学的路上边走边吃，到学校你还可以分享给要好的同桌同学，收获一份友情。闹过小矛盾的，这一把雪后的小沙枣，完全能尽释前嫌。现在想起来心里都美滋滋的，口中溢满那沙沙的甘甜，还略带一点苦涩。

家乡的雪，一飘落下来，大都是站不住的，别说是一天两天，就算上午下雪，到了下午太阳一出，晴空万里，在灿烂的阳光下，立即就会无影无踪，很少有积雪，你若想堆个雪人，弄个雪雕，是十分困难的事，甚至是不可能的。雪下得少，而且消得快，这又不能不说是件憾事。但在背阳的犄角旮旯儿，会有少许残雪。就是这残雪，也会被我们这些孩子充分地利用，让它成为快乐童年的一个组成部分，不准有丁点的

浪费。记得那时我们在去上学的路上，或是打柴火累了休息时，都会轻轻拨开上面一层，用手轻轻捧起，去吃下面的雪，那雪洁白如初，甘甜可口，这样的雪我和小伙伴们不知吃了多少，那神情现在想起来，还有几分虔诚，那是对大自然恩赐的一份尊重。

冬天的田野，那大片大片的冬小麦还泛着生命的气息，一个条田一个条田的，一垅一垅的，向阳的一面雪融了，酣睡冬眠的麦苗露出墨绿墨绿的颜色，背阳的一面还有残雪白色的纹迹，远远望去，一道黑一道白，像一大块一大块黑白木刻，棱角分明，镶嵌在无垠的天空和大地之间。那是自然天成，更是人工的杰作。它书写着看不见的时光和岁月，书写着摸得着的沧桑和变化。不知现在的家乡垦区的冬小麦的种植面积还大吗？还有这样浓墨重彩的立体画面吗？不知爱好摄影的同学们是否捕捉到过这种精美的画面？

在家乡，每年冬季下雪的次数，扳着手指都可以数得过来，但它给我们带来的快乐却是无法计算的，是永远的。

在家乡，那少数残留的积雪，无须等到春光和春风的来临，它们非常善解人意，都会主动地自我消解，化成汩汩雪水，悄悄地渗透到戈壁干燥的土壤里，浸润一粒粒新的种子，滋养一丝丝新发的根系，让来年的棉更白、枣更红、稻更黄，让瓜果飘香，让大地芬芳。家乡的雪花，犹如生活在这片土地上的主人一样，朴实无华，它们不计条件，不讲报酬，哪里需要就飘向哪里，只要落地，就无怨无悔地付出自己的一切，没有一丝一毫的保留。

家乡下雪了！家乡的雪，我虽然看不见你的身影，听不到你的声音，但我能想象到你的洁白，你的纯美，那晶莹飞舞的雪花直落到我的心里。

见字如面

  "见字如面"这四个字最早在脑海里留下记忆是在我六七岁刚上小学二年级的时候，那是 20 世纪 70 年代初，我随外婆从塔里木河畔的阿拉尔垦区回河南老家汝南县探亲。在南疆的母亲和我们相距遥远，她和我们之间的联系，只能靠铺一张白纸，写一帧信札了。母亲和外婆应该是每周都有书信来往，最长也超不过十天，如果超过了这个时间，彼此都会牵挂得夜不能寐，开始胡思乱想了。那时往汝南寄信的地址我现在都还记得：红旗路立新三街 18 号。外婆生在旧社会，长在旧社会，目不识丁，是睁眼瞎，每次母亲来信，她都需要请人代读信、代写回信。那时和我外婆同辈或小一辈的亲戚中大都不识字，与我同辈的，和我一样都刚刚上学，还不能提笔成文，这样外婆每次收到母亲的来信，都会领上我，直接到县城邮局，请专门给人读信、写信的人代劳。我那时已记事，清楚地记得在邮局旮旯一角落，常常端坐着一位戴着老花镜的先生，嘴上有几绺胡须，看人说话时，眼睛从老花镜边框的上方探出来，看上去有些高深。他先给外婆读母亲的来信，一字一句地读，挺悦耳的，他生怕外婆听不清。有时读完了，外婆还会央求其再读一遍，好把信中一些关键的人和事（特别是有些时间节点）弄清楚。读信人倒也不烦，很乐意再读一遍。那时我母亲在农一师九团二中当语文老师，钢笔字写得不错，一笔一画的，语言也通顺流畅，读信人读起来自然也不费劲，无须仔细辨认，揣摩推敲。信读完后，便是给我母亲写回信。外婆针对我母亲来信的内容，先大致口述一遍，写信人便开始动笔了，刷刷地写得飞快，有时候还会停下手中的笔，再就相关的问题问一下我外婆，然后再低头一阵猛写。写完后，自己会先浏览一遍，然后捋一下胡须，脸上露出旁人不易察觉的微笑，像是自我欣赏，然后就给我外婆朗读，当然也包括我，旁若无人，声音很大，生怕我外婆听不见，也生怕旁人听不见。现在想起来这也许是一种营销手段，在招揽生意。他们写信大都用钢笔，有时也会用毛笔，信纸基本都是一张略泛黄的白纸，有时是带红线的，但都写得工工整整，不歪不斜，让人看着很舒服。听外婆说，他们曾经都是当地的秀才什么的，我后来学了鲁迅的《孔乙己》，当时在我的眼里他们都是些老夫子。

当年，代写信的人给母亲回信的内容，五花八门，大都不记得了，无外乎是些家常琐事，但是"见字如面"这四个字我记忆犹新，因为每次在回信中，都少不了这四个字，代写信的人在读这四个字的时候，往往露出一种得意的神情，这是过去写信的一种特有的格式和套路吧。我开始学写书信是在小学四年级，那时我在阿拉尔垦区的作业站九团二中就读，教语文的是从上海来的年轻美丽的知青屠芳老师，当时她在教我们如何写信这一课时，特别强调书信格式，如开头的称谓一定要顶格，表示尊重，结尾要有祝福语，最后别忘了签名和写信的日期，"见字如面"这四个字好像没有提到。但那时的练习大多是给老师写封信，给父母写封信，可老师和父母都在眼前，自然写不出什么真情实感。给内地的亲朋写信，要写的内容我也不清楚，还要问大人，写得又慢，也根本轮不上我执笔，"见字如面"四个字也就没用上。

往外寄出的书信我虽没写过，但老家的亲戚朋友和我母亲的学生的

来信我倒看了不少。鱼传尺素，鸿雁传书。来信虽然都是家长里短，表思念牵挂、报平安、祝吉祥之言，但字字感人、语语真挚，跃然纸上，令人动容。1977 年底恢复高考后，母亲曾经教过的后随父母调到阿克苏建化厂的学生赵明考上了喀什师范学院数学系，他到校后给我母亲寄来一封信，信中感谢母亲和其他任课老师对他的谆谆教诲和关心关爱，母亲读了一遍又一遍，还传给其他老师阅读，母亲读信时脸上始终洋溢着一名人民教师的幸福和喜悦之情。书信不愧是"最温柔的艺术"，能直抵人的内心。

1979 年 9 月，我到乌鲁木齐红湖畔读大学，从那时起，我开始写信写家书。那个时候，每天上午课间操一结束，同学们都会蜂拥到学校系办公室秘书处去拿自己的家信，人挤人，拿到信的兴高采烈，迫不及待地当众拆开信封，匆匆阅读；没有拿上信的多少有些失落，期盼着明天绿衣使者能带来好消息。谁都期盼收到远方亲人的来信。

每当周末，夜幕降临，教学楼里各班教室里大都坐了不少同学，一个个聚精会神，奋笔疾书，那都是在写家信。星期天一大早，会有一位同学把班里同学们的信都带上，投到二道桥邮局的邮箱里，这雷打不动的行动贯穿了我们大学四年的生活，那时真正体验和领悟了"烽火连三月，家书抵万金""凭君莫射南来雁，恐有家书寄远人"等诗句的内涵和魅力。大学四年，是我和家人、和老师、和同学们书信往来最频繁的四年。一封封书信，见字如面，笔墨文字所蕴含的温情暖意，抚慰着我这个远离家乡、远离亲人、在外求学游子的心灵；一封封书信是我们彼此情感的寄托、精神的家园。我有心也有幸保留了许多当年往来的书信，虽历经岁月的冲刷，今天读来仍不忍释手，见字如面，睹物相思，墨迹长存，余温犹在。有人说，感情不分优劣，即使再笨拙的一支笔，所表达的情怀，也足以令人感动，让人难以忘怀。

让我没想到的是，当今互联网覆盖，人们的交流交往被微信微博等程序化的符号所代替，提笔忘字。早已远离传统书信的今天，近期，一

档旨在"用书信打开历史"的读信节目《见字如面》横空出世，霸屏朋友圈，多少让人出乎意料。其实不难理解，信特别是家书，是一种感染力极强的鲜活文字，一笔一画，无不倾注了写信人的情感，古人有"尺牍书疏，千里面目"之说，见字如面，见信如晤，沉积着亲情、友情、乡情的独特家书文化，在老百姓的生活中世世代代熠熠生辉。

哈赛·玉素普的教师之家

　　无论是春夏还是秋冬，无论是清晨还是傍晚，现已 76 岁的哈萨克族老人哈赛·玉素普都要到原玉西布早小学的校园去走一走、看一看。有时生病身体不舒服，脚步蹒跚，他也会让老伴或回来探望他的孩子们搀扶着去转一圈，看上一眼。他退休已二十年了，学校也因集中办学撤销九个年头了，但他的习惯却一点都没有改变，这条小路来来回回走了三十四年，习惯早就成了自然，一天不去都觉得心里空落落的。尽管原来的学校校园早已成为著名的哈熊沟景区检查站的办公场所，哈赛·玉素普老人还是忍不住经常用手拉着栅栏，伸着头向里面仔细地张望着。他是听到了叮当叮当的上课的铃声，该走向讲台上课了？还是想听一下那位新来的老师上课，帮他提高一下教学水平？还是要把哪一位生病的寄宿小学生接到家里，让老伴给他熬些羊肉汤？村里的人都知道他的这个习惯，也非常了解他的心情，此时也从不去打扰他。他一个人就这样静静地站着，如果家人不去喊他，他会站很长很长的时间。院子里那棵三十多年前他亲手种植的小松树，早已树干挺拔，枝繁叶茂，顶天立地。望着望着，那幸福感、获得感又一次溢满了他的双眼。

玉西布早村，是乌鲁木齐市米东区柏杨河哈萨克族民族乡一个普通的牧业村，但也是一个闻名遐迩的村子。说它普通，是因为它和其他牧业村一样，地处天山北麓，群山环抱，林密草深，地处偏远，信息较闭塞。说它有名，是因为这里的哈萨克族牧民们对教育很重视，尊师重教蔚然成风，是一个有名的"状元村"。过去这个牧业村小学的名字，不仅经常出现在自治区各大媒体上，还出现在中央电视台的节目上，并且是以专题的形式出现的，这让外面的人不敢小瞧，村子的老老少少也都感到脸上有光，无论是骑在马上还是走在路上，头都会高高抬起。现在这所学校划归乌鲁木齐市第 114 小学（以下简称乌鲁木齐市 114 小），虽然离玉西布早村有点距离，但家长送孩子上学接受良好教育的热情依然不减。大伙儿的心里都知道，这一切，都是教师和学生家长辛辛苦苦换来的，也与一个名叫哈赛·玉素普的老校长不无关系。

是的，你只要和老校长哈赛·玉素普聊起玉西布早小学，他会把你拉到家中，给你倒上热气腾腾的奶茶，扳着手指，如数家珍，深情回忆玉西布早村小学曾历经的三次大的建设。第一次是 1961 年，在现村卫生所的位置上修建了 4 间教室。当时学校有 4 个班，教师 3 人，50 多个学生。第二次是 1970 年在原址附近修建 6 间土木结构教室，有 240 平方米，还建有 1 间 30 平方米的办公室。当时学校有教职工 8 人，学生 70 多个。第三次是 1980 年重新选址修建砖混教室 6 间，共计 240 平方米，修建 40 平方米办公室 1 间，实验室 3 间，3 间共计 82 平方米，有教职工 22 人，学生最多时超过 200 人，从那时起学校进入了一个稳定发展的大好时期。说到这里，哈赛·玉素普老校长老花镜后面浑浊的眼里都放射出一丝明亮的光芒。

1998 年米东区集中优势资源，搞集中办学，这所村小学被撤并了，当时哈赛·玉素普老校长心里别提有多难受了，虽然那时他已退

休了，但还是度过了好几个不眠之夜。后来他看到村里的孩子们到了新的更大更美的学校读书学习，接受更好的教育，心里就踏实了许多，但要让他忘记耕耘了一辈子的玉西布早小学也是不可能的。同样，这里的父老乡亲也是永远不会忘记他的。

玉西布早小学的发展史，就是哈赛·玉素普的任教史。哈赛·玉素普 1961 年初中毕业，在原米泉县铁厂沟参加了工作。1962 年初就来这所学校任教，那一年他才 19 岁。

那时玉西布早村还没有固定的校舍，方圆几十里的二三十个孩子只能在马背上上课，大多数孩子小小年纪就拿起了放羊鞭。哈赛·玉素普看在眼里急在心上，他主动要求回到家乡玉西布早任教。

哈赛·玉素普和另外两名老师一起搬石头、打土块盖了间遮风避雨的教室。他又骑着马，翻山越岭，从一个放牧点到另一个放牧点，从一座毡房到另一座毡房，动员孩子们上学。低年级的小孩子上学不方便，他就骑着马天不亮挨个毡房接孩子，下午放学再送到每家每户的毡房。每天他出门时是繁星满天，进门时是满天繁星。

当时山区牧民的孩子上学难还有另一个原因，那就是家庭生活困难。为此，哈赛·玉素普想方设法帮助贫困子女读书上学。有一二十年，他的工资只有二三十元，除了养家糊口，那微薄的工资相当一部分都给学生垫付了学杂费和书本费。他自己也先后迎来了六个嗷嗷待哺的小生命，无论怎样，他始终守望着自己的那颗初心。

1966 年他担任了校长，1996 年退休，他是这个学校的第二任校长，也是最后一任校长，在这所村小学一校之长的位置上整整三十年。

后来，上级有关部门考虑哈赛·玉素普年纪大了，想把他从山上调下来，但每次都被他婉言谢绝了。他总是说："山上的情况我熟悉，还是让我留在这里吧。"一诺千金，就像那大山里的石头掷地有声。

哈赛·玉素普在事业上风生水起，这之中也凝结着他妻子古丽巴

然的心血和汗水，古丽巴然既是代课老师又是学生的炊事员、保育员。从讲台到锅台，从锅台到讲台，家庭事业，学生子女，古丽巴然两副担子一肩挑。刚入学的孩子离开父母不适应，又是哭又是闹，她就把孩子接到家中，捧出奶酪，烧上奶茶。她既是可亲的老师，也是慈祥的母亲。

父母言传身教，子女耳濡目染，哈赛·玉素普的几个子女都学有所成，又都当上了光荣的人民教师，与父母成为并肩的战友，携手前进。

哈赛·玉素普的长子沙哈提别克中学毕业后考上了木垒哈萨克师范学校，1984年毕业后回到了玉西布早。哈赛·玉素普没有把儿子留到玉西布早中心小学，而是把他派到了更远的涝坝沟分校教书，沙哈提别克登上讲台这一年和父亲一样也是19岁。上阵父子兵，沙哈提别克像父亲年轻时一样，骑马翻越几座大山，到二三十里以外的涝坝沟教书，现在在乌鲁木齐市101中任教。

沙哈提别克的妻子古丽曼，1988年毕业于新疆教育学院。这之前，她和父母一直都住在乌鲁木齐市里。毕业后，她说服了父母毅然来到了原米泉县山上的哈萨克族中学任教。后来古丽曼和沙哈提别克相爱结了婚，成了教书人家的一员。有人问古丽曼："你从大城市到大山沟后悔吗？"她说："阿塔（爸爸）、阿娜（妈妈）在山区干了一辈子都不后悔，我现在条件好多了，后悔啥？！"这小两口一个教物理，一个教数学，互帮互助，像草原上一对矫健的雄鹰展翅飞翔。古丽曼现在在乌鲁木齐市98中任教。

哈赛·玉素普的大女儿再列克汗一直在阜康市的一所中学任教。小女儿库丽斯木汗1993年高中毕业后，也回乡当了老师。现在她和丈夫马力克都在乌鲁木齐市114小当老师。

哈赛·玉素普的小儿子哈尔肯1994年从昌吉师范专科学校毕业后，又来到柏杨河哈萨克民族乡当了老师，一干就是二十多年。他所

任教的学校也就是现在的乌鲁木齐市114小。他的爱人那孜古丽和他也是同事。

提起哈赛·玉素普这个教书之家，更让人兴奋的是1995年秋，从玉西布早大山走出，在中央民族大学毕业的吾古丽汗也回到家乡教书，并与哈赛·玉素普的二儿子木拉力结婚，教书人家又多了一名来自京城的大学生。吾古丽汗现在是米东区教育研究室的教研员。

目前，哈赛·玉素普一家有八位老师每天站在三尺讲台上教书育人，是名副其实的教师之家。提起这些，哈赛·玉素普老人的孩子们都说："我们要像父亲一样，培养更多有知识的哈萨克族孩子，孩子们有了知识才能像雄鹰一样飞出大山，去拥抱更加广阔的天地。"谈到孩子们子承父业，哈赛·玉素普感到十分欣慰，心里乐开了花。

对现在村里孩子们读书上学的情况，哈赛·玉素普老人也了解得一清二楚，照样能说出个一二三来。现有全村200多名学生，其中幼儿60多名，分别在本村双语幼儿园、柏杨河村幼儿园学习；80多名小学生，大多在乌鲁木齐市114小、98小、113小就学；初中生40多个，大多在乌鲁木齐市98中就学；高中生20多个，大多在乌鲁木齐市101中就学。如果没有对玉西布早教育事业的无限热爱，这些枯燥的数字是不会记得这么清楚的，这些和一位76岁已退休二十多年的老人有多大的关系呢。

玉西布早村适龄儿童入学率、普及率、巩固率、升学率年年在全乡都是最高的。在恢复高考至今的39年间，这个村每年有十来名孩子走进大学校门。一个仅有192户的村子，先后走出300多名大学生，有许多孩子先后被北京大学、复旦大学、中央民族大学、南京大学、南开大学等全国著名高等院校录取。目前在疆内外就读的大学生就有30多个。

哈赛·玉素普的大孙女努尔沙拉毕业于北京科技大学，现在在自治区一家媒体上班；他的小孙女努尔沙吾列2012年以民考汉729的

高分考入了乌鲁木齐市 101 中实验班，成绩在班里一直名列前茅，2015 年又以 654 的高分被北京大学新闻与传播学院录取。乌鲁木齐市 101 中沸腾了，玉西布早村沸腾了，米东沸腾了。这一切都让已退休在家的哈赛·玉素普对下一代怀抱更大的期望，他初心不改为之奋斗一生的心血没有白费，禁不住老泪纵横，让人为之动容。

"哈萨克族有句谚语，给孩子骆驼大的财富，不如给孩子纽扣大的知识"，这是哈赛·玉素普时常挂在嘴边的一句话。这句话，不仅教育了他的两代人，也深深地影响了玉西布早村这个普通牧业村无数的学生和家长们。新的生活就像那阵雨扫过的草原，一片青翠，欣欣向荣。

雅森·吐尔迪和他的"家庭奖学金"

    雅森·吐尔迪的孙子、孙女们都已经放暑假了。这几天他开始忙着给儿子、女儿打电话，让他们把孙子、孙女们这个学期的成绩单和各种获奖证书报给他，他准备召开家庭会议，颁发这个学期的"家庭奖学金"。

    今年73岁的雅森·吐尔迪是新疆乌鲁木齐米东区西路街道办事处八方社区的一名退休老干部，老伴吐拉汗·吐尔迪是古牧地镇东风供销社的退休工人。雅森·吐尔迪共有6个儿女，9个孙子，除了小儿子去年患病去世外，其他几个子女都在他的严格教育下，在各自的工作和生活中勤勉努力。

    雅森·吐尔迪和他的老伴用退休金和出租房屋的收入，设立了"家庭奖学金"，奖励在学习上取得好成绩，在民族团结上获得荣誉，品学兼优的孙子们。雅森·吐尔迪的9个孙子孙女每个新学年开学前都会收到爷爷奶奶颁发的金额不等的"奖学金"，从2003年开始已经整整十年，从没间断过。老人说，这是为了激励孙子们好学上进学有所成，争做民族团结的模范，争做对社会有用的人。街坊邻居、亲朋好友都夸雅森·吐尔迪夫妇是有远见的人，"家庭奖学金"设得值。

雅森·吐尔迪的孙子阿布力克木·阿克普说："从上初中开始，爷爷每年都给我们发'奖学金'，上初中是 1000 元，考上高中是 2000 元，考上大学是 5000 元，能评上'三好学生'和其他荣誉的还有额外的奖励。这些钱我们一般都会用到和学习有关的方面，有时也会拿去帮助家庭困难的同学。"

已经预科一年，2013 年 9 月初就要去苏州大学上大一的大孙女阿丽娅·阿克夫说："从小我学习不是太好，在爷爷的教导鼓励下，我慢慢找到了学习的窍门，成绩也慢慢上去了，最终我考上了自己心仪的大学，学习自己喜欢的专业，爷爷是我的恩师。"

才从深圳回来的雅理坤江·雅克夫是雅森·吐尔迪的四孙子，去年以优异的成绩考上了深圳的内高班。他说："从小我就看着哥哥姐姐从爷爷手中拿到'奖学金'，我非常羡慕。爷爷告诉我，要想拿'奖学金'，不但要成绩好，还要和其他少数民族的小朋友把关系搞好才可以。爷爷的话小时候我还不太懂，慢慢我长大了，才明白其中的深意。去年到深圳上学前，爷爷特意叮嘱我，深圳是一个国际化大城市，要好好珍惜出去学习的机会，把我们新疆美的一面展示出去。"

雅森·吐尔迪最小的孙子叫艾则孜·艾布孜力，今年才 6 岁，正在昌吉市上双语幼儿园。他的汉语说得很流利，唐诗、儿歌能一口气背几十首。

雅森·吐尔迪的老伴吐拉汗·吐尔迪说："老伴平时花钱很节俭，一件成衣洗得发白了都舍不得扔，可是孙子们的'奖学金'却从来没少过，很重视孙子们的智力投资。当我要给他买衣服时，他总是说衣服有穿的就行了。"

雅森·吐尔迪谈起"家庭奖学金"时说，有的老人经常会给孩子们压岁钱啊零花钱的，其实算算，每年也不少，但这些钱能给孩子们带来什么呢？我给孙子孙女颁发"奖学金"，就是通过这种方式激励他们，从小就成为一个有远大理想抱负、爱国爱疆的人；同时也要让他们珍惜，每一分钱都来之不易，要把钱用在刀刃上，正确看待金钱。

山村邮递员

　　3 月的乌鲁木齐市米东区哈熊沟冰雪消融，天山下的草场开始复苏，柏杨河哈萨克民族乡的农牧民开始忙碌了。这个季节，作为专门为农牧民派送报纸邮件的山村邮递员赛力克哈孜比以往更忙了，除了日常的邮件派送外，他还要不断地给不懂汉语的农牧民送报念报，把党的精神带给大家伙儿。

　　20 世纪 70 年代，19 岁的赛力克哈孜初中刚毕业，当时的米泉铁厂沟邮电所就看上了这位身强力壮又有文化的年轻小伙，并聘他为山村邮递员。

　　赛力克哈孜所在的柏杨河哈萨克民族乡，是米东区最偏远的一个民族乡，全乡有 15 个自然村 1000 多户牧民。最远的村距县城 50 多公里。赛力克哈孜所负责的 6 条邮路又都在大山深处，不但路难走，而且投递户十分分散。投递到点只需五六处，可投递到户就有可能五六十处了，远的要走几十公里路。

　　在赛力克哈孜的家里，记者见到了他的妻子爱扎。说起赛力克哈孜，爱扎告诉我们，嫁给他不后悔，她看上的就是赛力克哈孜对工作的执着和热情。

　　已经 55 岁的赛力克哈孜到了退休的年纪，孩子们也一直想接他们老两口去城里享清福，但是，赛力克哈孜告诉记者，现在让他担心的是：一旦他离开，在这里一下子很难找到合适的邮递人了。对于这片大山，他已经熟门熟路，牧民们需要他，他也舍不得丢下这份倾注三十多年心血的邮递工作。

　　柏杨河乡的哈萨克族牧民在每年夏季都到哈熊沟夏牧场，每年的 9 月之后就分别迁移到柏杨河乡的六个村落的冬窝子。所以，赛力克哈孜的邮路也随着季节的变化而变化着。

　　2006 年 7 月，一场五十年罕见的特大暴雨瞬间侵袭了博格达峰下的哈熊沟，山洪肆虐，所有的人都被困在了这场无情的暴雨中……而此刻，赛力克哈孜也被围困在这里，让他着急的是，他邮包里还装着几份没有送达的邮件，他的身影在暴雨里时隐时现。那一天两夜，妻子爱扎没合一下眼。

　　每年的 8 月，对于赛力克哈孜来说，是最忙碌的时候，也是肩上担子最重的时候。因为又到了高校发放录取通知书的日子了。为了使住在大山深处的牧民孩子尽快知道这件喜讯，赛力克哈孜常常连夜翻山越岭，他深知那份红色的邮件对普通牧民家所具有的意义。现在已经上大学的学生麦里哈尔告诉记者，赛力克哈孜把录取通知书送到他家的那天外面还下着大雨，山路很难走，当时已经是晚上了，本想让他在家吃个饭歇一歇，但赛力克哈孜拒绝后又匆匆给别人送邮件去了。

　　有人计算过：赛力克哈孜在他几十年来的邮递员工作中，所走过的总路程有 12980 公里，而且这里全是山路，骑的马换了就不下 20 匹。

　　几十年如一日，赛力克哈孜将邮递工作做得有声有色。一条条邮路给牧民架起了一座座连接外面世界的桥梁。尽管山高水长，时常还风雪弥漫，但在山村邮递员赛力克哈孜的风雨跋涉中，他的心中始终有一片灿烂的山花。

女子打工队

　　4月8日一大早，乌鲁木齐市米东区十二户西村的一块田地边，近百个女工身穿红色统一服装，头上裹着头巾，弯腰低头帮种芹菜，她们一个个眼疾手快，动作麻利。"这帮女的，真能干！"看着她们在地里干活，路过的农民纷纷说道。

　　这些帮种能手正是来自米东区长山子镇湖南村的女子打工队，二十多年来，她们走村串户，走南闯北，春帮种、秋助收，四季忙碌。可谁能想到，这支女子打工队的领头人，竟然是位年过半百的张大妈。

　　今年58岁的张金莲不到10岁就失去了双亲，她是跟着大伯长大的，从小没进过学堂，斗大的字不识几个。二十多年前，张金莲上有生病卧床的公婆，下有三个嗷嗷待哺的孩子，光凭丈夫一个人的打拼远远不能维持生计。农忙时先忙着自己家地里的活，给缺劳力种田多的人帮着干活贴补家用，几个要好的姐妹还害怕别人说闲话，只能偷偷摸摸，像做贼似的。

　　张金莲带领的女子打工队，是从春季帮人插秧开始起步的。从湖南村插到羊毛工镇、三道坝镇，继而插到了五家渠、昌吉、呼图壁等地。

从春天插秧到夏天农作物的田间管理，秋天收葵花、收萝卜、收西瓜、收稻子、打场，到冬天打草帘子、搓草绳、搞养殖。无论是粗活细活，也不管钱多钱少，张金莲带领众姐妹只要能干的都干，从不挑肥拣瘦，因而赢得了客户的信任，工钱也由先前的每天12元涨到了现在的60—70元，一年下来最多的能拿七八千元。

现在，一有农活帮种，张大妈就给姐妹们打电话通知，第二天天不亮就会有几十个甚至上百个大姑娘、小媳妇集中在张金莲的身旁。既有本村的，也有附近高家湖、黑水、土梁等十来个村的。最多的时候，三辆解放牌大敞车拉了100多人，那场面真叫壮观。雇主发的钱得数好一阵子，在人们的心里，张金莲简直是一位一呼百应的女将军。

插秧是体力活，也是技术活，这些只露两只眼睛的女人，干起活来从不惜力，只是担心把脸给晒黑了，因为有的还正谈婚论嫁呢！

中午休息时，大家伙儿坐在田埂地头，吃着从自家带的干粮，聊着大天自娱自乐，张金莲和她的姐妹们觉得，这是她们的快乐时光。

有时老板拖欠工钱，张金莲总是千方百计先将钱垫上。她觉得姐妹们跟着自己干了一天活两手空空，心里过意不去。

虽然张金莲是女子打工队的领头人，但是所得到的报酬和姐妹们从来都是一样的，有时甚至还没有姐妹们的多。因为她要管不少闲事，浪费不少时间。一到农忙，她家的话费就有400—500元钱，但她从没向人提起过。

人又不是铁打的，更何况是上有老下有小的女人。张金莲有时累得也会想撂担子不干了，她也曾矛盾过、犹豫过。但是，一想到那么信任自己的姐妹，张金莲就放不下啦。

张金莲怎样对自己就怎样对别人，也要求家人像自己一样对待别人，两个儿子从小就跟着母亲到别人家送干活的钱，有时一送就是大半夜，不送完，张金莲就睡不着觉。母亲是孩子最好的老师。在孩子的眼里，张金莲经常是顾不上吃饭的，更顾不上做饭，手里拿着干馍边走边

吃，风风火火的样子。

　　女子打工队由开始的六七个人增加到现在的一百来号人。仅湖南村就有 30 多名妇女常年跟张金莲打工。这些女人过去在家中只跟锅碗瓢盆打交道，自从跟了张金莲，打工的妇女们在家中的地位发生了变化，丈夫知道疼她们了，公婆的目光也不再挑剔了，家庭更和睦，邻里更和谐了。

　　二十多载的风霜雪雨，二十多载的酸甜苦辣，女子打工队在张金莲的指挥下，演绎出了一部和睦和谐致富奔小康的大戏。

甜蜜的事业

　　走在乌鲁木齐米东区芦草沟的乡间小路上，满眼苍翠，向日葵、野山花一眼望不到边。潺潺的渠水边，一顶灰色的小帐篷，两排浅色杉木箱，与繁花掩映、绿树环抱的农家田园观浑然一体。这是休闲避暑的农家乐吗？走近了才发现，是养蜂人陈向甫的住所。

　　今年53岁的陈向甫，家住米东区东路街道振兴社区，16岁时就跟着父亲在老家养蜂。1988年，他带着家人来到乌鲁木齐米东区。刚来的几年，他种地、经商、办企业，什么都干过，但养蜂做蜂蜜一直是他埋藏心底的"甜蜜"梦想。1998年，陈向甫买了3罐蜜蜂，开始了他一直梦想的"甜蜜"事业。"从小就跟蜜蜂结下了不解之缘，每天看着蜜蜂辛勤地飞来飞去，为人们酿造了甘甜的蜜，心里有说不出来的畅快。"陈向甫说。

　　陈向甫告诉笔者，他养的是一种东北黑蜂，这种蜜蜂耐寒，不怕光，虽然样子吓人，可性情温和，你不碰它不会被蜇的。蜂王产卵性强，蜜蜂善于采集流蜜量大的蜜源。而芦草沟乡的环境好，特别适合蜜蜂采蜜。蜜蜂的活动范围是方圆5公里，无论什么时候飞出去，都能返

回，而且蜜的质量也好。"蜜蜂其实是很温顺的，它们不会攻击人。再一个就是蜜蜂的生命很短暂，生命才几十天时间，它们在这个短暂的生命时期为人类创造了甜蜜和财富。"

陈向甫的蜜蜂现在已经有250多箱，每天，这些蜂箱像大雁翅膀一样排开，数不清的蜜蜂或调皮地钻入钻出，或飞旋在周围嗡嗡起舞。正说着，陈向甫动作熟练地打开蜂箱，麻利地抽出一张巢框，小心翼翼地吹开密密麻麻的蜜蜂。

陈向甫说，每隔一周，就要打开蜂箱查看蜂蜜是否成熟，每个蜂箱中有两三万只蜜蜂，一个月可以酿出500多公斤蜂蜜。蜂蜜是纯天然的，取蜂蜜还是纯手工活，只有刷蜂、摇蜜、过滤三个步骤。多年来，陈向甫就像蜜蜂追逐鲜花一样，起早摸黑地追赶着花期。

附近村民蒋国新说："陈向甫在这里有十二三年了，前两年在外面包地把蜜蜂带走过一次。蜜蜂走后，我们这里的油葵产量只能达到70%；蜜蜂回来后，我们油葵产量可达100%。因为蜜蜂到处传花粉，可以增加产量，给我们创造了财富。"

正说着，几名专程来买蜜的顾客上门了。妻子刘巧就是这些蜂蜜的销售总经理，她说，做生意不光要热情还要诚信，要耐心地向顾客介绍真假蜂蜜和蜂蜜优劣的知识。"这是百花蜜，扯丝的。这是葵花蜜，不渗透卫生纸，滴一滴也不外渗。"刘巧耐心地向客人介绍着。

陈向甫接过话茬说，好蜂蜜带有自然花香，搁到手里是绵绵的光光的细腻的，要是假蜂蜜就有涩手的感觉，搁到手里头像带有沙子一样。

刘巧眼中的陈向甫，一年大部分时间都像蜜蜂一样"飞来飞去"，一到花开时节，嗡嗡欢唱的小蜜蜂与他形影不离。现在他们的三个孩子都读完了学业，找到了工作，孩子们有空也会来帮助他们。

陈向甫说，其实养蜂场就是个临时场所，养蜂人一辈子都在追花夺蜜，哪里有花，哪里便是家。

军军当家

军军今天是第二次去阜康市阜北农场了，他还是为了新建一个大型养殖场的事。养殖的规模越来越大，要干的事越来越多，他恨不得有分身术。

军军是他的乳名，他的大名叫马奋军。这位回族后生虽然才过而立之年，但从父亲手上接过大旗当家做主，扳着手指一算也有十几个年头了。可左邻右舍的老老少少仍喊他的乳名，儿子再大在父母眼里仍然是个孩子，乡亲们也觉得还是乳名喊起来顺口亲切。

在阜北农场新建一个养殖场的事敲定了，马奋军决定在米东（乌鲁木齐市米东区。以下简称"米东"）再找块地方做长途贩运，把养殖业做大做强。

马奋军从小生长在米东区古独地镇园艺村，这是离城市最近的一个村子。1985年初中刚刚毕业的马奋军看到父母一年到头起早贪黑，在几亩地里劳作还挣不上几个钱，他想自己村离城这么近，为什么不能摆上个肉摊子，这兴许也能挣上钱，马奋军从此拿起了秤，成了一名小商人。

马奋军不满足于仅仅当一名肉贩子，他边卖肉边留意市场行情。细心的他发现每年春夏之交牛羊肉紧俏，价格很高。他从一位朋友那里得

知，伊犁等地农牧民饲养的牛很多，可当地的市场有限，销售价格很低，而米东靠近乌鲁木齐，牛羊肉价格一直不错，如果把伊犁的牛羊贩到米东，进行育肥，在出栏淡季销售，一定能挣大钱。

马奋军几经思量，决定搞牛羊长途贩运，异地育肥。他把想法告诉了父母，父母都是土里刨食的庄稼人，一听认为风险太大，不同意，但是马奋军认准的理，一点也不肯改变。最终，老实巴交的父母同意让马奋军去试试。

1993 年春，马奋军怀揣着全家人从牙缝里省下的 8000 元钱，第一次出远门，从伊犁买回了 50 头肉牛。经过育肥出售后，他一下赚了 35 万多元。牛刀小试，马奋军兴奋不已，由此开始了一次次的自我挑战、自我超越，实现着自己心中的梦想。

父亲看到儿子也已长大成人，自己的老思想也跟不上形势，就召开了一个家庭会，把家里的财政大权交给了儿子。

地处乌奎（乌鲁木齐—奎屯）高速公路、吐乌大（吐鲁番—乌鲁木齐—大黄山）高速公路和 216 国道交汇处黄金地带的通汇活畜交易市场，在全疆是最大的，它不仅吸引了天山南北的客户，而且还汇集了众多来自北京、河北、内蒙古、陕西、四川、甘肃等省市的商家，鄂尔多斯、恒源祥等耳熟能详的商号在这儿随处可见，它为马奋军提供了一个施展自己才能的舞台。

在这些老谋深算的大户面前，马奋军显得还有些稚嫩，但这里的任何人对军军绝不敢小看，马奋军每个交易日上市羊 1000 只、牛 100 头、屠宰羊 1000 只、屠宰牛 100 头，他在这个这么大的交易市场始终坐着老大的位子，具备了和这些腰缠万贯大户抗衡的资本。

马奋军一开始也对他们开口一个"马老板"闭口一个"马老板"不大适应，慢慢也就习惯了，但他自己心里觉得他离"老板"两字还有段不小的距离。

两手放在袖筒比画着，交易在秘密中进行，价钱你知我知，虽然这

祖上留下来的规矩还在延续，但做交易人的思想观点却早已发生了质的变化。在马奋军身上体现得更多的是当代年轻人的思想和追求。

风霜雷雨，摸爬滚打，马奋军的牛羊育肥经也越念越精，脑子越来越灵，他一看羊就能估出育肥后宰杀能出多少斤肉，一摸牛就能精确地说出牛的体重。

1995 年，来来市场牛肉价格不断下跌，马奋军这时牛的存栏数很大，如果将牛卖出，他将赔一大笔钱，他暗暗告诫自己，这个时候一定要沉住气，等待时机，同时也在四处打探消息。在得知塔城牛羊肉价格较好的消息后，他立即转向塔城市场，在其他养殖户醒悟过来，奔向塔城时，他已经稳稳地把钱赚回来了。

2002 年初，来来市场的牛肉价格不稳定，上半年他出栏 1400 头牛、3000 只羊，亏了 40 多万元。全家老少都为他捏了一把汗，心都提到嗓子眼，这时，他又果断收牛育肥，耐心等待，直到市场价格回升后，他才出售，一举扭亏为盈。

马奋军凭着自己灵活多变的营销手段和敏锐地捕捉市场信息的能力，一次次在市场经济大潮中化险为夷，一步步走向成功。

让父母感到欣慰的是军军家业越做越大，家底越来越殷实，比父辈强多了。但让父母感到不安的是，军军的野心太大，好像永不满足，他们担心累着儿子。

去冬今春，米泉区各市场的牛羊肉价格同比每公斤降低了 1.5 元左右。这是来来市场马奋军农民经纪人与阿勒泰市切木尔切克乡牧民喜结"良缘"的结果。

阿勒泰切木尔切克乡是畜牧业大乡，牛羊年出栏数达 5.4 万多头（只），但销路不畅，这使当地牧民愁肠百结。去年末又遭遇雪灾，一些牧畜死亡，这更让牧民们发愁。马奋军赴阿勒泰市长途贩运时获取了这一信息，返回后把这一信息传递给当地的农民兄弟们，很快，米东区长山子镇和羊毛工镇的 75 户回、汉族农民经纪人赴阿勒泰市与切木尔

切克乡的 1000 多户牧民结上了"亲"。

去冬以来，马奋军和米泉区农民经纪人，已陆续将阿勒泰市切木尔切克乡牧民价值 182 余万元的 5200 多只羊、价值 126 余万元的 700 多头牛长途跋运到米东新区、昌吉市、阜康市等地市场，为切木尔切克乡哈萨克牧民解了忧。

摸爬滚打，马奋军从一个乳臭未干的毛头男孩，成长为一个敢说敢做敢想敢干的男子汉，成了家里的顶梁柱。

长山子梁过去是米泉有名的荒山土包，马奋军却看中了这块地。经过多次协调，马奋军在这儿建起了自己养殖业的大本营，他请来了新疆农业大学化学系的老教授给他当顾问，请在校的大学生来这儿实习。他的养殖规模更大了，管理也开始走向规范化，浓浓的科技气息扑面而来。

目前，马奋军已拥有 5 个牛羊育肥场，占地 150 多亩，其中圈舍面积 3 万多平方米，年存栏牛 10000 多头、羊 60000 多只，年出栏牛羊 10 万多头（只）。

当家才知柴米贵，经过多年的育肥实践，马奋军摸索出了一套独特的牛羊饲喂办法，他根据市场饲料品种从中筛选出适合本地牛羊科学饲养的饲料，运用青贮饲料、选精后清，草料混喂，把整个牛羊育肥分成三个阶段，第一阶段为预饲期，第二阶段为稳赚期，第三阶段为催肥期，每个阶段又配制不同的饲料喂养，使每头牛日均增重 700—1200 克，每只羊日增重 250—380 克，料肉比达到了目前我们国家中上等水平，受到专家的高度称赞。

仅仅是拉运、育肥、贩卖，马奋军觉得还不够，收益还没达到最大化，他已多次来到乌洽会，寻找商机，谋求产品的深加工。不仅要有大规模的养殖场，更要有现代化的漂亮的工厂。

军军的乳名还在乡里乡亲、街坊邻居的嘴上挂着，但在他们的心中军军不仅早已是一个顶天立地的男子汉，而且还是个心里装着大伙儿，带他们走南闯北的领军人物。

嗬，刀郎

　　"2002年的第一场雪乡……"那粗犷豪放略带沙哑的歌声，从西北边陲乌鲁木齐的二道桥山西巷飘出，从二路公共汽车八楼站飘出。让人没有想到的是，在很短的时间，这支歌迅速红遍长城内外，红遍大江南北。这首歌的主唱"刀郎"，这个有着浓郁新疆地域特色的名字，竟是位来自天府之国四川成都的帅小伙。

　　这位艺名叫"刀郎"的歌手名叫罗林，1971年出生于四川成都。他从小受音乐的熏陶，5岁时开始弹琴，12岁时学作曲，1990年就读于四川音乐学院作曲系。

　　在刀郎的青少年时代，父亲收藏的老式胶木唱片中的《草原之夜》《阿瓦尔古丽》等新疆民歌一直是他的最爱，他反反复复不知听了多少遍。

　　也许是打小从父亲那里耳濡目染的新疆音乐情结，也许是对神秘新疆的向往，也许是对爱情的执着追求，大学一毕业刀郎最终选择了新疆，选择了让他从小魂牵梦绕的那片土地，他带了点简单的行装，踏上了一列西去的火车。

在一次演出之前，我采访了刀郎。个子不高、细皮嫩肉的刀郎站在我面前，犹如邻家的小男孩，多少还有些腼腆，和他在舞台上的奔放洒脱完全两样。他说："当时来新疆也没有打算做新疆音乐，只是过来看一下。以前对新疆的音乐并没有太多的感觉，只是听过那几首家喻户晓的老歌。过来以后跟我想的完全不一样，确实不一样。直到后面慢慢地深入地接触以后，才觉得它可挖掘的东西实在太多了，完全是一座绚丽多姿的音乐宝藏。"

新疆多姿多彩的民族风情，新疆美轮美奂的塞外风光，撩拨着刀郎那沙哑纯朴的嗓音。

此时的刀郎，控制不住内心的冲动，毅然决定继续自己的音乐梦想，他与别人合作成立了当时新疆第一家面向社会的商业音乐工作室——西北音乐工作室，从事自己喜爱的音乐创作。

刀郎坦言这有两方面的原因：

一是这边的商业音乐少，当时想做一些商业音乐，类似于一些广告音乐。

二是为了生存，一年后刀郎的音乐工作室转型从事广告音乐创作。首府市民熟悉的"麦趣尔""华美都"等新疆知名品牌的广告音乐都出自刀郎之手。

但刀郎始终没有放弃自己对原创音乐的追求，他遍访名师学习新疆民族乐器艾捷克、弹拨尔等，通过孜孜不倦的追求，他熟练地掌握了多种新疆民族乐器。

刀郎说："我来新疆八年多，我觉得我从踏上这个土地开始一直在为新疆的原创音乐而努力。"

甜蜜的爱情，美好的生活，酷爱的事业，激励着刀郎的不懈追求。刀郎的创作热情像吐鲁番夏季的火焰山一样滚烫，像波涛汹涌的塔里木河一样奔腾。

2000年，刀郎以独立制作人的身份，制作了民歌专辑《走进新

疆》，原创专辑《麦趣尔之恋》。

2001年，他与新疆德威龙音像公司合作推出器乐专辑《丝路乐魂》《丝路乐韵》。

刀郎说："我觉得让它好听，一定要生活。一个成熟的音乐人，不要被一些所谓的技巧或者一些风格所局限。我们现在一些东西很时尚，比如说R&B，是不是一定要做R&B，其实有时候，你仔细看一下，他们的受众群体很窄。其实，有时候你听一些民歌，甚至有些民歌它们编曲有些很一般，但是它让很多人喜欢了，触动了，为什么呢？它就有它的原因在里面，我觉得最重要的是一定要好听，要有生活。"

2003年，刀郎的音乐事业慢慢进入佳境，他主唱兼制作的《西域情歌》，唱火了天山南北。

2004年，刀郎开始活跃在全国各大综艺晚会上，他的名字，被全国的歌迷慢慢地熟悉。

《吐鲁番的葡萄熟了》，刀郎将民族乐器与电子器乐巧妙结合，艾捷克与贝斯配合得天衣无缝。

《怀念战友》，弹拨尔与慢摇滚鼓点的美妙节奏结合得恰到好处。

一不留神，刀郎的《西域情歌》的成功发行创造了新疆音乐史上的一个奇迹。它源自刀郎在新疆八年的音乐探索，源自刀郎在新疆八年的音乐追求，源自刀郎对新疆民族音乐的热爱。

刀郎说："创新是个十分辛苦的劳动，要靠一天一天的积累。就像种田种地一样，付出了多少劳动，就有多少收获。我今天这个样子，和付出是等值的，我并没有半点欣喜若狂，真的没有，觉得应该就是这样。成就感有，就是觉得自己没有走错路。"

2004年1月，刀郎的新专辑《刀郎》悄然登场，没有炒作，没有包装，犹如乌鲁木齐每年如期而至的第一场冬雪，飘飘洒洒，朴素无华。但就在这悄无声息中，这歌声犹如送走冬雪的声声春雷，激荡着新疆原创流行音乐的春天，激荡着广大歌迷心中的春天。

新专辑的主打歌《2002 年的第一场雪》，2004 年在"雪碧"杯中国原创音乐排行榜中一路飙升。业内人士称呼：流行音乐进入了一个名叫刀郎的时代。

刀郎说："这个不应该说是我个人的名字，这个应该是属于这个声音的名字，而这个声音不仅仅是我自己演唱的声音，这个可能是新疆的声音，是一种新疆新一代原创音乐人的声音。"

无论怎样，耳熟能详的《2002 年的第一场雪》在全国歌迷的心中响起一个共同的声音：嘀，来自新疆的刀郎。

一片乡心千里月

2017 年 1 月 29 日，农历正月初二（星期天），悉尼时间 18 点整，唐人街海港城辛香汇悉尼分店大门口一尊石狮子的边上，身着黑色镂空连衣裙，肩挂红色小包，很有英伦风范的刘敏同学走下台阶，伸出玉手，和我的手紧紧地握在了一起。这次，是跨越南北两个半球的两位老同乡的手握在了一起，是时隔近四十年后两位在阿拉尔长大的 1978 届同学的手握在了一起。

此次难得的澳大利亚之行，为尽可能多转转多看看，我们特意选在国际大都市悉尼过春节。一是因为这里华人多，中国人过年图个热闹，二是因为王华琼老师和刘敏同学在这里，所以把这次旅行的压轴大戏放在了这里。

出国探亲旅游毕竟不是一张银联卡、一张身份证就能成行的。澳大利亚之行，因为要办签证和请假等手续，早在两三个月前就开始张罗这件事了，其中也包括给王老师和刘敏同学带什么样的礼物。本来准备给老师和同学带阿拉尔的红枣和核桃之类的特产，但这类东西过不了海关，后来就选择便于通关又有中国特色的茶叶。为此，我专门请福建的

老朋友帮助购买邮寄了味道浓郁的铁观音。在打包收拾行李时，我没忘带上一本《深情回眸》。书中还收有我写刘敏同学的单篇文章。

同样远在澳大利亚的刘敏同学，对我这次远行也十分关注，多次询问具体的时间，"有什么需要帮助的，千万不要客气"，同乡同学之情溢于言表。根据行程和刘敏同学的时间，我们把相聚的时间定在了星期天的晚上，因为在澳大利亚的华人，春节是不放假的。为了做好接待工作，刘敏同学通过微信事先征求我们的意见，想吃些什么。当得知我们想吃中餐时，她专程到市中心的唐人街海港城，找到了一家新开的专做川菜的辛香汇悉尼分店。更令人感动的是，为了保证饭菜地道可口，她专门先去品尝了一下并预订了桌子。1月12日，我们先到南澳的阿德莱德，走出机场后，给刘敏同学发了一个动态。刘敏回复说："带了这么多的箱子呀，从发达国家来到澳村，确实是要多带些东西。"一如她在微群里的幽默和风趣，高智商的人都是这样。华人在澳大利亚自称属于澳村，其中有自谦的成分，但更多的饱含了对日益强大的祖国发自内心的自豪感。是的，当代的中国，在地球村再没有任何人敢忽略和小视，在澳大利亚任何旅游景点，都有中文繁体字和简化字版介绍，各大酒店也是如此。

悉尼的华人有几十万之众，走上街头，你随时能看到熟悉的肤色和似曾相识的面庞，随处能听到亲切的乡音。第一次在国外过春节，第一次夏天过春节，还是感觉挺特别的。悉尼街头人头攒动，一派喜气洋洋的景象，久居海外的刘敏同学肯定已经很适应了，但对于我来说，一切都是那么新奇。悉尼华人多，但中餐馆有限，特别是在唐人街，又赶上过春节。虽然已经订好了桌子，但王华琼老师还是提前半小时来到了餐馆。餐馆里呼朋引伴满实满载的，我还是一眼就认出了王华琼老师。刘敏同学在群里曾多次发过王老师在悉尼参加活动的近照，在我的脑海里留下了深刻的印象。王老师身穿湖蓝色短袖上衣、白色的裙子，乌黑卷曲的头发，清瘦，但精气神十足，呼唤服务生添茶倒水，点菜加菜，忙个不停。和王老师交谈，你既不用凑近耳语，也不用提高分贝，老人家

今年七十有九，耳不聋眼不花，令人佩服。在王老师面前，刘敏倒像个乖乖女了。王老师虽然没有教过我，但我在九团一中读书时，在校园常见她老人家，她那时是教务主任吧，不时能看到她忙碌的身影。没想到再次相见是四十年后，还是在异国他乡，大家都欣喜不已。在交谈中，王老师和刘同学关切地询问了当年一些老师和同学们的近况，我尽我所知一一做了回答。言谈中她们都表达了对新疆、对家乡阿拉尔的关注和向往之情，心情很容易理解，彼此心有灵犀。

正宗的川菜非常可口，我们一家三口大快朵颐。刘敏同学又邀请我们去喝咖啡，带我们去看中国红。刘敏同学在海外的打拼，是改革开放以来，中国人走出国门拼搏奋斗历程的一个缩影。每个人的一生都不容易，背井离乡的人更是如此。可喜的是刘敏他们在海外站稳了脚跟，开辟了一片属于自己的新天地，而他们身后的祖国也更加繁荣昌盛，他们的腰板可以挺得更直了，对未来信心更足了。

从酒店出来，夕阳的余晖渐渐暗淡，东边一轮小船一样的月牙儿已悄然升起，挂在楼宇的顶梢。观灯展，是中国欢度春节的传统项目。澳大利亚最重要的地标式建筑悉尼歌剧院的外观特意变成了象征着热闹红火和吉祥幸福的中国红色，披上了节日盛装，标志性的贝壳或帆红彤彤的，如火似霞，灿烂夺目，煞是好看。不远处的港湾里，憨态可掬、造型逼真的吉祥物卡通大熊猫和考拉手牵着手，随风荡漾，喜迎众多游客驻足观看。欢笑声、赞叹声、议论声、喧闹声，回荡在悉尼上空。当天，正值2017年中澳旅游年开幕，巨大的十二生肖的卡通造型，分布在港湾大桥的两岸，映入眼帘的全是古色古香的中国元素，引来无数游人的围观拍照留念。魔幻彩灯的视觉盛宴，灯影里的中国梦，十足的中国味，让人还以为回到了东方，穿越到了亲切熟悉的中国故乡，恍惚感到这是在国内的某个大城市的景区，根本不是在海外，不是在遥远的南半球。

谢谢王老师，谢谢刘敏同学！

中国年，中国味，中国红，一片乡心千里月。

"阿拉"为阿拉尔加油

中英电视台财经频道的《魅力中国城》节目首轮竞演已全部结束，今年以来，从盛夏开始到目前入秋，每周五晚上黄金时段分别有两座城市同台亮相，成对竞演，通过演讲、歌舞表演、美食品尝、评委投票、场上和场下观众投票等诸多环节，让全国电视观众了解这些城市的特色。首轮是新疆阿拉尔市和江西省上饶市的同台竞演比拼，一个是铮铮铁骨的边疆堡垒，一个是书声琅琅的文人雅地，较量之下，阿拉尔市这颗塔克拉玛干大沙漠边缘的瀚海明珠在首轮竞演中给全国观众留下了深刻印象，也展现了这座军垦新市的魅力，散发着璀璨的迷人光彩。

中央电视台财经频道的《魅力中国城》节目，无疑是当下最火爆的节目之一，就像一部跌宕起伏、扣人心弦的长篇电视连续剧，一集比一集紧张，一集比一集精彩，赢得了疆内外万众的目光，全国观众在观看后反响热烈。台上台下，银屏内外，饱含并流淌着观众对自己家乡的感动、热爱、自豪、激动与骄傲之情。大家通过各种形式表达出对家乡的喜爱，特别是投票这一环节，牵动着无数人的心。阿拉尔市在第一轮旗开得胜，突出重围，胜利挺进《魅力中国城》16强，这是新疆入围的唯一一座城市。我作为从家乡阿拉尔走出的学子，不仅每周关注这档节目，而且每天都不忘把投票链接发到朋友圈的微信群，不仅自己投票，还鼓动亲朋好友和网友，为阿拉尔投上宝贵的一票。

中央电视台《魅力中国城》的评选，在这支为阿拉尔投票、加油、喝彩、鼓掌的大军中，有一支特别的队伍引起了我的注意，也引来了大家的瞩目，这就是当年在农一师，在阿拉尔曾经工作生活过的"阿拉"上海知青们。他们不远万里、不遗余力，一浪高过一浪的加油声，越过千山万水，回荡在黄埔江畔，回荡在塔里木河畔，回荡在大家的心中。这就如上海震旦职业技术学院文学院缪新亚教授所言：在上海话中，"阿拉"是我，文言文中，"尔"是你，当方言遇上文言文，神奇的一幕出现了，"阿拉尔"就是我和你，这个解读是多么精彩！我和你，手拉手，心连心，一起为阿拉尔投票，为阿拉尔在《魅力中国城》的评选中，取得最终的胜利呐喊加油，增光添彩。缪老师的话道出了当年千万位退休后回到大都市上海知青的心声，也说出了我们这些"疆二代"的心声，道出了全疆人民的心声。我们生长在南疆的塔里木河畔，从小到大教我们的老师大都是上海知青，我们是沐浴着海派文化的雨露成长起来的，在过去，也包括现在，我们这些喝塔里木河水长大的人，也总喜欢把"阿拉"两个字挂在嘴边。

谁都知道，上海知青和农一师、和阿拉尔有不解之缘，这好像是那一代人命中注定的一场人生邂逅，无论是冬还是夏，是苦和甜，都是人生的一种经历，是生命的一种历练。20世纪50年代末60年代初，10万名上海知青一路浩浩荡荡，经扬州、郑州、兰州，过秦岭、祁连山、天山。从东海之滨的繁华大上海，来到了西部边陲的新疆，其中就有近一半的上海知青，来到了塔里木河畔的农一师垦区，来到散落在阿拉尔四周的各个团场。在这里，他们生根、发芽、开枝、散叶、结果；在这里，他们付出了殷殷心血，洒下了滴滴汗水，奉献了美好的青春，甚至宝贵的生命。这里的沙漠戈壁塑造了他们的人生品格，这里的红柳胡杨

烙下了他们生命的底色。他们和阿拉尔，阿拉尔和他们，他们和我们，我们和他们，已经成了一个整体，不可分割。

20 世纪六七十年代，阿拉尔还是一个戈壁荒原上名不见经传、百废待兴的小镇，塔里木农垦大学、塔管处、农一师九团团部等少有的几个单位，散落在塔里木河北岸，窄窄的公路两边到处浮尘飞扬，路边仅有几家饭店或商铺。说实话，当时说是一个小镇，都有些高看和夸张。可是谁能想到，不到半个世纪，这里就崛起了一座闻名遐迩的新兴城市，在"一带一路"和稳疆固疆的伟大战略中，具有重要的地位，不可或缺。在这次《魅力中国城》的评选活动中，许多城市都被阿拉尔市远远地甩在了后面，这不得不说是一个破天荒的奇迹！这是阿拉尔几代军垦人的骄傲，也是曾为之挥洒汗水和贡献全部青春的上海知青的骄傲，也是新疆人的骄傲！

当年的上海知青，如今他们大都已年过七旬，他们曾经为之艰苦奋斗的不毛之地、万古荒原，如今依靠这里的水土光热资源，创造了戈壁滩上的万顷优质棉田和特色红枣产地，已变成一片丰盈葱茏的绿洲，一座生机勃勃的崭新城市，在中央电视台的大舞台上，如此辉煌灿烂地矗立在世人面前，他们怎么能不为之欢呼雀跃？他们怎么能不感慨万千老泪纵横？他们怎么能不怀着一颗激动的心，用颤抖的手拿起手机，戴上花镜，哆哆嗦嗦地按照一步步的提示为阿拉尔投上自己庄重的一票呢？

现定居上海的《边疆往事》栏目的摄制组组长、编导何百成，原是阿拉尔电视台的台长，退休后他不忘初心，重操旧业，放不下手中的摄像机，离不开编辑室，继续宣传新疆，宣传边疆红色军垦事业，宣传故乡阿拉尔，宣传这里难忘的所有事。我和何百成应该是在 20 世纪 90 年代初认识的，记得有一年新疆电视台召开一年一度的通联会，会议报到后，我翻阅通讯录，"阿拉尔电视台"几个字映入我眼帘，我心中一阵惊喜，因为这是我家乡的电视台。我按照通讯录中的地址找到何百成下榻的房间。何百成个子不高，人长得精瘦，眼睛很有神，言语中透露

着上海人的精明，又有着新疆人特别是阿拉尔人那特有的坦诚和豪放，让人很容易接近。我自报了家门，特意说明我家是一师九团的，这一下拉近了我们的距离，特别拉近了心与心的距离，虽然看不见，但彼此完全能感受得到。后来我得知何百成从上海进疆后，最早在农一师13团大田干农活，曾任团宣教科科长，后来到阿拉尔电视台工作。从那以后，每年我们都能在全疆电视通联会上见面，虽然每次聊的不多，但已是很熟的老朋友了，这都是因为"阿拉尔"三个字把我们紧紧连在了一起。一晃很多年过去了，后来我听说何百成退休回上海了，一度失去了联系。没想到的是，去年夏天，何百成带领《边疆往事》摄制组来新疆采风，来阿拉尔采风，路过乌鲁木齐，在乌鲁木齐市米东区的兄弟农家乐庄园，我再见到了何百成。

好多年不见了，何百成变化并不大，说话办事依然干脆利落。在何百成的身上，分明能感受到塔里木在他身上留下的深深烙印；在他的言行中，分明能感受到阿拉尔在他心中的地位。

何百成本身就是媒体人，又是阿拉尔人，这次阿拉尔参加《魅力中国城》的评选，从一开始，何百成就在遥远的上海，一马当先地竭力为阿拉尔造势，为阿拉尔投票营造氛围。他和上海塔里木河文化公司的同人们，开会研究，安排部署，动员倡议，建立了专门投票群，一再热情鼓励在沪的当年的上海知青、"疆二代"和广大上海市民为阿拉尔投票，为阿拉尔加油。不信你打开何台长的微信个人相册，满眼都是："新的一周开始了，投票不能忘""周日不忘投票""加油""新的战斗开始了，同志们仍需努力""初战告捷""最后的冲刺"等字眼，对家乡阿拉尔无比热爱的赤子之情溢于言表，展现在他的微信微博和朋友圈中。

说句实在话，这次给《魅力中国城》阿拉尔市投票的程序，还是有些复杂，特别是对于许多上了年纪的人来说，就更难了些，如果没有人在旁帮助指点，第一次投票是很难完成的，许多人因不会投，屡次投

票不成功，急得团团转，到处求人。我当年的老师、上海知青楼文扬，虽然年过古稀，却属于爱学习，脑子灵，电脑微信玩得好，追求现代和时尚的老人。《魅力中国城》投票活动一开始，他在第一时间就开始为阿拉尔投票，并不断动员身边的人加入这支投票队伍中来。后来他和家人到北戴河避暑，在高铁的卧铺车厢，在旅游大巴上，他一路走来，也没有忘记每天的投票。楼文扬老师是个有心人，他在秦皇岛和当年阿拉尔农科所的同事们聚会时发现，好多人因不会投票而着急，而且都是出现在最后等上边发验证码这个环节上，发现这一问题后，他不厌其烦一个一个手把手地教，但这也不是个能最终解决问题的好办法，他就索性把投票的每个环节，一步一步分解开来，下载截图，配上文字，如同制作的 PPT 教案，图文并茂，非常详细，非常清楚，让大伙一目了然。我微信群朋友圈的许多朋友，包括一些年轻的朋友，都是用楼文扬老师教的这种方法，一步一步，照猫画虎，投票成功的。试想一下，如果没有对阿拉尔的一往情深和无限热爱，是不会有这样的热心、耐心和恒心的。

俗话说：路遥知马力，日久见人心。"阿拉"上海人对故乡阿拉尔的一片真情，一片爱心，在这次中央电视台《魅力中国城》的投票中，得到了充分的印证，充分的彰显。我的上海老师沈贻炜坐在轮椅上也在为阿拉尔投票，他在微信中给我留言说：阿拉尔是我们共同的家园，在那里有许多亲切的回忆是可以不断叙述的，我们从你的文章里读到了很多快乐的印记。希望你也写活今天的阿拉尔，让我们的情感得到延伸和张扬。祝阿拉尔在中央电视台《魅力中国城》的评选中，步步为营，让世人更多地了解新疆、了解兵团、了解兵团人，了解阿拉尔，让阿拉尔这张有着兵团屯垦戍边红色传承的名片，更加光彩照人。读着这段话，我不禁眼眶有些潮湿。

《魅力中国城》第二轮，新疆阿拉尔市将与湖北十堰市同台竞演，《魅力中国城》的评选在继续，"阿拉"上海人的投票也在继续。大家

都在关注阿拉尔的得票情况，迄今为止，它的票数虽不属最高级别，但对于这座年轻的城市来说，它的上升速度绝对是第一，称之为一匹黑马，十分恰当。

我们完全有理由相信，只要大家齐心协力，《魅力中国城》的评选一定会给我们一个惊喜，阿拉尔市也一定会不负众望，给我们一个惊喜。到那时，我们会为自己、为阿拉尔感到惊艳！

守望红柳

  行驶在纵贯乌鲁木齐城区南北的河滩路上，宽阔的马路两边是花团锦簇、锦绣连绵的绿化带，各种珍稀的乔灌花草搭配得错落有致，生机盎然。在马路中间隔离带的空隙上，种植的却是一种极普通又是极稀缺的灌木。说普通，它在大西北，在新疆特别是在南疆塔里木盆地里普遍生长的一种植物；说它稀缺，是因为在城市，特别是在大城市，无论是公园，还是植物园，都难觅它的踪影。但让人没有想到的是，在乌鲁木齐这个现代化程度很高的城市，它受到了如此的礼遇，堂而皇之地生长在这座城市车流量最大的马路上，看来青睐和追捧它的大有人在。每一次路过，我都免不了多看几眼，一种特有的亲切感油然而生。

  在这里，我看到了红柳对这座城市的守望，更看到了这座城市对红柳的守望，彼此依依深情。每年从四月中旬到十月中旬，半年多的时间里，这条蜿蜒几公里的隔离带，红柳从青绿到墨绿，从猩红到大紫大红，随着季节更替，红柳变换着它多姿的颜色，用心动情地给这条城区主干道镶上了一道亮丽的闪着波纹的花边，也像给这美丽的边城系上了一条色彩斑斓的艾德莱斯绸缎，美轮美奂。在往来行驶于这条路上的

BRT公交车上，我不止一次地听到懵懂的孩子，指着那不断掠过车窗的刺绒绒植物，问身边的爸爸妈妈：这种的什么？是的，这也不能怪孩子不认识，它们那看似貌不惊人的卑微身躯，难登大雅之堂。但是在我的心里，在新疆许多人的心中，红柳却有很高的位置，甚至高得让人难以置信，因为我们是守望着红柳长大的，红柳也守望着我们的童年，守望着我们的少年，守望着我们的家园。我们和红柳有着割舍不断的血脉亲情。

红柳广泛分布于新疆，它在塔里木盆地、准噶尔盆地和吐鲁番盆地遍地生根、开花、结果。在我的家乡塔里木河畔的阿拉尔九团二营作业站，你一迈脚，一抬头，就能看见它的身影，这里与茫茫的大漠戈壁只有一步之隔，那是一个由一道道沙梁、一个个沙包、一片片盐碱、一丛丛芦苇、一簇簇红柳组成的荒凉世界。红柳只是配角，主角是主宰这里的狂风和恶沙，酷暑和严冬。红柳的形象并不高大，身躯也不伟岸，但它从没有胆怯，也没有丝毫的退却，犹如它身边和它并肩作战冲锋陷阵的军垦战士一样，守望着脚下的土地，只进不退。20世纪50年代从山东第一批进疆的老军垦九团二中队的张克英指导员，曾告诉我说，她们当年，从阿克苏沿着塔里木河向阿拉尔进发，100多公里的路，整整走了三天三夜。白天行军的大部队，就靠那一簇簇红柳做标记，走在前面的引领后面的；晚上就用那红柳的枝干，燃起堆堆篝火，取暖照明，指路前行。

红柳，又名柽柳。柽柳科、柽柳属植物，灌木或小乔木。这是我的发小，后来考上了塔里木农垦大学的老同学给我普及的科普知识。你看，红柳枝干和茎干都是枣红色，顶生的大型圆锥花序也是红色，以此取名红柳，名副其实，很好理解。可又叫柽柳，很专业的一个名字，这是为什么？我想这和它的秉性特点与众不同有关吧。你看它生长的是干旱贫瘠的土地，特别是那泛着白花花的盐碱地，它丝毫不在乎，对生存的环境不挑不拣，浑身上下洋溢着迎风斗沙，不屈不挠的倔强气质。柽

柳，这个名字虽然有些学术化，但也挺生动有趣，逼真形象，柽柳，是它品格的真实写照。不少文人墨客，常常把胡杨和红柳相提并论，称它们是戈壁荒漠英雄的化身。其实，从两者的生长特性来说，它们还是有很大的不同，胡杨是逐水而居的，一生离不开水，一旦离开水就会枯死，哪怕是假死；而红柳离水可近可远，它不怕干旱，它的根系很发达，可深入地下几米甚至十几米，沙丘下的红柳，根扎得更深，它能把触须伸得很长，最深最长的可达三十多米，以汲取水分。红柳喜阳，需要的是阳光的照耀，哪怕是烈日的炙烤，它那浑身上下鳞片状的叶子就是它抗旱的铠甲，它最大限度地吸纳阳光的热量，又最大限度地减少自身水分的丧失。红柳浑身都是宝，红柳叶是很好的畜牧饲料，含有粗纤维和蛋白质，牲畜食用后耐饥、蓄膘；春季的嫩枝、嫩叶、嫩花可以治疗风湿病，具有较高的药用价值。红柳新生的枝条比柳条有韧性，不易折断，收工时，连队的大人们都会顺手割一捆带回家，吃过晚饭，坐在门前，两只手娴熟地用它编织背篓、独轮车的车筐。我们这些半大小子，则把稍粗一点的红柳枝干，用小刀一点一点地削成杂杂，在连队的俱乐部门前，在宽阔的麦场上，大呼小叫地疯玩。红柳最特殊最显著的本领，就是它在防风固沙保护农田中大展身手，发挥了巨大作用，因而它受到了屯垦戍边军垦团场广大职工的欢迎，也受到了我们这些从小受红柳品格耳濡目染的军垦后代的喜爱。

从记事起，红柳就和我们的生活，特别是吃住息息相关，那时我们住的地窝子，上面就是用红柳枝搭建起来的，而且砍的大多是正在生长的红柳新枝条，这样带着鳞片状密密叶子的枝条，一枝枝摞起来，才严丝合缝，不透风，不漏土，而且隔音效果也不错，有时调皮的孩子，甚至撒欢的牛羊马驴从屋顶上一溜烟跑过，在屋里只能听到"咚咚"的声音，屋顶顶多落下一股细细的尘土，不碍大事，大人顶多跑出地窝子，喊上几嗓子了事。

红柳的燃烧值很高，连队大食堂，一家一户的生火做饭，学校冬季

烤火取暖，首选的燃料就是红柳，在那艰苦的岁月，它给了我们无限的温暖和力量。红柳的老杆和老枝的树皮暗灰色，暴露在外面，便于捡拾。但最耐燃的，是红柳的根。红柳不仅根系发达，而且根茎特别的粗壮，特别的瓷实，经年累月，它抵风固沙，一座座沙丘下，就是它的一个个庞大的根茎系统。我们到戈壁沙滩上，去挖的红柳疙瘩，那最长的有一人高，装上大木轮牛车，好大截都露出在车尾，粗的要两个孩子合抱。那时，走进每个团场连队，最显眼的就是一家一户用红柳疙瘩垒砌的院子，高高的，厚墩墩的，像一座座堡垒。哪家财富多少，与这疙瘩数量的多少有很大的关系。我是家中的长子，那时人虽然长得瘦小，但自然也担起了为家庭积累财富，为父母分担的责任和义务。刚开始，先是跟着父母一起去连队后面的沙包里砍红柳枝，挖红柳疙瘩，稍大后是领着弟弟妹妹和连里的孩子们，成群结队地一起去背红柳，用独轮车推红柳，用拉拉车拉红柳。每个周末，每个寒暑假，都是如此，从没间断，如果哪天休息没有去，就觉得浪费了时光，愧对了父母，有一种负罪感。一直到1978年寒假，我高考复习最后一年的冬天，我还领着弟弟，与连里的发小，跋涉在那一道道沙梁之上，背上一大捆用脚踩了又踩瓷瓷实实的红柳柴火，腰都快弯成九十度，一步步向着能隐隐约约看见连队沙枣树林的方向挪动。

这些年没想到的是，红柳的枝干特别走俏，用它做烤羊肉的签子，这已成了新疆正宗羊肉串的一个卖点。确实如此，用红柳做签子烤制的羊肉串，有一股特别的清香气味，有一股只有新疆广袤土地上才有的特别气味，这气味属于红柳，属于这片土地。

红柳朴实无华，最耀眼的应该是它那如霞似火的花序。它每年五月下旬开始开花，七、八月花事繁盛，可一直延续到十月上旬，花期之长，在植物界实属罕见。

前不久，老同学海英制作了一个视频美篇《红柳花儿开》，犹如一丛在秋阳的映照下，在秋风中摇曳的红缨花火，引来了遍地红柳花儿竞

相开放，很长一段时间，微信群、朋友圈一派红红火火，红色爆棚，红柳花刷屏。这红柳花儿开遍了田头地边，开遍了戈壁荒滩，开遍了塔里木河两岸。在过去，它也开遍了我们的房前屋后，校园四周，有时在年久的屋顶上都能看到它不卑不亢的身影。天地悠悠化育，四时潺潺嬗递。红柳花儿，花开又花落，在这看得见又看不见的时光中，我们一天天长大，也一天天老去，但红柳花儿激情澎湃，热情不减，它是这片土地的标识，也是我们心中的意象。这闻不见花香的戈壁之花，却引来无数蜂舞蝶飞，嘤嘤嗡嗡的，煞是好看，也煞是好听。这红柳花儿开在每一个塔里木人的心里，开在每个兵团人的心里，仿佛有阵阵浓郁的花香向我们袭来，又从我们的心底向四周弥漫。海英同学的美篇精彩，老师和同学的一个个点评也十分出彩，好似那一丛丛一堆堆一片片如火如荼的红柳花儿，也犹如东方天际太阳跃出地平线时，那灿烂的云霞，云蒸霞蔚，蔚然壮观。沈贻炜老师留言说，对花的赞美，就是对生活的赞美，而对红柳花的赞美几乎是独有的生活之歌，我们都曾和红柳相伴几多春秋，不知道是红柳改变了我们，还是我们造就了红柳，因为它本来是默默无闻的，唯有我们认识了它，喜爱了它，甘愿为它厮守。红柳，是一种人格精神的写照，走近了它，就走近了自己。红柳花是一种人生标杆，愿我们大家都不要迷失它。谷圣英老师留言说，红柳花应当选阿拉尔的市花。

　　如今的塔里木河两岸，阿拉尔垦区到处都是肥美的绿洲，我听老同学们说，现在很难看到大片的红柳了，秋季欣赏红柳花，要驱车到很远很远的地方，为了表达广大市民对红柳花的喜爱，阿拉尔市把红柳种植到了上海知青纪念林，每年到这里来旅游参观拍照留念的人络绎不绝。

　　红柳守望着我们的家园，我们也守望着红柳。

姹紫嫣红别有花

　　每年的秋末冬初，乃至更长的一段时间，这个季节是属于棉花的，是属于为棉花的收获而辛苦劳作的人们的。也许我孤陋寡闻，我真不知世上还有哪一种农作物，有如此之长的收获季节，如此之长的收获期，投入的劳动力也如此之多，甚至还需要八方支援，大兵团作战，好像唯有棉花。这如此隆重的仪式，不仅在我的家乡阿拉尔，就是从南疆到北疆，在整个新疆，这个季节，你随处走走，都能明显地感受到，那来自棉花的温暖感觉，那来自棉花的亲切气息，而且还是那般强烈，让你产生一种微醺的惬意。

　　我的家乡阿拉尔不仅是新疆，也是全国重要的棉产区，这里所产的都是优质长绒棉，这是我们从小都挂在嘴上，引以为豪的。那里的老同学最近告诉我说，阿拉尔现在的棉花产量占全国的二十分之一，当地的"新农牌"棉花，是中国棉花市场公认的十大畅销品牌之一。这个份额还真不小，这品牌还真够靓。谁能想到这里在半个多世纪前，还是荒无人烟的戈壁荒滩，沧海桑田的巨变，怎能不让人感慨万千。

　　棉花长在家乡的天空和大地之间，但我觉得它更像是长在我的心

田。它的一粒种，一棵苗，一朵花，一个棉铃，一缕棉絮，都一幅幅在我眼前回闪，每一朵棉花也是一朵温暖的记忆。

棉花喜热、好光、耐旱，新疆的光热水土条件，特别是阿拉尔，好像天生就是为棉花在这里生根发芽、开花结果而准备的巨大温床。但阿拉尔垦区棉花品种的更新换代，生产水平的迅速发展，凝聚了几代军垦人的心血和汗水。

那好像远离我们的开荒造田就不说了，就说植棉地膜机的发明和使用，不仅在阿拉尔，在全国的棉花生产史上，都是具有划时代意义的。20世纪80年代初，当时农一师九团机务科的梁洪相任研制组组长，主要负责排种部分的设计，他1965年毕业于华南农学院农机系。那时，他妻子不止一次地对亲朋好友说："我家老梁现在白天不是白天，晚上不是晚上，有时回到家里，还神神道道地呆坐在椅子上不停比画。这样下去，真担心哪一天他会变成一个呆子。"她哪里知道，她老公不停比画的，是作业时棉种在种子箱里的运动轨迹。

研制组还和修造厂的工人师傅们制作了一个模拟装置，模仿作业时的真实情况，进行了无数次的试验。经过近两个月的日夜奋战，终于赶在大地封冻前研制出了样机。团里召开现场观摩会进行试播。据研制组成员熊显华回忆，现场会那天，人山人海，车水马龙。师领导来了，全师各团场的领导和农业部门的技术人员来了，九团各连队的连长和农业技术员来了，把进行试播的地块围了个水泄不通。样机在试播，样机后面跟着一大群人，有的在检查铺膜质量，有的则扒开土壤检查穴内棉籽的数量和深度。

1982年的元旦，研制组马不停蹄地投入了第二阶段的工作。当时团里已为大面积植棉投入巨资采购了塑膜薄膜，农技部门冒着严寒精心为即将到来的春播准备棉种。规模生产地膜机是全团不容闪失的头等大事。修理厂的工人师傅们热火朝天、全力以赴、通宵达旦地工作，那一年的春节都没有休息，白天马达轰鸣，晚上灯火通明。凭着这股干劲和

拼劲，硬是在 4 月初开春时节，生产出 15 台地膜播种机，保证了农时。当年全团共播种 8600 余亩地膜棉。秋后统计，地膜棉的亩产比常规植棉高出 20%—30%，这可是一个了不起的成绩，轰动一时。

其实，棉花并不是花，棉花植物开的是乳白色或粉红色花卉，才是它的花，开花后不久转成深红色，然后凋谢，留下绿色小型的蒴果，称为棉铃。棉铃内有棉籽，棉籽上的茸毛从棉籽表皮长出，塞满棉铃。棉铃成熟时裂开，吐出柔软的白色的絮状纤维，这才是我们平常说的棉花。对这些，局外人可能不太清楚，但对于棉产区的人，包括当时我们这些正在读书上学的孩子，都已是最基本的常识了。因为那无垠的棉田，不仅父辈们在那里摸爬滚打，也留下我们青春年少的身影，那就是一年一度的拾花大战。

一年一度的拾花，被誉为一次战役，一点都不为过，可见它的紧张和激烈，也可以看到它的隆重和热烈。拾棉花，必须在入冬封冻前采摘完毕。每到秋收，我们这些农场子弟都要背着行李，到各个连队拾棉花，九团二营作业站所有的连队我们都去过，远些的七连、十连好像也去过。上千人马，浩浩荡荡，男生往往住在连队的大俱乐部，女生住的是些小的房间，条件要稍好些。每年秋天，少则一周多则十天半个月，师生携手共同奋战在棉海。拾棉花要起早，早上有露水，棉叶不容易沾到棉朵上，减少返工的程序，所以每天天不亮大家就下田了。

拾花的日子是辛劳的，也是快乐的。老师同学同吃同住同劳动，整天叽叽喳喳的，腰背酸疼也不觉得什么了。白天忙着拾花，一行几人往前行进，大家相隔有点距离，说话要大声喊才能听到，每天的拾花是有任务的，要开展劳动竞赛，要评选拾花能手。晚上睡在铺着稻草的大通铺上，大家天南海北地有说不完的话。每晚的卧谈会，都是在带队老师的大声呵斥下结束，随后大伙就立即进入甜美的梦乡。

每年拾完棉花，有一个作业是必须完成的，那就是要写一篇作文。我写过好多篇这类作文，大多都忘了，但有一篇至今还记得，题目是

《小花拾花》，作文中小花的原型，就是我的老同学李玉华。这篇作文经喻燕良老师的修改润色，在 1975 年 11 月某一期的《阿克苏报》刊发了，后来这篇作文成了九团二中学弟学妹们争相学习模仿写拾棉花的范文。

九团二营的棉田你还曾记得当年一群群拾花的少男少女吗？他们当年正值豆蔻年华。无论你是否记得，我们今天仍记在心上，终生都不会忘记。

阿拉尔垦区地多人少，后来在相当长的一段时间，每年的拾棉花季节一到，从河南、四川、甘肃等地都会源源不断地来一大批一大批的拾棉花工，他们和这里的棉农吃住在一起，披星戴月在棉田，少则一两个月，多则三四个月，白花花的棉花换来花花绿绿的钞票。无论是对于棉农还是对于拾花工，这都是心血汗水的回报。

不过老同学们介绍说，阿拉尔现在百分之七八十以上的棉田都已实现了机械拾花了。机械拾花，这场景我没见过，过去连想都不敢想，我让他们发几幅照片我看一下。只见，天穹铺满红彤彤的彩霞，广袤的田野上，拾花机轻盈掠过，吐出一个个硕大的蛋挞式的大棉包，错落而有序地排列着，场面实在是太壮观了。如今，机械化让棉农从繁重的体力劳动中解脱出来，他们再也不用起早贪黑地奔波在棉田拾花了，如今在读的中小学生就更用不着放下书本去拾棉花了。但他们少了我们这一段快乐的体验，少了我们这一笔宝贵的人生经历。

棉花，从四月中旬播种，十一月底拾棉结束，棉农辛劳大半年。培育幼苗、中耕除草、整枝打杈、喷药灭虫、收晒新棉。现在有许多环节都实现了机械化，包括拾花，但还有一项劳作，需要人工亲力亲为，这就是给棉花打顶。每年七月初，也差不多是夏天最热的那几天，为了防止棉花无限生长，让它多结棉桃，必须把它的顶端打去。头顶烈日，弯腰弓背，那一身又一身的汗水，湿透了衬衣，一滴滴洒在棉叶上，一滴滴洒在棉田里。这项劳作，从我那时起一直延续到今天，我和棉农们一

样，期待着有一天这艰苦的劳动被现代化的机械所取代，我想这一天的到来，不会太久。

清代马苏臣诗云："五月棉花秀，八月棉花干。花开天下暖，花落天下寒。"我离开家乡多年以后，家乡棉花的影子还在我的身边无处不在。我结婚时铺的盖的，都是母亲从家里让到外地上学的小弟捎来的，儿子出生后，大的小的棉被，都是母亲用最新的棉花一层层一线线缝制的，家里吃的用棉籽炸的大壶小壶的清油，也是母亲托人用便车带来的。我始终被家乡棉花那"花开天下暖"的氤氲笼罩着，幸福无比。

我知道，棉花在许多地方还有一个很土的名字，叫笨花，著名作家铁凝的长篇小说也以《笨花》冠名，以笨花村的原野和笨花为背景，徐徐展开了一幅中国乡村风云的历史画卷，耐人寻味。笨花，这一个看似土土的名字，却让人感到了肌肤之亲。这正如棉花的花语：珍惜身边的人。

"谁知泽被苍生外，姹紫嫣红别有花。"这句诗说的就是可亲可敬的棉花，太形象了。